WILLIBALD SPATZ

Alpenwürstchen

WER BLEIBT, STIRBT Birne hat alles verloren: Job, Verlobte, Freunde. Ohne Perspektive lässt er sich in einem öden Kaff nieder. Bei einem Unfall fährt er beinahe eine Fremde über den Haufen – Fiona. Aus Dankbarkeit, noch am Leben zu sein, verbringt sie mit ihm einen schönen Abend und eine tolle Nacht. Diese Begegnung verändert alles: Er kann wieder etwas positiver in die Zukunft sehen. Doch leider steht ihrem Glück ein eifersüchtiger Nebenbuhler im Weg, und hier draußen herrschen eigene Gesetze … Wer es wagt, gegen sie zu verstoßen, wird ganz schnell zum Getriebenen. Birne wird in einen Zweikampf verwickelt, der sich zu einem tödlichen Spiel aufschaukelt. Unter einer freundlichen Oberfläche verfolgen alle hier eigene Ziele. Wer dich zuerst mit einem Lächeln aufnimmt, ist der Erste, der dir das Auto klaut, das Haus abfackelt und eine Kugel in den Rücken schießt. Doch Birne lässt sich nicht kleinkriegen – er nimmt die Herausforderung an.

Willibald Spatz, Jahrgang 1977, hat in Würzburg Biologie und in München Kulturkritik studiert. Er lebt zurzeit in der Nähe seiner Heimatstadt Augsburg, unterrichtet an einer Schule und schreibt als freier Autor unter anderem für die Zeitschrift »Theater der Zeit« und das Internetportal nachtkritik.de. Mit »Alpendöner«, seinem ersten Kriminalroman, landete er aus dem Stand einen Überraschungserfolg. »Alpenwürstchen« ist mittlerweile der fünfte Fall um seinen skurrilen Krimihelden Birne.
www.willibald-spatz.de

Bisherige Veröffentlichungen im Gmeiner-Verlag:
Alpenburger (2013)
Alpenkasper (2011)
Alpenlust (2010)
Alpendöner (2009)

Allgäu. 66 Lieblingsplätze und 11 Erlebnisbäder (2012)

WILLIBALD SPATZ

Alpenwürstchen

Birnes fünfter Fall

GMEINER SPANNUNG

Personen und Handlung sind frei erfunden.
Ähnlichkeiten mit lebenden oder toten Personen
sind rein zufällig und nicht beabsichtigt.

Besuchen Sie uns im Internet:
www.gmeiner-verlag.de

Im Ehnried 5, 88605 Meßkirch
Telefon 07575/2095-0
info@gmeiner-verlag.de

1. Auflage 2015

Herstellung: Mirjam Hecht
Umschlaggestaltung: U.O.R.G. Lutz Eberle, Stuttgart
unter Verwendung der Fotos von:
© Spiber/Fotolia.com
© dp3010/Fotolia.com
Druck: GGP Media GmbH, Pößneck
Printed in Germany
ISBN 978-3-8392-1689-7

And why do you women in this town
Let me look at you so bold
When you should have seen what I was
In the last town
You should have seen what I was
If I was a stranger

Smog – If I was a stranger

I had rather be a toad,
And live upon the vapour of a dungeon,
Than keep a corner in the thing I love
For others' uses.

Shakespeare – Othello

Gegenüber sitzt 'n Typ wie'n Bär
Ich stell' mir vor, wenn das Dein Neuer wär'

Matthias Reim – Verdammt ich lieb dich

TAG 1: HIOB

KRATZEN

Erstens: Fang bloß nicht mit dem Wetter an. Die Kratzgeräusche hatte er in schrecklicherer Erinnerung als den Schrei. Als er den hörte, war alles klar. Birne lag im Schein des Nachtlichts und wagte nicht, sich zu rühren oder die Decke weiter über sich zu ziehen, weil es ihn fror. Er erwachte und das Bett der Großtante war leer, sie hatte leise die Lampe angeschaltet, die Pantoffeln übergestreift und sich im Nachthemd aus dem Zimmer geschlichen, um den Buben nicht zu wecken. Trotzdem war er aufgewacht vom Scharren. Es befand sich was oder jemand im Haus. Birne, der Bub, meinte ein Flüstern zu hören und die Schritte der Großtante Dada. Sie bemühte sich, Geräusche zu vermeiden, doch jeder Schritt knarrte auf den alten Dielen. Man konnte sie nicht überhören. Wer auch immer da war, wusste, dass nach ihm gesucht wurde. Birne erlebte jedes Jahr vortreffliche Ferien. Er quartierte sich immer im August bei seiner Großtante Dada in Ödertshofen ein. Beide genossen sie die Zeit: Dada, weil so ihre Einsamkeit für ein paar Tage nicht mehr so schwer wog. Sie lebte allein, nachdem ihr Mann relativ plötzlich an einem Herzinfarkt und etwas anderem, über das man nur ungern oder in Andeutungen sprach, verstorben war. Es hieß, dem Onkel Tata hatte das Bier recht gut geschmeckt. Das lag in der Familie.

Birne mochte die Zeit bei Dada, weil er hier im Mittelpunkt stand; die Großtante kümmerte sich ausschließlich um ihn. Sie werkelten viel im Garten, Tante Dada hatte einen wilden Kräutergarten hinter dem Haus, den niemand einsehen konnte. Birne versteckte sich dort, er liebte den Dreck, liebte es, sich schmutzig zu machen und sich anschließend stundenlang badend wieder zu säubern. Zur Brotzeit gab es für den Buben einen von der Tante selbst hergestellten Tee aus dem Besten, was sie selbst zog. Birne wurde wohl und ganz anders davon, und Dada wurde müde. Sie schlief vor dem Fernseher ein und Birne konnte Programme schauen, die er nirgendwo sonst auf der Welt hätte sehen dürfen: Es flimmerten dort die verruchten Sendungen des jungen Privatfernsehens in Deutschland (von Hella von Sinnens Torten über Peter Steiners Theaterwahnsinn bis zu Hugo Egon Balders hüpfenden Busenmädchen). Die trauten sich dreckige Dinge vor den Millionen Fernsehzuschauern. Birne ging es gut, denn Dada verwöhnte ihn. Sie hatte selbst keine Kinder und demnach keine Enkel, deswegen stellte Birne den Ersatz dar.

In jenem Sommer war Birne schon ein klein wenig zu alt. Er hatte eben die vierte Klasse besucht und würde nach den Sommerferien aufs Gymnasium gehen. Damit stand er im Begriff, die Provinz hinter sich zu lassen und ein neues Leben zu beginnen. Dies würde sowieso sein letzter Sommer auf dem Land sein; er langweilte sich gelegentlich schon ein bisschen.

Birne fragte sich. Hatte die Tante Geld im Haus? Schmuck oder dergleichen hatte er nie an ihr bemerkt. Bei ihr dürfte nichts zu holen sein. Was wollten die Einbrecher von einer alten Frau?

Das Schlafzimmer lag im ersten Stock. Birne teilte in aller Unschuld ein Ehebett mit seiner Großtante, über welches eine gemalte, verklärt blickende Madonna in seidenem Gewand wachte. Die Geräusche kamen von hier oben. Birne hörte seine Großtante die Treppe hinabgehen. Er hielt es für unmöglich, dass sie abhaute und ihn im Stich ließ, aber er musste wissen, was sich dort abspielte. Birne stand auf und ging zur Tür.

Er erkannte die weißen Umrisse des Großtantennachthemds deutlich auf der Treppe nach unten.

»Geh wieder ins Bett.«

»Was ist da?«

»Nichts.« Die Stimme der alten Frau zitterte, er wollte ihr dennoch glauben. »Geh wieder ins Bett. Schnell. Bitte.«

»Du musst die Polizei kommen lassen.«

»Du musst ins Bett. Da ist nichts.«

»Ich höre was.«

»Der Wind.«

»Es weht kein Wind.«

»Ein Tier, eine Katze. Geh wieder ins Bett.«

»Komm mit ins Bett.«

»Geh und schließ die Tür.« Sie kam einen Schritt die Treppe hoch auf Birne zu und hob ihre Hand.

Birne gehorchte. Wieder im Bett ließ ein er ein Bein auf dem Boden, um gleich losrennen zu können. Er atmete kaum. Er wollte nichts verpassen von dem, was da draußen vor sich ging.

Dada kam unten an. »Ist da wer? Hallo? Hallo?«

Eine totale Stille zur Antwort. Da war wer. Birne sprang auf und lief auf den Gang. Dunkelheit.

»Dada?«

Schweigen.

»Dada? Ist da wer?« Birne wagte nicht, nach unten zu gehen. Er ging die Treppe zum Dachboden nach oben. Seine nackten Füße ließ er laut auf die Stufen patschen. Die Tür, die normalerweise verriegelt war, stand offen. Birne ging hindurch. Durch einen gläsernen Dachziegel fiel Mondlicht auf alte Schränke, in denen Unbrauchbares für die Ewigkeit konserviert lag. Birne bewegte sich langsam weiter in den Raum hinein. Tausend Möglichkeiten, sich hier zu verstecken, tausend Möglichkeiten, ihm von hinten zu packen und ihn zu überwältigen. Ihn am Hals zu packen, die Hand auf den Mund zu legen, zuerst den Schrei, dann den Menschen zu ersticken. Sein Atem dagegen bombastisch laut und sein Herzschlag ein Wummern in der Brust. Von unten kamen wieder Geräusche. Schritte auf den Dielen. Er wurde oben gesucht, nachdem unten der Großtante das Licht ausgeblasen worden war. Aber eben hatte er noch ein Kratzen von oben zu gehört. Hier konnte auch einer sein. Eine Katze. Ein Killer. Ein Nazi.

Hinter den Schränken in der Dachschräge breitete sich dunkler Raum aus, ein Platz zum Verstecken. Birne schlupfte zwischen zwei Möbeln durch und verkroch sich wie eine Fledermaus. Hier von der Decke hängen, bis alles vorbei war, bis die Polizei ihn rauszog und an der toten Großtante in ihrer Blutlache vorbei in Sicherheit brachte. Wenn sich hier nicht eh schon einer versteckte, konnte man ihn nicht finden. Dann ein fürchterliches Gepolter und ein Schrei, gedämpft durch die Wand und dennoch bis ins Mark. Birne schreckte hoch, rannte los, schürfte sich an den Schrankkanten blutig und stoppte unvermittelt. Ein Ausatmen wärmte seinen Unterarm. Hier stand einer neben ihm. Und der sagte kein Wort.

»Hilfe«, sagte Birne. Leise.

Langsam ging er weg. Und von unten schrie Dada nach ihm. »Birne, mein Bub, wo bist du? Birne.«

Auf dem Dachboden langte jemand nach ihm. Er wollte ihn packen und verfehlte in knapp in der Dunkelheit. Eine Männerhand hatte ihn gestreift. Birne zuckte zurück. »Hilfe.«

Er rannte los, stolperte und fiel der Länge nach hin. Und auf ihn drauf plumpste ein Männerkörper.

»Halt deinen Mund, Kleiner. Dann passiert nichts.«

Der über ihm stank nach Menthol-Schnupftabak und Schweiß. Birne musste würgen.

Die Großtante schrie unten noch: »Birne, bitte komm.«

Daraufhin drückte der Mann Birnes Kopf fest auf den staubigen Boden. Birne konnte es nicht mehr zurückhalten: Ein großer Schwall halb verdauter Erdbeermarmeladensemmel, die er zum Abendessen genossen hatte, brach aus ihm heraus auf den Dachbodenboden. Er kotzte und verschmutzte sein Gesicht, das immer noch nach unten gepresst wurde.

»Du Sau, du dreckige«, rief der Stinki-Mann und ließ Birne kurz los, nur um ihm volle Granate eine runter zu hauen. Birne zögerte kurz, benommen von der Watschen, dann raffte er sich schnell auf. Er floh durch seine Kotzlache hindurch zur Dachbodentür.

»Bleib!«, rief der Einbrechermann und stürzte hinter ihm drein. Er bekam Birne kurz am Kragen zu packen, bevor er ausrutschte in der frischen Speibe und sauber zu Boden krachte. Ein Schlag wie ein Gewitter.

Ja. Old Shatterhand griff niemand ungestraft an.

Das stinkende Kind befand sich schon auf der Treppe, an deren unteren Ende ihn seine glückliche Großtante erwartete.

»Da bist du.«

»Da oben ist ein Mann.«

Dada zog ihn ins Schlafzimmer und verschloss die Tür.

»Wie siehst denn du aus? Und wie riechst du?«

»Ich habe brechen müssen.«

»Bub, weniger Duplo.« Dada wirkte nun wieder gefasst. Sie wollte den Bub nicht verziehen, darum sollten sich andere kümmern.

Draußen näherten sich Schritte. Ein Fuß wurde gegen die Tür gewuchtet. Birne schluchzte auf, Dada hielt sich den Zeigefinger vor den Mund. »Alles wird gut.« Immer wenn jemand das sagte, wurde alles nur noch schlimmer. Dada riss den Finger wieder weg, weil sie selbst beim nächsten Tritt so erschrak.

»Lass gut sein«, rief eine brüchige Stimme von unten. »Hilf lieber mir.«

»Noch einer«, sagte Birne.

Dada wedelte mit den Händen, Birne solle endlich seinen Mund halten, nicht mehr reden, nicht mehr kotzen.

»Geht nicht«, sagte der vor der Tür.

»Warum nicht?«

»Der Kleine hat mich gesehen.«

Die Großtante lachte in sich hinein. »Ich sag nichts. Ich verspreche es.« Die fürchtete sich gar nicht, die war der echte Old Shatterhand.

Ein erneuter Schlag gegen die Tür, der Birne und Dada zusammenzucken ließ.

Der unten, der Vernünftige meldete sich. »Hilf mir endlich. Die ist gefährlich, die hat mich genauso die Treppe hinunter geschmissen wie ihren Alten. Ich kann nicht gehen, da ist was gebrochen oder so. Scheißdreck.«

Noch ein Tritt gegen das Holz. »Ein Wort, du alte Hexe, und ich bring dich wirklich um. Das ist kein Witz.«

Der Mann ging weg, klaubte den Kumpanen auf und schleifte ihn nach draußen. Wenig später hörte man ein Auto vom Hof fahren. Der Motor heulte auf und der Kies spritzte weg. Dada hob den Daumen, Birne und sie umarmten sich und ließen sich minutenlang nicht los. Der Bub musste noch mal baden und bekam zum Einschlafen einen Tee und ein Duplo unter der Bedingung, dass er es nicht wieder von sich gab. Er versprach es und konnte trotz der Aufregung einschlafen.

Am nächsten Tag ließ Dada die Polizei kommen; der Beamte erwies sich als alt, fett und überfordert. Er herrschte Dada böse an, was ihr einfalle, ihn um Hilfe zu bitten nach allem. Die Einbrecher hatten das Wohnzimmer im Erdgeschoss auf den Kopf gestellt.

»Fehlt was?«, fragte er.

»Nein, sie haben nichts gefunden, ich hab's zu gut versteckt.«

»Geld?«

»Angst und Geld haben wir nie gehabt«, sagte Dada.

»Ich weiß. Angst hat man höchstens vor dir.«

»Die kommen nicht mehr, die haben Respekt. Der Bub weiß, wie man sich wehrt. Gell?« Sie strich ihm übers Haar.

»Dich kriegen sie schon noch, du alte Hexe«, drohte der Fett-Polizist, bevor er in seinem zu kleinen Polizeikarren verschwand. Fast schon ein Fall für *Wetten, dass …?* – Wetten, dass ich den fettesten Polizisten Deutschlands in ein winziges Auto packen kann?

Birne schwor sich, dieses Haus nie mehr zu betreten.

ALKOHOLEN

Einen Schwur 26 Jahre nicht brechen, ist nicht die Ewigkeit, aber auch nicht ganz schlecht.

Birne lag wieder hier, und wieder kamen nachts Geräusche vom Dachboden: ein Scharren und ein Kratzen. Diesmal stieg Birne ohne Furcht hoch, er hatte eine Taschenlampe und er war ein ausgewachsener Mann. Groß und ohne Hemmungen zuzuschlagen, wenn es sein musste. Sollte sich doch einer auf ihn schmeißen, gern, der bekäme dann einen Teil der Wut, die Birne gerade mit sich herumtrug, in die Fresse gedonnert.

Auf dem Dachboden fand er niemanden vor. Die Schränke standen noch in zwei Reihen, genauso wie in der Erinnerung. Die Luft stand. Die Hitze dieses und der vergangenen Tage staute sich. Der Strahl der Taschenlampe wanderte in alle Ecken und über den Boden. Spuren von einst: die Marmeladensemmel. Zumindest interpretierte er Flecken auf dem Boden so. Es betätigte einen Lichtschalter, die Glühbirne beleuchtete den Raum nur mager. Das Kratzen kam aus einer Ecke, sein Erscheinen hatte den Kratzer nur wenig beeindruckt. Birne untersuchte die Ecke. Eine Unordnung: Stofffetzen, Blätter, Dämmwolle. Es bewegte sich dort etwas. Birne näherte sich behutsam.

Er war spät angekommen heute. Er hatte sein Auto im Hof geparkt und war einige Minuten hinter dem Steuer sitzen geblieben, um durchzuatmen. Das Anwesen sah schäbig aus, aber bei Weitem nicht so schlimm, wie er befürchtet hatte. Das Wohngebäude bildete mit einem Stadel am Ende des Hofs und einem alten Hühnerstall ein U. Neben Stall und Einfahrt standen Obstbäume. Der Kräutergarten der Großtante war mittlerweile komplett mit Büschen zugewuchert. So viel Arbeit so schnell zunichte. Die Vergänglichkeit. Hier hatte keiner mehr etwas angerührt seit Dadas Tod. Im Kies wucherte ungeniert Unkraut.

Den Schlüssel hatte er von seinem Bruder Jakob erhalten. Die Wohnzimmereinrichtung hatte man einfach stehen lassen. Birne zog die Plastikplanen, die man lieblos über das Mobiliar geschmissen hatte, zur Seite und testete den Fernseher. Funktionierte einwandfrei. Willkommen zu Hause. Im Küchenschrank fand er eingestaubte Gläser. Der Wasserhahn röchelte, bevor er rostiges Wasser hergab. Es klärte sich schnell. Birne trank. Auch der Kühlschrank schnurrte, als Birne ihn ansteckte. Jemand hatte ihn gesäubert. Birne hätte beinahe loswohnen können.

Dada wurde vergessen. Es hieß, sie halte sich gut für ihr Alter, sei rüstig, geistig voll in Schuss und könne sich ohne Probleme selbst versorgen. Kaum jemand aus der Familie besuchte sie. Für die Großtante war keine Zeit vorhanden. Jakob war immer zu beschäftigt, elendig beschäftigt war der immer. Und nichts kam dabei raus. Je mehr er sich beschäftigte, und Arbeit konnte man seine Beschäftigungen streng genommen kaum nennen, desto weniger kam dabei raus. Und Birne sah überhaupt keine Veranlassung, nach Ödertshofen zu fahren. Vergangenheit kommt von vergangen. Kann keine Nostalgie vertragen bei so einer Gegenwart.

Dann war sie gestorben. Birne brav zu Beerdigung und Leichenschmaus, längst vergessene Verwandte getroffen, von denen Auskunft über ihr Leben eingeholt, über den Durst getrunken und heim zurück in den Alltag. Wenig los, fiel Birne auf, Kirche keineswegs gefüllt. Oft sind diese Läden ja voll bei »schönen Leichten«, wie sie die Begräbnisfeiern nannten. Dada hatte nur wenigen etwas bedeutet, den wenigen aber viel. Das Haus ließ man unbewohnt stehen, verkauft wurde es nicht von der Erbengemeinschaft, weil es Aufwand bedeutet hätte, einen Käufer zu suchen und es letztlich zu wenig eingebracht hätte. Man fürchtete auch den Streit und die Entwurzelung. Herzblut hing ja noch dran und Erinnerungen. Außerdem war Immobilienbesitz gerade chic in einer Zeit, in der der Euro vom einen Tag auf den nächsten nichts mehr wert sein konnte. Am besten wäre es gewesen, jemand wäre rein. Doch wer will nach Ödertshofen? Nichts los, nicht mal ein Supermarkt, man musste immer mit dem Auto weg. Und in das Haus musste man erst mal ordentlich investieren, damit es den Anforderungen des 21. Jahrhunderts genügte. Davor scheute sich jeder infrage Kommende.

Der Birne dankte dem Euro jetzt. Ihm kam das Haus gerade recht. Er suchte nach einem Ort zum Bleiben. Bei ihm war in letzter Zeit alles schief gelaufen, was dumm laufen kann: Ein Missverständnis war zu seinen Ungunsten ausgelegt worden. Deswegen hatte er den Job verloren. Nicht ganz – Birne war beurlaubt bis zur Klärung entscheidender Fragen. Birne, von Haus aus kein Pessimist, rechnete in diesem Fall nicht damit, dass sich seine Situation verbessern würde, wenn die Fragen erst mal geklärt wären. Nein, wahrscheinlich wäre die Kacke dann erst richtig am Dampfen. Wenn man die Angelegenheit unbedingt positiv betrachten wollte: Birne hatte unbegrenzt Urlaub. Doch Urlaub sah er als eine Art Krankheit an.

Mit dem Job hatte sich auch seine Frau verabschiedet, das heißt, noch war Katharina nicht seine Frau, sondern nur seine Verlobte oder auch Ex-Verlobte. Darauf geschissen. Sie hatten es trotz mehrerer Anläufe nicht geschafft zu heiraten. Dann sollte es halt nicht sein. Sie hatte ihn keineswegs rausgeschmissen, er war ihr zuvorgekommen und freiwillig gegangen. Dafür konnte er das Auto haben, das er tatsächlich dringend benötigte. Keine Schrottmühle, da übertrieb sie, es war nicht mehr das neueste, zugegeben, aber der kommende TÜV dürfte kein Problem werden und danach noch Jahre und Hunderttausende Kilometer, längst in den Händen eines neuen Besitzers. Hier auf dem Land konnte Birne nicht ohne, in der Stadt braucht kein Mensch ein Auto. Katharina bekäme demnächst ein paar Euro überwiesen. Birne brauchte für das, was er hier vorhatte, nicht viel Geld.

Er trinke ihr auch zu viel. Von wegen. Das Trinken ginge jetzt erst los, meine Liebe. Der Film mit Nicolas Cage in

Las Vegas. Ganz genau so, nur ohne Prostituierte. Wirklich nicht. Er würde nur noch oben rum leben und unten nur wertlose Flüssigkeiten ausscheiden, die nicht schwanger machen konnten. Er würde umgekehrt nie wieder etwas trinken, was weder besoffen noch wach machte.

Was Birne noch fehlte zum Loswohnen war Bier, mindestens eine Kiste. Hier im Ort gab es keinen offenen Laden, zum nächsten Supermarkt oder zur nächsten Tankstelle war es ihm zu weit. Dafür gab es in Ödertshofen in der Mitte neben der Kirche ein Wirtshaus. Zu Dadas Lebenszeiten war er nie drin gewesen, der Großtante ging es dort zu verrucht zu. Man hatte mangels Alternativen ihren Leichenschmaus dort abgehalten. Schnitzel mit Pommes, viel Bier, einwandfrei. Von außen wirkte es rustikal, man hatte darauf verzichtet, ein feines Ausflugs- und Speiselokal draus zu machen. Sehr gut, eine Dorfpinte.

Als Birne eintrat, roch er Zigarettenrauch. Es scherte sich hier keiner um das bayerische Rauchverbot, wie sympathisch – hier konnte man Mensch sein.

Im Gastraum waren zwei Tische belegt. Einer mit vier laut diskutierenden Männern, am anderen schlief einer, und ein weiterer blickte trübe in seine Halbe.

»Grüß Gott«, sagte Birne und brachte eine mittelalte, den Umständen entsprechend elegante Frau hinter dem Tresen dazu, ihre halb gerauchte Zigarette in den Aschenbecher zu legen und zurückzugrüßen. Sie hatte sich sauber zurecht gemacht, als ob sie in Kürze von ihrem Stecher abgeholt und zu einer Tanzveranstaltung entführt würde, mitsamt Höhepunkt auf dem Rücksitz. Was er wolle, müsse er bloß sagen, hier kriege er alles.

»Verkaufen Sie auch Bier außer Haus?«, fragte Birne.

Sie schaute ihn an, als hätte er vor ihr die Hose heruntergezogen und sie aufgefordert, Tango zu tanzen.

»Bier?«

»Ja. Ich habe Durst – eine Kiste dürfte genügen.«

»Durst?«

»Ja. Auf Bier.«

»Dann soll er sich hinsetzen, dann kriegt er, was er braucht.«

Birne setzte sich an den Tisch mit den zwei stillen Männern. Die Frau verschwand durch eine Tür hinter dem Tresen. Vom Nebentisch brüllte ein dicker Mann im Blaumann mit einem hochroten Kopf: »So.«

Birne nickte zurück. »Hallo.«

Die Runde brach in Gelächter aus: männlich, wild, betrunken.

Ein schmächtiger, etwas älterer Herr in einer Musikantentracht winkte ihn her. »Komm, hock dich zu uns. Wir beißen nicht. Ja, ich mein schon dich.« Er fuhr geschäftig mit seinen dünnen Fingern in der Luft herum, ein Übergestikulierer. Der fand bestimmt nie eine innere Ruhe, der musste immer irgendwas unternehmen, urteilte Birne, das Gegenteil von ihm.

An seinem Tisch schnarchte der eine kurz auf, der andere hob kurz seinen Kopf und nickte Birne zu, so als wollte er ausdrücken, das sei schon okay, er trinke auch allein weiter, vielleicht wär's sogar besser, jetzt allein zu trinken.

Birne wechselte also den Tisch. Hier saß noch ein Jüngerer in einem *Metallica*-T-Shirt, am ganzen Körper tätowiert, und bohrte ununterbrochen in der Nase, schaute sich seine Popel an und steckte sie sich in den Mund. Ab und zu spülte er mit Bier nach. Er blickte müde, sein Gesicht gerötet vom Alkohol und der vielen Arbeit, die ihm allmählich zusetzte. Ein leichter Bauchansatz war wahrnehmbar. Der vierte rauchte mehr als dass er sprach. Er hörte zu und nickte ab und zu missfällig. Sein zarter Körper steckte in einem Karo-Hemd. Seine ölige Haut verunzierten im Gesicht alte Pickelnarben. Er war um die 30 und für sein Alter ziemlich ungelenk, ein schüchterner Knabe.

Birne wurde gefragt, wer er sei und was er wolle.

»Nur Birne, ich bin in dem alten Spegel-Hof eingezogen.«

Der Ältere, der ihn herbeigewunken hatte, fragte: »Was willst du denn da drin? Willst du es herrichten? Brauchst du ein paar gute Handwerker?«

Die Frau kam wieder und stellte Birne eine Kiste Bier hin. »Elf Euro.«

»Danke.«

Birne hatte nichts vor mit dem Hof. Er wollte sich verkriechen und am besten mit niemandem etwas zu tun haben.

»Ach, Babsi, bring ihm eine Halbe.«

Birne wurde bedient. Jetzt saß er mitten unter diesen Leuten, dabei, einer von ihnen zu werden.

»Guter Plan, hierher zu kommen. Ist ein guter Ort für junge Familien. Da kannst du locker vier, fünf Kinderzimmer ausbauen in dem Haus. Hier hast du alles, was du brauchst«, sagte der Ältere »Viele Familien ziehen hierher, ist wichtig, damit der Ort nicht ausstirbt.«

Der Metallica-Fan grunzte.

Der Dicke im Blaumann kam grinsend vom Klo zurück. Er stand in der Tür und winkte ihnen. »Kommt mit.«

Die Herren von Birnes Tisch inklusive Birne folgten ihm aufs Männerklo. Quer über die wunderschön meerblau gekachelte Pissrinne hatte einer drüber gespeit.

»Und? Wer war's ?«, fragte der Blaumann. Die Experten beugten sich über die Hinterlassenschaft.

»Schnitzel. Eindeutig Schnitzel.«

»Schnitzel hatten wir alle.«

»Das sind keine Pommes. Nie im Leben sind das Pommes.«

»Spätzle, eindeutig Spätzle.«

»Dazu Salat. Hier Gelbe Rüben, da Blattsalat, Gurken, alles da. Praktisch ohne Kauen.«

»Eindeutig ein Beilagensalat.«

»Und Soße. Spätzle mit Soße.«

Und jetzt alle: »Der Paul. Die alte Sau.«

Birne war beeindruckt.

Man kehrte zurück und gratulierte Paul, der sich nur zurückhaltend freuen konnte: Es handelte sich um den Schläfer vom Nebentisch.

Endlich stellte sich die Runde Birne vor. Ignaz, im Anzug unterwegs, war der zweite Bürgermeister, Freie Wähler, worauf er so stolz war, als hätte er persönlich ein erfolgreiches Attentat auf Adolf Hitler verübt. »Bei uns haben die Schwarzen nicht für einen Pfennig was zu sagen. Es gibt sie, aber du kannst sie vergessen. Hier und jetzt auf der Stelle.«

»Freut mich«, freute sich Birne.

»Ich heiß zwar Ignaz, aber alle sagen Gigi zu mir.«

Der Mann im Blaumann war Anton oder Toto, wie seine Freunde zu ihm sagten. Ihm gehörte eine Autowerkstatt. Er kam direkt vom Schaffen auf ein, zwei, sieben Halbe kurz vorbei, die Hände würde er sich waschen, sobald er daheim wäre.

Der nasebohrende Metallica-Fan war Didi. Mehr sagte er erst mal nicht.

Im Karo-Hemd steckte ein gewisser Kroko. Er bot Birne eine Stuyvesant aus seiner Packung an. »Magst?«

Ja, und wie. Die behandelten ihn so nett hier, Birne wurde mittlerweile seine dritte Halbe bestellt, obwohl er leise protestierte – er hatte noch ein Auto heimzufahren.

»Gutes Anwesen«, sagte Ignaz beziehungsweise Gigi.

»Gut.«

»Du bist kein Handwerker«, bemerkte Ignaz-Gigi. Keiner von den anderen hörte ihm zu, weil sie lautstark über die Tische hinweg mit dem wieder erwachten Paul über den FC Augsburg diskutierten.

»Die haben scheiße gespielt«, meinte Paul lallend.

»Die haben nicht scheiße gespielt«, widersprach Anton, der Toto.

»Die haben schon scheiße gespielt.«

»Die haben einen Scheißdreck scheiße gespielt.«

»Wieso schießen sie dann keine Tore, wenn sie nicht scheiße spielen?«

»Dir schieß ich gleich ein paar Tore in dein Maul, wenn du nicht gleich eine Ruhe gibst.«

»Du schießt auch scheiße, aber nicht aus deinem Maul.«

Et cetera, et cetera.

Und im Schatten dieser Diskussion fuhr Ignaz fort: »Was willst du denn mit dem alten Glump? Das Beste wäre es doch, das Ganze zusammenzuschieben und was Neues hinzubauen. Oder?«

»Weiß nicht,« sagte Birne.

»Du hast kein Pulver, das seh ich. Woher kommst du? Aus der Stadt? Das seh ich auch. Was will so einer wie du hier? Als Fremder hat man es nicht leicht, die meisten haben nach spätestens zwei Monaten irgendeinen Streit, sodass sie am liebsten gleich wieder weggehen. Glaub's mir. Lass gut sein.«

»Wenn die fünf Mark kriegen würden für jedes Tor, das sie nicht schießen, dann könnten sie auf dem Geld heimsurfen.«

»Und wenn du so groß wie blöd wärst, dann könntest du auf den Mann im Mond scheißen.«

»Ich kaufe es dir ab. Sag einen Preis, ich zahle alles.«

Ignaz schob Birnes Bierdeckel, auf dem in Form einer Strichliste Birnes Bierkonsum verzeichnet war, unter seinen.

»Was machst du dann damit, Gigi?«, fragte Birne.

»Ich reiß es ab und bau was Neues hin.«

»Das hat Konsequenzen«, schrie Paul, den gerade beinahe ein Schnapsglas getroffen hätte, das aus Antons Richtung geflogen kam.

»Deswegen hast du immer noch eindeutig keine Ahnung.«

»Kein Respekt mehr, das büßt du, das schwör ich dir.« Paul schmiss den Aschenbecher auf Toto und verfehlte ihn nur knapp.

»Peace, Männer, Peace.« Gigi Ignaz schlichtete. Asche verteilte sich in der Luft. Toto Anton musste husten. »Es langt, Männer.« Gigi versuchte Toto zurückzuhalten. Zu langsam: Toto sprang auf und schüttete ein volles Weizenglas in Pauls Richtung. Der saß zu weit weg, den größten Teil bekam Birne über den Kopf. Er begann sofort, nach Bier zu stinken.

Gigi Ignaz empörte sich: »Braucht es das?«

Der andere Mann, der bisher stumm an Pauls Tisch gesessen hatte, schlug plötzlich wie von einer Spinne gebissen auf den Tisch ein und fluchte. »Blutsakra, Herrgottsakra, Sakrasakrament. Sakra, Sakra, Sakra Herrgott, Sakra, Sakrament.«

Es wäre bald Blut geflossen, hätte sich nicht Babsi dazwischengeworfen. Birne fiel ihr draller Hintern auf. Sie streckte ihn ihm entgegen, als sie die anderen zurechtstutzte. »Ruhe, ihr Sekkl, sonst müsst ihr heim und da weitersaufen.«

Birne hätte gerne an den Po gegriffen, aber seine gute Erziehung hielt ihn zurück. Er war nicht zum Rumvögeln hierher gekommen, er wollte sich zusammensaufen. Und je weniger aufrichtig an seinem Grab weinen würden, desto besser. Rücksicht auf die Hinterbliebenen nehmen, die das dürre Tal noch eine Weile zu durchschreiten hatten. Deswegen auch kein Zug, sondern die Leber.

Die Drohung mit dem Rausschmiss wirkte. Sofort kehrte Ruhe ein und Schnaps wurde bestellt für alle zu Versöhnung. »Sind wir wieder gut.«

Birne zog sich auf die Toilette zurück, um sich ein wenig frisch zu machen für das Finale dieses Abends. Neben ihm stand auf einmal Didi. Er versuchte, mit seinem Strahl ein Salatblatt aus Pauls Kotze, das an einer Kachel klebte, runterzuwaschen.

»Und? Taugt es dir?«, wollte er von Birne wissen.

»Prima.«

»Deppenhaufen. Wie alt bist du?«

»36.«

»Hätt dich ein bisschen älter geschätzt. Nix für ungut, ich bin 30.«

»Birne.«

»Ich weiß. Am besten, du lässt dich in nichts hineinziehen. Ein paar sind gefährlich, da wär's besser, wenn du aufpasst. Die meisten sind okay, die werden bloß aggressiv, wenn sie gesoffen haben. Bei manchen musst du aber auch nüchtern vorsichtig sein.«

Das Salatblatt schwamm in der Pissbrühe dem Ausfluss entgegen. Didi versuchte sich nun an einem festgepappten Spätzle, das sich als bemerkenswert zäh erwies. Für ein Pissgespräch fielen außergewöhnlich viele Worte. Didi ließ sich nicht bremsen: »Hast du eine Alte?«

Birnes wunder Punkt. »Ach, leck mich doch am Arsch mit Alte.«

»Aber schwul bist du nicht?«

»Manchmal denk ich mir, es wäre gescheiter.«

Didi lachte auf. »Das hast du recht. Ich bin so fertig.« Er bot Birne eine Zigarette an, dann gingen sie ins Freie, obwohl es nicht nötig gewesen wäre. Frische Luft. »Den ganzen Tag Arbeit und morgen wieder, die pressen uns aus. Ich seh meine Alte kaum noch. Eigentlich schade, aber was soll's? Die Hütte muss irgendjemand abbezahlen. Oder?«

»Habt ihr gebaut?«

»Ja klar. Was denkst du denn? Dass ich was miete?«

»Nö. Scheiße.«

»Kinder will sie jetzt wahrscheinlich auch noch. Da hat sie noch nicht genug davon.«

»Wieso?«

»Kindergarten, Jugendgruppe. Weiß der Teufel. Weiber, dass ihnen halt nicht langweilig ist. Was ist jetzt mit deiner?«

»Die ist beim Teufel. Da, wo der Pfeffer wächst.«

»Gute Entscheidung. Gratuliere.«

»Ach, ohne ist auch nichts.«

»Kann schon sein. Ich liebe die Freiheit halt so sehr. Aber ohne ist auch nichts. Man muss aufpassen, dass sie nicht die Überhand kriegen. Ein guter Kumpel von mir, der Dodo, Mann, ist der fertig. Seine Alte lässt ihn nicht mehr raus. Früher wäre er mit am Tisch gesessen, heute Abend sitzt er daheim vor der Glotze und schaut Bauer sucht Frau. Erbärmlich. Ich sollte auch daheim sein, das höre ich mir heute Nacht an, aber da ist es mir scheißegal. Ich liebe sie.«

»Metallica«, sagte Birne fachmännisch – Didis T-Shirt.

»Bis *Master of Puppets*. Danach nur noch Pop, zuletzt diese Scheiße mit Lou Reed. Hey, wenn mir da James Hetfield auf der Straße hier begegnet wäre, der hätte meine Faust in der Fresse gehabt.«

»Nach 86 waren Megadeth eh besser.«

»Nur kurz, *Rust in Peace*, danach war zum Thema Speed Metal alles gesagt. Leider.«

»Vergiss nicht *Never Neverland*.«

»Annihilator, klar. Der Mann kennt sich aus. So einen habe ich gesucht.«

»Kommt jetzt der Heiratsantrag?«

»Beinahe. Hast du am Freitag was vor?«

Ob Birne am Freitag schon was vorhabe? Witz geschissen, oder? Birne hatte nie mehr was vor.

»Irgendwas mit Bier«, antwortete er.

»Trifft sich gut. Bier wird's geben in rauen Mengen.«

»Bei was?«

»Wild Virgin Remember Night.«

»Wild Virgin?«

»Sag bloß, du hast noch nie vom Wild Virgin gehört. Sag mal, hast du die letzten 25 Jahre auf dem Mond verbracht? Das war die beste Disco weit und breit, die sind bis aus Ulm und Augsburg hierher gefahren. Metal ohne Ende, das Ziel für alle Headbanger und jetzt rat, wer damals der DJ war.«

»Du?«

»Der Kandidat erhält 100 Punkte, bei 101 hätte es einen Moulinette gegeben.«

»Da bin ich ja haarscharf vorbei. Und wieso gibt es den Laden nicht mehr?«

»Ärger mit den Bullen, Scheiß-Bullen, Arschloch-Bullen. Haben dem Gigi den Laden dicht gemacht.«

Birne hatte noch nicht über seine Profession gesprochen und nahm sich vor, der Frage ausweichend zu antworten, sollte sie in irgendeinem Zusammenhang noch fallen. »Der Ignaz war Disco-Besitzer?«

»Der Gigi hat schon fast alles gemacht. Jetzt gibt es auf jeden Fall einmal im Jahr die Remember Night und rat mal, was die beste Party weit und breit ist?«

Kroko torkelte vor die Tür. »Männer, ihr werdet vermisst. Oh – störe ich beim Knutschen?«

»Keine Sorge. Du, ich verstehe mich gerade gut mit unserem Birne, der legt mit mir auf am Freitag.«

»Und ich?«

»Weißt du, deinen Party Power Pack, den kannst du daheim lassen. Birne versteht was von der Musik und du bist ein Poser, das muss ich dir so sagen und du verstehst es, weil ich dich mindestens so liebe wie meine Frau.«

»Die legt auch nicht auf.«

»Die leckt mich«, sagte Didi. »Und sonst keinen.«

Kroko wurde sauer. Er warf einen Aschenbecher, den er unter der Jacke versteckt hatte, auf den Boden. Es klirrte.

»Kroko, was willst du mit den Aschenbechern?«, fragte Didi. »Du nimmst jedes Mal einen mit. Ich hab Angst um meine CDs. Die kriegen auch Beine, wenn du auflegst. Und zwar keine schönen, zwischen die man mal reinrammen wollt.«

Birne war's wurscht, als DJ hatte er schon einige Partys auf dem Gewissen, da kam es auf eine mehr nicht an. »Das Blöde am Bier ist ja, dass man es nicht kaufen kann, nur mieten. Ich muss pissen« Er ließ die beiden allein zurück.

Als er die Wirtsstube wieder betrat, freute sich Gigi Ignaz dermaßen über den neuen DJ, dass er eine Runde Schnaps kommen ließ. Kroko weigerte sich mitzutrinken, er müsse am Morgen raus et cetera. Damit handelte er sich einen Haufen Häme ein, aber er blieb standhaft und grantig.

Es kamen weitere Schnäpse und sie wirkten und würgten schließlich, bis Birne fand, es war an der Zeit zu gehen. Was er noch zu sagen hätte, dauerte nicht mal eine Zigarette. Immerhin hatte er morgen nichts vor, während alle anderen in eine Arbeit konnten und mussten. Wie ätzend war das, verkatert ausschlafen zu müssen. Wenn man schon den ganzen Vormittag bis nachmittags um vier im Bett liegen musste, dann wenigsten nüchtern, ohne Kopfweh, um es wenigstens ein bisschen genießen zu können. Birne klemmte sich seine Bierkiste unter den Arm und winkte zum Abschied.

»Willst du den nach Hause tragen?«, fragte Toto Anton.

»Kann ja schlecht fahren mit acht Halben.«

»Schau, da hockt die Polizei, vor der brauchst du keine Angst zu haben, die kontrolliert keinen mehr.« Toto deutet auf Paul, der laut Lieder aus seiner Jugend plärrte. Creedence Clearwater Revivals *Proud Mary* und *I want to break free* von Queen.

»Fahr zu, Bub, fahr zu. Das Gesetz drückt die Augen zu.« Paul zwinkerte ungelenk.

Gigi legte ihm eine Hand auf die Schulter. »Dem kannst du mittlerweile vertrauen, den haben wir zahm gemacht.«

Beim Rausgehen stand Babsi am Tresen und winkte ihm mit einer Zigarette. »Komm bald wieder. Ich habe immer für dich auf.« Sie sah so geil aus, Birne musste sich so abartig beherrschen.

Birne hatte schon eine Menge Dinge mit Alkohol angestellt, auch Unfug. Aber betrunken zu fahren, hatte er vermieden, so weit es ging. Der Lappen war ihm zu viel wert, den sollten ihm die Kollegen nicht zwicken. Den Führerschein zu verlieren, wäre der Sache, die er gerade am Laufen hatte, nicht förderlich.

Es befand sich niemand auf der Straße, was gut war, denn die- oder derjenige hätte den nächsten Morgen wahrscheinlich nicht erlebt. Birne hatte nur verschwommene Erinnerungen an die Heimfahrt. Er wusste, dass er einen Außenspiegel eines zufällig am Weg parkenden Autos abgestreift oder abgefahren hatte. Und bei sich daheim in der Hofeinfahrt kam er noch ein bisschen an den Zaunpfosten, wodurch er mit dem rechten Hinterrad in einen kleinen Graben rutschte, der an seinem Anwesen vorbeiführte. Halb so schlimm, können wir uns morgen drum kümmern, dachte Birne, schnappte sich seine Kiste und schleppte sie ins Haus.

Weil er sich überhaupt noch gar nicht müde fühlte, öffnete er sich eine Flasche Bier und schaltete den Fernseher an. Auf Arte lief ein Film von Rainer Werner Fassbinder, da haute gerade ein Mann einem anderen voll in die Fresse. Birne lachte laut auf und schlief sofort ein. Das Bier lief ihm in den Schritt, sodass es aussah, als habe er eingenässt. Guter Start. Wovon man in der ersten Nacht in einer neuen Wohnung träumt, das wird wahr. Geräusche weckten ihn. Ein Scharren und Kratzen von oben. Birne schaltete den Fernseher aus, roch an seinem Geschlecht und freute sich, dass es nur Bier war. Er suchte nach seiner Taschenlampe. Er fühlte sich schon wieder erstaunlich nüchtern. Draußen dämmerte der neue Tag herauf. Birne hatte keine Angst.

Auf dem Dachboden war niemand. In der Ecke, hinter einem Stoffknäuel, bewegte sich was. Birne leuchtete dorthin. Tiere. Birne trat näher und hob ein Stück Stoff zur Seite. Kleine Tiere, unlängst geborene Tiere. Süß sozusagen. Keine Katzen, keine Ratten und keine Mäuse. Birne ging näher ran: Marder. Marder in seinem Haus. Vier kleine Stück. Birne zuckte zusammen. Süß, ja süß. Wo hatten sie die Mutter? Keine Mutter, nirgends.

TAG 2: MARIA MAGDALENA

FAULEN

Birne erwachte relativ früh am folgenden Morgen. Eine innere Unruhe weckte ihn. Birne blickte sich um. Er würde hier nichts unternehmen, er würde das alles so lassen. Ihm genügte das völlig. Lieber tot sein als hier rumzureißen. Alter Scheißdreck. Nichts renovieren, nichts anfangen. Er würde das Geld nehmen von diesem Gigi Ignaz. Geld ist nie ganz verkehrt. An so einem Besitz hing keiner mehr. Nach Dadas Tod hatte sich ein Jahr keiner mehr gekümmert. Birne drehte sich im Bett. Er hatte nichts vor. Verrecken mit Bier. Er konnte liegen bleiben oder aufstehen. Keinen interessierte das. Er konnte fernsehen und saufen oder lesen oder schreiben. Birne schloss die Augen. Er stellte sich Katharina vor und hoffte, dass es ihr schlecht ging, dass sie ihn vermisste. Er dachte an seine Kollegen bei der Polizei, Tanja und Trimalchio, und fühlte sich von ihnen verraten. Der Ausgestoßene und die Arschlöcher. Seine zwei Schulfreunde Friedrich und Teddy, die versucht hatten, ihn zu erpressen. Das hatte sich alles in Luft aufgelöst. Die Wahrheit war ans Licht gekrochen wie eine Schlange. Sie konnten ihm nichts mehr anhaben und er ihnen auch nicht. Jetzt wartete er auf seinen Prozess. Es konnte nur in einem Desaster enden. Birne wollte sich nicht verteidigen, er würde das Urteil akzeptieren und schlucken und schlucken und schlucken. Er würde sich kaputt machen, bevor sie ihn kaputt machten. Er hatte als Polizist bei einem Bagatelle-Einsatz auf dem Augsburger Plärrer einen Jugendlichen etwas hart angefasst. Es gab keinen Grund. Die kaputten Nerven, der Alkoholismus. Er musste sich behandeln lassen. Eigentlich. Der Leidensdruck war noch zu gering, die Erfolgsaussichten schlecht. Verplemperte Zeit. Sein ganzes Leben. Dieser Russe, der sich ins Bett legt und vergammelt – Oblomow – dieses Buch wollte sich Birne noch besorgen und sich dann reinziehen als Soundtrack zum Untergang, weil es rockte und passte. Der Oblomow kam auch nicht aus seinem Bett raus, der machte es exakt richtig. Aber der Oblomow verliebte sich noch. Birne verliebte sich nicht mehr. Zum Beispiel die Babsi, seine Wirtin von gestern, die würde schön ihre Ruhe vor ihm haben, keine Sorge.

Lesen, was geht. Sich totlesen, so ging der Plan. Bücher mit Schnaps und Bier. Und Finger weg von Kriminalromanen, weil sie alle logen. Wieso lasen die Leute Kriminalromane? Warum waren die alle so geil drauf? Weil die Geschichten anders verliefen als ihr Leben. Dort stand das Leben Kopf. Da kommt einer um, und das Chaos ist groß, und ein anderer kommt und richtet es wieder, fasst einen Mörder oder Schwerverbrecher, und das Chaos ist weg und die Ordnung wiederhergestellt. Das ist die Sehnsucht der Leute. Und beim Birne verhielt es sich genau andersrum: Der Birne lebte das echte Leben, das einigermaßen geordnet begonnen hatte und nun immer mehr im Chaos versank. Birnes Leben verhielt sich wie das Universum. Das entsprach dem natürlichen Lauf der Dinge und der Kriminalroman dem Gegenteil davon. Leider. Finger weg von den Kriminalromanen.

Irgendwo da draußen ging eine schwanger von ihm, die Sylvia. Die wollte er nicht mehr sehen, die hatte einen Mann, und der sollte das Kind ganz Kuckuck aufziehen, Hauptsache Birne bekäme nichts davon mit.

Birne stand auf, weil er pissen musste, und weil er eh schon auf dem Klo war, kotzte er noch, dann musste er nachher nicht noch mal aufstehen. Die Zähne putzte er sich nicht, sollten die als Erste verfaulen an ihm als schreckliche Warnung an alle anderen Körperteile: So, Freunde, wird es euch allen gehen, und ihr wart nie stolz und weiß und Teil eines Lächelns, sondern immer schon der Arsch oder die Leber. Dann hielt er noch mal seinen Zipfel in der Hand, schüttelte ihn und dann seinen Kopf: Wie lächerlich dieses Teil an ihm hing. Fader Wurm, der nachts wegkroch, um an Leichen auf dem Friedhof zu knabbern und sich in der Früh wieder an ihn dranhängte, um den faulenden Saft wieder loszuwerden.

Weil Birne schon in der Senkrechten stand, schaute er hoch zu seinen neuen Mitbewohnern, den Mardern. Sie waren noch allein. Sie mussten was fressen. Er musste ihnen Milch besorgen.

Der Karren steckte mit dem rechten Hinterrad im Graben fest. Birne fluchte. Das Auto hatte auch einen fetten Kratzer vom Zaun abbekommen. Allein stand er blöd da, er konnte nichts ausrichten; jemand musste ihn herausziehen. Er musste wieder in die Wirtschaft zu seinen neuen Freunden – und wieder saufen. An sich passte es ihm gut in den Kram: bisschen wohnen, bisschen saufen, bis die Lage sich besserte oder er tot war.

Ein Hund bellte. Birne stieg aus. Über seinen Hof ging ein Fremder; er bewegte sich völlig selbstverständlich auf ihn zu, neben ihm ging der Köter. Über den mächtigen Bauch des Fremden spannte sich ein kariertes Hemd.

»Kann ich helfen?«, fragte jener, bevor Birne ihn vom Hof jagen konnte.

Der Hund tobte. Birne sorgte sich um seine Marder. Die Kleinen. »Gern. Allein schaffe ich es nicht.«

»Dumm gelaufen. Na ja, muss man auch erst mal hinbekommen.«

Birne setzte sich ans Steuer, der andere schob, paar Mal Vorwärts- und Rückwärtsgang rein, und das Auto war draußen.

»Servus. Ich bin der Viktor. Willst du?« Viktor bot Birne Schnupftabak an. Birne lehnte ab, davon bekomme er immer ein Niesen.

»Ist gut«, sagte Viktor und nahm eine beeindruckende Prise.

Birne rückte weg von ihm, er roch das Zeug nicht gern und wollte Abstand haben für den Fall, Viktor müsste ebenfalls niesen.

Er schniefte nur. »Ich nehme es auch nur ersatzweise. Normalerweise bin ich für was anderes.«

Birne blickte skeptisch. Viktor fuhr fort: »Ich kiffe gern. Ich hoffe, du hast kein Problem damit. Ist besser als Saufen, vor allem gesünder, ist gut gegen Asthma sogar, hat man nachweisen können und fördert die Intelligenz, wissenschaftlich erwiesen.«

»Bist du zufällig hier vorbeigekommen?«, unterbrach ihn Birne. Mit dem Kiffen verhielt es sich so wie mit dem Schwulsein oder dem Computerspielen: Man konnte es machen, man sollte nur nicht darüber reden. Sonst wurde man dem Mitmensch lästig.

»Nein. Ich suche meinen Hund, der haut immer ab. Hier hab ich ihn gefunden, den alten Streuner. Der Bazi. Du hast Glück gehabt. Ohne mich hättest dein Auto nicht rausbekommen. Wie ist es denn da hineingekommen?«

»Scheißegal.«

»Ich würd' das mal anschauen lassen in der Werkstatt, nicht, dass mehr kaputt ist«, sagte Viktor.

»Danke für den Tipp.«

»Gehört dir das jetzt?« Viktor schaute über den Hof.

»Der Familie, aber im Moment kann keiner was damit anfangen, also hab ich mich hier kurzfristig eingerichtet.«

»Gut, freut mich. Dann spreche ich mit dem Richtigen.«

»Willst du hier einziehen?«

»Ich würde mich gern ein wenig umsehen. Es heißt, dass die Gebäude abgerissen werden und was Neues hinkommt: Mehrfamilienhäuser.« Das letzte Wort klang verächtlich. Viktor wollte offensichtlich kein Mehr an Familien.

»Ich weiß von nichts. Ich denke, ich werde verkaufen und dann weiterziehen. Wahrscheinlich geht es dann so weiter, wie du sagst.«

»Schade.«

»Du kannst es mir abkaufen, wenn es dir so besser gefällt.«

Viktor rieb Daumen und Mittelfinger aneinander. »Woher?«

»Dann kann man nichts machen. Willst du ein Bier?«

»Es ist erst zehn Uhr«, sagte Viktor und nahm gern an. »Von nichts kommt nichts.«

»Und viel hilft viel.«

»Wie kommst du hierher?«, fragte Viktor.

»Ich habe ab und zu in den Ferien hier bei meiner Großtante übernachtet.«

»Bei der Dada? Schade um sie, sie hat das Anwesen in Schuss gehalten auch im Alter. Weißt du, ich bin hier in Ödertshofen aufgewachsen und bin nie viel weggekommen, ein paar Jahre zum Studieren, danach hat es mich gleich wieder hierher gezogen. Heimat und so: Die Freunde, die Familie, die Gegend. Schade gerade um die Gegend. Die verkommt wegen Leuten wie dir.« Er leerte die Bierflasche und reichte sie Birne.

»Ich zerstöre dir die Heimat. Alles klar.«

»Mehr oder weniger. Weißt du, es ist so schön hier, die Landschaft, alles. Aber keiner sieht es mehr, weil sich alle nur noch ins Auto setzen und an der Gegend vorbeifahren, zum Supermarkt, in den Urlaub oder in den Ikea, und das dazwischen nimmt keiner mehr wahr. Alles nur noch Zweck. Jedes Kaff braucht ein Gewerbegebiet, wo sie dann möglichst viel Fläche zubetonieren und Lagerhallen draufstellen können. Dann sprudeln die Einnahmen, dann wird es noch hässlicher hier, dann müssen sie noch mehr in den Urlaub fahren, dafür brauchen sie neue Straßen, dann wird das nächste Stück Natur zugebaut. Oder die Wirtschaften. Ein Wirt nach dem anderen verreckt, weil sie alle nur noch in ihre damischen Vereinsheime hineinflacken und Leberkäs fressen, bis er ihnen aus den Ohren wieder rauskommt. Und der Leberkäs kommt natürlich nicht vom Metzger vom Ort, sondern vom Supermarkt *vorm* Ort, wo sie wieder mit dem Auto hinfahren müssen, die Deppen. Sei mal still.« Viktor war auf einmal sehr emotional geworden.

Birne lauschte konzentriert.

Viktor fragte: »Was hörst du?«

»Autos.«

»Sie fahren Tag und Nacht. LKW, PKW, am Wochenende die Motorräder. Ununterbrochen, keine Minute Pause. Das Rauschen kommt von überall her, der Soundtrack unseres stillen Örtchens. Selbst wenn man die Straße nicht sieht, man hört sie. Die meisten hören es gar nicht mehr. Immer ist jemand unterwegs, weil es da, wo er herkommt nicht mehr schön ist, und dort, wo er hinfährt, es bald auch nicht mehr schön sein wird. Scheiße. Hat Ignaz mit dir gesprochen?«

»Ja, hat er.«

»Der verdient richtig Asche damit, dass er uns die Heimat verschandelt, dann rennt er aber den ganzen Tag in der Blasmusikuniform rum und redet von Tradition, obwohl er keinen Ton auf irgendeinem Instrument zusammen bringt. Den müsste man einbetonieren und mit der Walze drüberfahren, dann wüsste er, wie das ist. Ich habe nichts gesagt. Nix für ungut.«

Birne war nachdenklich geworden während Viktors Rede. Er schaute sich um und musste zugeben, dass es hier schön aussah: Hinter seinem Stadel standen zwei mächtige Eichen und eine Kiefer; er konnte auf der anderen Seite, wenn er sich die Bank vor seinem Haus mit einem frisch eingeschenkten Weizen setzte, auf eine Flussaue hinabblicken, geschmückt von vereinzeltem Gehölz, dahinter erhob sich ein bewaldeter Hügel – potenzieller Raum für ein Gewerbegebiet und eine Umgehungsstraße. Man musste nur verkaufen.

Ödertshofen war ist ein typisch mittelschwäbischer Flecken und befindet sich 25 Kilometer vor den Toren der nächsten großen Kreisstadt inmitten eines Naturparks. Der aufstrebende Ort bietet alle modernen Versorgungseinrichtungen sowie ein umfassendes Angebot in den Bereichen Freizeit, Sport, Naherholung und Kultur. Es finden im Jahr zwei Jahrmärkte am ersten Sonntag im Mai und am zweiten Sonntag im September sowie ein Weihnachtsmarkt am letzten Sonntag im November statt. Ödertshofen entstand im 11. Jahrhundert auf einer Waldrodung. Daher leitet sich auch der Namen ab: eine Ansammlung von Gehöften – »Hofen« –, die um eine gerodete Fläche, einen »Öd« oder »Ödert«, angelegt wurden. Erstmals urkundlich erwähnt wurde der Ort 1162. Am 31. Juli 1928 ereignete sich der Eisenbahnunfall von Ödertshofen, ein Auffahrunfall zweier Züge, verursacht durch eine Weichen- und Signalstörung. Dabei kamen 23 Menschen ums Leben. Sitzverteilung im 14-köpfigen Gemeinderat: CSU fünf Sitze, Freie Wähler acht Sitze und SPD ein Sitz. Ödertshofen befindet sich auf einer Höhe 460 Metern über dem Meeresspiegel und hat eine Bevölkerungsdichte von 95 Einwohner je Quadratkilometer. Die wichtigsten Vereine sind der Turn- und Sportverein, die Feuerwehr, der Maibaum- und Faschingsfreundeverein, der Heimatverein und der Blasmusikverein. Bedeutende Söhne des Ortes sind der Maler Ludwig Fischer, 1756 bis 1814, der Heimat-Dichter Friedrich Pilsner, der hier 1775 geboren, aber im Nahen Osten 1823 erschlagen wurde, sowie Günter Glatt, der heute in München lebt und mehrere Drehbücher für die erfolgreiche ARD-Serie Tatort verfasst hat. 93,8 % der Gemeinde sind katholisch, bei der Sternsinger-Sammlung im Januar haben die Ministranten 356,48 Euro für notleidende Kinder in der Dritten Welt gesammelt. Der Pfarrgemeinderatsausflug führte heuer nach Altötting sowie zu einem geselligen Ausklang bei Wurstsalat in einem Gasthaus auf der Strecke. Was zum Beispiel hier anders läuft als in Amerika zum Beispiel: Es konnte schon mal gar nicht so viel verkehrt sein an einem Ort, der in der Mitte eine Kirche vorzuweisen hat, mit einem Wirtshaus daneben. Dazu eine Metzgerei und eine Bäckerei: Brot, Wurst, Bier und Gott – das langte fürs Erste. Die Babsi hat in ihrem Gasthaus zur Sonne im vergangenen Jahr 3.894 Schnitzel sowie 64.632 Liter Bier zu den Besuchern ihrer Wirtschaft getragen. Zahlen logen nicht.

»Deswegen wollte ich dich fragen, ob ich mich hier noch mal ein bisschen umschauen dürfte, bevor sie alles abreißen«, sagte Viktor in das Verkehrsrauschen. »Bei dir im Stadel und auf dem Dachboden, da schlummern Schätze. Ich würde sie mitnehmen für den Heimatverein, dann musst du sie schon mal nicht entsorgen. Na?«

»Aber der Hund kommt mir nicht ins Haus.«

»Der ist brav, der tut nichts.«

»Da sagen alle, aber ein Tier ist ein Tier und bleibt ein Tier.«

»Aber der hier tut nichts. Wenn ich es dir schon sage.«

»Und ich sage dir, dass das alle sagen und am Ende habe ich einen Riesenhaufen auf dem Teppich. Das hasse ich.«

»Manche Leute sind echt komisch.«

»Meinetwegen bin ich manche Leute, das macht mir gar nichts, solange mir der Hund nicht ins Haus kommt.«

»Also gut.«

Im Prinzip hatte Birne nichts dagegen. Es war wegen der Marder. Und wer sich Marder hielt oder zumindest tolerierte, der durfte sich, wenn er ehrlich zu sich war, auch als komisch oder zumindest ein wenig eigen bezeichnen lassen von den anderen. Birne redete nicht über die Marder, das musste nicht jeder wissen. So etwas konnte im dummen Fall gegen einen verwendet werden. Ihm kamen da gerade Zweifel, ob er das Geschäft mit Ignaz überhaupt abschließen sollte. Im Grunde hatte Viktor recht. Es war schlicht schön hier. Wenn er es nur ein bisschen in den Händen gehabt hätte, wäre er sofort zum Baumarkt gefahren und hätte losrenoviert. Nur war er handwerklich bestimmt einer der zehn unbegabtesten Menschen weltweit. Er bot stattdessen Viktor noch eine Halbe an. Der lehnte ab, er werde sonst zu betrunken.

»Du brauchst dich nicht zu beeilen. Ich werde vorerst nichts verändern, glaube ich«, sagte Birne. »Ich lass das so. Ich denke noch mal darüber nach, was ich mit dem hier eigentlich anstellen will. Weißt du, ich kann gar nichts selber machen, ich habe zwei linke Hände. Hast du schon was gegessen?«

»Du, ich finde das prima, dass ich dir die Augen ein wenig öffnen konnte.«

»Ich hole uns was beim Metzger. Fleisch und Wurst. Brotzeit. Komm.« Birne wollte auf einmal menschliche Gesellschaft, die sich gar nicht so schlecht anfühlte, wenn es die Richtige war.

»Vielen Dank, ich habe heute nicht so viel Zeit, ein andermal gern.«

Birne wollte trotzdem Fleisch. Er brauchte zumindest Hackfleisch für seine Marderbabys. Er ging zu seinem frisch aus dem Graben befreiten Auto. »Wirklich nicht?«

»Nein, wirklich nicht. Ich bin wahrscheinlich schon weg, wenn du zurückkommst. Ich schau erst nur grob drüber, wo ich dann genauer inspizieren kann. Danke fürs Bier. Ich komme bald wieder, dann revanchiere ich mich.«

»Versprochen?«

»Ganz sicher.«

»Aber der Hund bleibt draußen.«

»Versprochen.«

Birne gab nicht nach. Er ging noch mal ins Haus und holte Papier und Stift – wie Oblomow, und ließ sich Viktors Telefonnummer und Adresse geben. Er wollte genau beschrieben haben, wo Viktor wohne und versicherte mehrmals, dass er sich gut vorstellen könne, dem Heimatverein beizutreten. Viktor war der Vorsitzende.

»Am Wochenende ist unser Volksfest. Da stellen wir was auf die Beine. Wär schön, wenn du vorbeikommen könntest. Am Freitag ist Familiennachmittag.«

»Und abends Wild Virgin Remember Night.«

»Genau, etwas für die Jugend.« So alt war Viktor nicht, früh vergreist vielleicht, hing schon im jungen Alter an dem vergangenen Zeug, die Zukunft interessierte ihn nicht sonderlich. Sollte er in dem alten Kram wühlen. Birne hing an nichts, was da vor sich hingammelte, konnte er sich den Sperrmüll sparen, wenn Viktor was mitnahm. Der Viktor sollte nur die Marderbabys in Ruhe lassen.

Als Birne den Motor startete, sah er, wie der Köter auf den Hof vor seiner Haustür kackte. Drauf geschissen, dachte Birne. Er brauste davon. Auch von Autos verstand er nichts, doch er meinte, dass da irgendwas komische Geräusche machte. Ja, das musste mal jemand anschauen demnächst. Normalerweise wäre er besorgter gewesen, doch das morgendliche Bier beruhigte ihn.

ÜBERFAHREN

Didi spürte jeden Knochen im Leib. Er war keine 20 mehr und biss in seine Leberkässemmel. Brotzeit ist die schönste Zeit. Dass er nicht kotzte! Es war zu viel. Jeden Morgen beim Aufstehen fühlte er sich wie ein Versager. Er sollte weg und was anderes anfangen. Ihm fehlte die Kraft. Alle um ihn dieselben Loser wie er. Von nicht mehr Wollen hin zu nicht mehr Können war es nur ein Schritt, nur ein letzter Schritt. Weniger Bier wäre der Anfang gewesen. Er war kein Alkoholiker. Sie soffen, aber deswegen waren sie keine Alkoholiker. Didi hatte mit ihr über 48 Stunden kaum ein Wort gesprochen. Mit der eigenen Frau. Konnte sein, dass sie beleidigt war. Senf lief ihm über den Handrücken, es war zu viel Senf auf dem Leberkäse, er hasste diese Semmel. Und er hasste es, wenn sie schwieg, um ihm etwas mitzuteilen. Was? Dass er zu viel soff? Das wusste er selbst. Er wusste vor allem, was zu viel ist. Besser als sie. Zu viel ist, wenn man am nächsten Morgen so aufwacht wie er heute. Seine dumm getrunkenen Kumpels beurteilten ein Bier immer noch nach dem Geschmack. Für ihn ging es bei der Bewertung einer Biersorte ausschließlich um den

Kater, der in der Nacht angeschlichen kam. Zumindest unter der Woche.

Er schmiss die elende Semmel weg, damit er wenigstens noch Zeit hatte, eine zu rauchen. Damit konnte er auch mal aufhören. Sie hatte es ihm vorgemacht. Sie konnte alles besser. Tolle Frau. Deswegen hatte er sie geheiratet. Ohne Scheiß, sie war die Liebe seines Lebens. Und: Ohne sie wäre er längst am Filter. Sie hatte ihn gerettet. Dafür schuldete er ihr was, gab er zu. Dafür hatte er ihr diesen Bunker hingestellt. Sie erwähnte beiläufig einen Whirlpool et voilà – schon stand einer im Keller. Sie hatten sich am Anfang einige Male ordentlich vergnügt darin, dann hatte man das Wasser aufwendig reinigen müssen. Seitdem standen die Bierkästen drin, nahmen immerhin anderswo keinen Platz weg. Sie hätten viel mehr Schulden, wenn er nicht so viel selbst am Haus gebaut hätte. Das konnte er. Was wollte sie? Sie sagte nichts. Er stellte ihr die Frage immer wieder. Und wenn sie nichts antwortete, erwähnte er die Kinder. Sie wollte Kinder. Nicht mal das gab sie zu. Sie sagte nur, dass sie in dem Alter seien. Klar. Was wollte einer wie er mit Kindern? Den letzten Funken Freiheit auch noch drangeben? Das Motorrad verkaufen? Dafür eine Familienkutsche anschaffen? Am Wochenende Ausflüge? Wirklich nicht, das überließ er getrost seinem Kumpel Dodo. Der hatte zwar allein das Maul weit offen, doch wenn seine Alte dabei war, kuschte er. Es schien fast so, als genieße der Dodo es, sich von seiner Karo-Mausi unterdrücken zu lassen. Alter.

Heute Morgen war sie komisch gewesen und bereits wach, als er aufgestanden war. Sonst schlief sie immer aus. Den Abschiedskuss holte er sich am Bett ab, wenn er dran dachte. »Passt alles«, antwortete sie, als er fragte, weshalb sie nicht mehr im Bett sei. Die Liebe seines Lebens. Er drückte die Kippe aus und ging zurück zur Arbeit. Fünf verdammte Stunden. Versager.

Die Metzgerei war gut frequentiert. Direkt neben dem Eingang prangte eine Anschlagtafel. Außer ein paar Ankündigungen für Bauerntheateraufführungen in den umliegenden Dörfern war darauf ein großes Plakat mit einer halb nackten Frau an einem Angelhaken angepinnt – das Covermotiv des »Great White«-Albums »Hooked«. Es warb für die »Wild Virgin Remember Night«. Birne war dabei; Virgins kamen nicht nur umsonst rein, sondern wurden auch mit »Free Jack Bulls« gefügig gemacht.

Im Verkaufsraum warteten ein paar Handwerker, die Leberkäse für die Mittagspause brauchten, ein paar Rentnerinnen, die dem Mann zu Hause große Mengen an Wurst besorgten. Das zum Grillen eingelegte Fleisch lechzte zu Birne hinüber oder umgekehrt, während das Fräulein vom Wurstfachverkauf einen etwa 30-jährigen Dickwanst bediente, den eine schier unersättliche Gier nach totem Tier trieb. Er schaute trübe und das Fett an ihm erlaubte ihm keinerlei Mimik mehr. Durch seine weit abstehenden Ohren schimmert rot die Ladentheke.

»Dann gibst du mir noch 400 Salamiaufschnitt.«

»Und 200 normalen?«

»Ja, aber keine Pute. Da werde ich nicht satt.«

»Und das Mausi?«

»Die mag es schon, aber zurzeit isst sie gar keine Wurst, weil sie abnimmt.«

»Keine Wurst.«

»Nur Fleisch, deswegen darf es ja fetter sein, damit sie satt wird, und mir keine Pute. Da werde ich nicht satt. Da esse ich einen Haufen Wurst und bin danach nicht satt. Das ist doch blöd, oder? Außer ich lege es auf den Grill, dann macht mich auch das weiße Fleisch satt mit der richtigen Soße, du verstehst schon. Da grille ich mir manchmal mehr, als ich und das Mausi essen können, und mache uns Sulzen. Oh, das ist ein Gedicht.«

»Sulzen?«

»Aus dem Grillfleisch. Das ist gut.« Er gab sich selbst das Stichwort. »Apropos: Acht Steaks. Du, wenn du kommen würdest und Zeit hättest, würde ich glatt noch sechs drauflegen.«

Das Fräulein wurde rot und lehnte sein Angebot verlegen ab. Natürlich musste man da aufpassen, als Wirtin zum Beispiel, wenn einen da schon jeder Gast zum Schnaps überreden wollte, wie hart muss es dann erst in der Metzgerei sein, als junges, attraktives Mädchen die ganzen Einladungen zum Grillen auszuschlagen, dann bist du bald nur noch jung und gar nicht mehr attraktiv. Nichts gegen Vollschlanke, die haben oft ein gemütliches Gemüt. Dachte Birne.

»Dann halt ein anderes Mal«, fuhr die Vollkundschaft mit ihrem Einkauf fort. »Zum Beispiel zum Weißwurstfrühstück. Apropos, da packst du mir auch noch sieben Paar ein.«

»Paar? Nicht Stück?«

»Nein, Paar. Wenn ich die nicht schaffe, dann bräune ich sie mir abends ab und lege sie mir auf die Pizza.«

»Auf die Pizza?«

»Das ist ein Gedicht. Die kalte Pizza nehm' ich mir mit zur Hütte, da haben wir vielleicht bald eine Mikrowelle.«

Irgendwie musste Birne einen ungeduldigen Eindruck machen, denn der Fette drehte sich zu ihm um: »Pressiert es dir?«

»Passt schon.« »Leute gibt es«, sprach er wieder an das Verkäufermädchen gewandt. »Drückt mir da seinen Bieratem in den Nacken, Alter. Wenn ich Zeit habe, vormittags zum Einkaufen zu gehen, dann pressiert es mir doch nicht. Bitte, dann mach du schnell.«

»Kein Problem, ich warte«, sagte Birne.

»Bestell halt, du Depp, dann bist du schneller wieder draußen.«

Birne gab nach und hatte in dem Fall tatsächlich den Eindruck, der Klügere zu sein. Er kaufte hungrig und großzügig ein. Er nahm auch Hackfleisch und H-Milch für seine Mitbewohner. H-Milch hatten sie, gut, damit sparte er sich den Weg zum nächsten Supermarkt im Nachbarort. Das Nötigste bekam er also auch in der Metzgerei, falls er mal nicht fahren konnte. Er bezahlte und hatte den Geldbeutel kaum eingesteckt, hörte er den Fetten lästern: »Leute gibt's, zum Abgewöhnen, kommen aus der Stadt daher und meinen, sie sind was Besonderes. So ein Vollpfosten.«

»Ist ja gut jetzt.«

»Wie bitte?«

Birne platzte nun der Kragen; er hatte zwei Halbe Bier am Vormittag und untertags machte ihn der Alkohol gereizt, abends lustig, aber tagsüber gereizt. Wobei es im Allgemeinen heißt, dass es dort, wo die Menschen Wein trinken, gemeinhin fröhlicher zugehe, die Biertrinker dagegen ein eher grantiges Volk seien. Mag was dran sein. Denn dort, wo man Bier trinkt, trinkt man eben nicht nur abends. Und Birne war demnach grantig.

»Kauf jetzt weiter ein. Ich hätte gewartet, aber du hast mich vorgelassen. Mehr kann ich nicht als Vorgehen, oder soll ich die Tüte zurückwandern lassen über diese Theke?«

Der Fette äffte ihn nach, was Birne gar nicht mochte. »Fettsack.«

Dieser Fette wäre jetzt auf Birne los, mitten in der Metzgerei, hätte ihn nicht die Verkäuferin gebremst: »Lass gut sein, Dodo.« In ihrer säuselnden Stimme lag eine natürliche Autorität. »Bei solchen Leuten hat das keinen Wert.«

Dodo – diese Vögel waren schon längst ausgestorben, blöde Vögel, die, weil sie keine Menschen kannten, auf diese zugegangen sind, da sie auch zu blöd zum Fliegen waren, sich totschlagen, braten und ausrotten ließen. Wohl ausgerottet, die Deppen-Dodos. Der vor ihm wär auch besser bei den anderen im Vögel-Himmel, dachte Birne, aber er sagte: »Ich wünsche einen schönen Tag.«

Sie schauten ihm nach, durchbohrten seinen Rücken mit ihren Blicken. Halt dich raus aus allem. »Als Fremder hat man es nicht leicht, die meisten haben nach spätestens zwei Monaten irgendeinen Streit, sodass sie am liebsten gleich wieder weggehen. Glaub's mir. Lass gut sein.« Birne hörte Gigis Worte von gestern, als stünde dieser neben ihm. Es gab Personen, mit denen sollte man es sich nicht verscherzen: Hausmeister, Bundestagsabgeordnete des eigenen Wahlkreises und um Gottes willen nicht mit Metzgereipersonal. Wo sollte das Fleisch herkommen? Jagd? Also bitte. Wir leben nicht mehr im Mittelalter. Birne hatte Angst, schon wieder alles verbockt zu haben, bevor es richtig losging. Es ging ihm vor allem um seine Marderbabys. Wovon sollten die leben? Konnte nicht einmal einer an die Kinder denken? Das würde sie verstehen. Damit würde er sie versöhnen beim nächsten Mal. Vielleicht hätte er da schon Fotos von den Kleinen dabei. Es ging Birne natürlich nur um die Versöhnung, kein Schritt darüber hinaus.

Zwei Halbe am Vormittag plus der Restalkohol vom Vorabend reichten aus, um Birne etwas reaktionsträge werden zu lassen. Es heißt, diese Alkoholgrenze wurde vom Staat nicht nur eingeführt und kontrolliert, um die Taschen der Verkehrsbullen zu füllen, sondern um die Unfallstatistik runterzutreiben – um dann natürlich einen Vorwand zu haben, noch mehr Straßen zu bauen, noch mehr Autos zuzulassen und von deren Haltern zusätzliche Steuern in Milliardenhöhe einzukassieren. Hätte zumindest Viktor jetzt gefolgert.

Kurz und gut: Obwohl Birne keine Kontrolle fürchtete, begab es sich, wie er so anfuhr, den Sicherheitsgurt umlegte, einen guten Radiosender suchte und fluchte, weil er keinen fand, dass ihm etwas oder jemand ins Auto lief. Reh, Hirsch oder Wildschwein eher nicht innerhalb einer geschlossenen Ortschaft, für Dachs oder Fuchs wiederum war dieser Jemand zu groß. Deswegen wich Birne seiner Meinung nach einer Art Mensch aus und bremste. Bremste er nur und der Mensch wich aus – alles gut und umgekehrt: Wich er aus und jener bremste – keine Schrecksekunde und alles wäre wieder haha. Jetzt aber: Streifte er etwas oder jemanden, der davon umfiel.

Nicht nur, weil sie von der Metzgerei aus wohl alles beobachteten, sondern weil er im Allgemeinen kein Freund der Fahrerflucht war, stieg Birne aus und schaute nach.

Neben seinem Auto saß Fiona und hielt sich das schmerzende Knie.

Dass die Angefahrene Fiona hieß, erfuhr Birne erst später, als sie beide schon ein bisschen weiter waren. Zunächst saß da eine ihm völlig Fremde neben seinem Wagen, direkt bei der Stelle, an der die Karosserie eine neue kleine Beule aufwies. Birne fragte, ob mit ihr alles in Ordnung sei.

»Scheint alles gut zu sein. Pass trotzdem in Zukunft auf, wohin du fährst.«

Birne hätte sich sofort tausend Mal entschuldigt und sich über seine Dummheit geärgert, wäre Fiona nicht aufgesprungen und herz- und schmerzhaft lachend auf ihn zugehumpelt. Sie trat unglücklich auf und er beeilte sich, sie abzustützen. Sie roch nach Parfüm, Adrenalinschweiß und Straße.

»Schwamm drüber. Was bist du für einer?« Und weil der überraschte Birne nicht gleich antwortete, fügte sie hinzu: »Dich habe ich hier noch nie gesehen.«

»Geht's mit dem Fuß oder soll ich dich wo hinfahren?«

»Passt schon, muss gehen. Wohin gehörst du denn?«

»Ich wohne im Spegel-Hof.«

»Da? Da war ein Jahr niemand mehr drin.«

»Jetzt bin ich drin. Ich wollt grillen zum Einstand.«

»Dann komm ich mit«, sagte Fiona.

Birne wollte sie sowieso gerade einladen. Er hatte, als ob er etwas vorausgeahnt hätte, viel Fleisch eingekauft. Wenn sie zu dritt, also falls Viktor noch da sein sollte, ein wenig auf dem Grill zusammenrücken würden, konnte die Glut für alle reichen.

Fiona setzte sich auf den Beifahrersitz.

»Was hörst du denn?«, sagte sie und verstellte ihm gleich den Sender. Birne mochte dieses wilde Mädchen.

FÜTTERN

Als sie den Hof erreichten, war Viktor noch da. Staubig kam er aus dem Stadel, sobald er Birnes Auto hörte. Er lächelte ihn an, bis er Fiona aussteigen sah.

»Servus, warst du erfolgreich?«, fragte Birne.

»Hallo Viktor«, sagte Fiona.

»Was treibt dich hierher?«

»Birne hat mich angefahren und zur Entschuldigung hat er mich zum Grillen eingeladen. Gut, oder? Schön, dass du auch da bist.«

»Ich muss gehen. Ich bin schon spät dran.«

»Wozu denn? Wer wartet auf dich?«, fragte Fiona.

»Hast du was gefunden?«, fragte Birne.

»Eine Menge. Ich werde eine Zeit lang beschäftigt sein, alles zu sortieren – ein Schatz. Schau her, dass ist eine Kartoffelwaschmaschine, handbetrieben, mindestens 50 Jahre alt.« Viktor schleppte ein schweres verrostetes Gestell mit einer Trommel hinter sich her.

»Toll«, pflichtete Birne bei. »Dann kommt es auf eine Stunde auch nicht mehr an. Ich heiz die Kohlen an.«

»Ich muss wirklich. Tschüss.« Viktor riss seinen Hund an der Leine und hastete vom Hof. Sie konnten ihn nicht aufhalten, bemühten sich allerdings nicht sehr. Das Ding, diese Kartoffelwaschmaschine, ließ er stehen. Fiona und Birne betrachteten sie ratlos. Sie waren allein.

»Habe ich was Falsches gesagt?«, wollte Birne wissen.

»Keine Sorge, Birne, das ist der Viktor, der ist so. Lass ihn. Er ist eine Seele von Mensch, aber in der Gesellschaft hält er es nicht aus. Zuerst wird er leise, und dann haut er früh ab. Der kommt schon wieder, irgendwann.«

»Der will den alten Scheiß, der hier rumliegt haben. Ich bin froh.«

»Sein Heimatverein. Der hat niemanden auf der Welt. Früher war er normal, da war er mit den anderen vom Dorf unterwegs, seit ein paar Jahren zieht er sich zurück. Keine Freundin, keine Frau – da wirkst du schnell komisch. Ich meine, er ist zu schüchtern.«

Keine Freundin, hängt dauernd beim Birne herum, um dessen alte Wäsche zu durchwühlen – na, was braucht es mehr für ein solides Gerücht? Zeit für einen Themawechsel. Pronto.

Birne verlangte, das Knie zu sehen, ob alles in Ordnung sei. Fiona entblößte ihr Bein, indem sie ihre Hose hochzog. Es war in Ordnung, ein bisschen angeschwollen und der Hauch von einem Bluterguss. Langsam gehen und sich schonen in den nächsten Tagen. Ansonsten ein hervorragendes Bein, beinahe ein Musterbein, darauf könnte man mal eine Speichelspur hinterlassen. Leck mich.

Sie nahm ein Bier gegen den Schmerz. Sie war entzückt von den Mardern und wollte sie unbedingt sehen, doch vor der Haustür schreckte sie zurück.

»Du darfst eintreten«, sagte Birne, falls sie Vampir sei und einer Einladung bedürfe.

Sie meinte aber den Hundehaufen von Viktors Vieh und ob der von Birnes Hund sei.

Nein, Birne hatte keinen Hund.

Fiona störte der Haufen weniger als das Tier. Allergie. Sie ging ins Haus zu den Mardern, mit denen sich Fiona recht gut auskannte, wie es schien.

»Schau, sie saufen.« Die Milch, vorsichtig hatten sie sich aus ihrem Nest hervorgewagt und waren zum Schälchen getapst. Langsam wurden sie frecher. Fiona hob den mutigsten kleinen Kerl an ihre Brust und streichelte ihn. »Wie soll er heißen?«

»Weiß nicht. Weiß ja nicht mal, ob es ein Männchen oder Weibchen ist.«

»Dann schlage ich Hammer vor.«

»Ja, das ist gut.«

Man könne sich die Marder heranziehen wie kleine Kätzchen und sie als Haustiere halten, das sei kein Problem, wusste Fiona. Birne beeindruckte ihr Fachwissen.

»Dich nenn ich Bagger, du Mutiger bist ja der Hammer, du Amboss und du, weil du der Süßeste bist, Abrissbirne.«

Nun hatten sie Namen, und Birne war vor allem mit dem für den Süßen einverstanden.

»Ich habe immer ein Gefühl der Leere, wenn ich körperlich gearbeitet habe, da bin ich extrem unzufrieden am Abend. Mich ärgert die verlorene Zeit, die man irgendwo hätte hocken können, oder auf dem Sofa rumliegen mit Weizen oder Fernsehen. Stattdessen ist man müde, zu nichts mehr zu gebrauchen, weil man ein Loch gegraben hat, oder eine Mauer hochgezogen, oder irgendein Ding fertig hat. Scheiß-Dinge. Ich kann mit Dingen nichts anfangen und sie nicht mit mir. Die gehen grundsätzlich lieber kaputt als sich von mir gebrauchen zu lassen. Also scheiß auf die Dinge. Die können mich, die Dinge.«

Fiona lachte. »Das heißt, du richtest hier nichts mehr.«

»Dieses Gebäude und ich, wir haben einen Verfallswettbewerb am Laufen. Wer es zuerst schafft, ganz unten zu sein. Bis jetzt liege ich vorne.«

»Schade um euch beide.«

Der Tag lief unspektakulär weiter, sie waren bei den Tieren, und Birne zeigte ihr stolz das Anwesen. Nicht gerade klein, da hatte Dada zu tun gehabt, das in Stand zu halten. Fiona war nett und sah gut aus. Gut für Birnes Laune. Sie lachten, und sie grillten in der Spätnachmittagshitze. Birne hatte das Brennholz der Großtante entdeckt und ein Feuer im Hof angezündet. Es gab keine Beilagen, die hatte Birne in der Aufregung vergessen. Fleisch am frühen Abend, nur Fleisch und dazu Bier. Fiona aß mit beträchtlichem Appetit.

Dieses Landleben und Birne wurden langsam Freunde.

Der Schwachsinnige öffnete Didi die Tür und winkte ihn herein.

»Ist dein Bruder nicht da?«

»Kroko kommt gleich«, sagte sein Bruder langsam, und Speichel floss ihm aus dem Maul auf den Boden. »Komm rein.«

Didi zögerte, er hatte keine Lust auf den Idioten, er brauchte Kroko und zwar schnell.

»Ich hab mir heute den Arm an einer Brennnessel verbrannt. Da, schau, ist immer noch rot.« Krokos Bruder Lulu – von Luitpold – streifte den Ärmel seines zerrissenen Pullovers hoch und streckte Didi die Stelle hin. Er stank erbärmlich nach Urin.

Didi setzte sich auf die Eckbank in der Küche. Kroko kümmerte sich um den Bruder, außer ihm war keiner mehr von der Verwandtschaft in der Lage: Die Eltern lebten nicht mehr, ein Großvater wohnte zwar noch im ersten Stock, konnte aber nicht mehr aufstehen. Da leistete Kroko einiges, dennoch war er immer gut drauf und oft weg mit den Freunden. Glücklicher Kroko, nicht wegen seines Schicksals, sondern weil er so gut damit umgehen konnte. Dafür beneidete ihn Didi gewaltig im Moment.

»Du, Lulu, hättest du mir was zum Trinken?«

»Einen Limonad?«

»Nein, ein Bier, oder noch besser einen Schnaps.«

Lulu langte vom Küchenschrank einen Eierlikör herunter, verlor das Gleichgewicht und fiel mitsamt der Flasche auf den Linoleumboden. »Oh je.« Er wischte mit seinem Pullover in der Soße herum und ritzte sich an den Scherben den Unterarm auf. Didi schaute zu, ohne sich zu rühren. Draußen hielt ein Auto. »Ich glaube, Kroko kommt gerade.«

Kroko kam mit zwei prallen Einkaufstüten herein. »Was ist passiert?«

»Lulu hat mir einen Schnaps angeboten.«

Kroko schob seinen Bruder zur Seite und beseitigte das Malheur selbst.

»Hast du uns Hähnchen-Nuggets mitgebracht?«, wollte Lulu wissen und freute sich lautstark jauchzend, als Kroko bejahte. Er wollte sie gleich in den Ofen schieben, was Kroko eilig unterband, um das nächste Malheur zu verhindern.

Erst als das Abendessen im Ofen unter Lulus akribischer Beobachtung goldbraun wurde, wendete er sich seinem Kumpel zu und stellte zwei Flaschen Bier auf den Tisch. »Nette Überraschung. Was führt dich hierher? Hast du Sehnsucht?«

»Eine Überraschung ist es, nur keine nette, das sicher nicht.«

»Wieso? Kriegst du ein Kind?«

»Von wegen. Sie ist mir davon.«

»Wie?«

»Heute früh lag sie noch neben mir und wie ich gerade heimkomme von der Arbeit, finde ich einen Zettel von ihr. Verstehst du, nur so einen dahingeschmierten Einkaufszettel, nicht einmal einen richtigen Brief bin ich ihr wert gewesen.«

»Was schreibt sie?«

»Ja, rat mal: Dass sie weg ist.«

»Und wieso?«

»Was weiß ich? Sie schreibt, dass wir nicht mehr reden. Was soll ich denn reden?«

»Und jetzt?«

»Ich schlag sie tot.«

»Gut. Bin dabei.«

»Ich soll sie nicht suchen.«

»Die kommt wieder.«

»Weiß nicht.«

»Weißt du was? Sei froh, dass sie weg ist. Das ist besser.«

»Ich schlag sie tot, das verspreche ich dir, und wenn es das Letzte ist, was ich mache.«

»Ich war noch nie weg, seit ich hierhergekommen bin. Eigentlich ist es zum Kotzen, wie sich diese Leute gefallen in ihrer Provinz, dauernd loben sie das, was sie um sich haben. Uns fehlt nichts. Du hast alles, was du brauchst. Die hören seit 30 Jahren dieselbe Musik, saufen dieselben Getränke, feiern dieselben Feste. Zelt aufbauen, Bier trinken, Blasmusik, fressen, Zelt wieder abbauen, aufpassen, dass man nicht in eine Kotzlache tritt. Alle zusammen, die feine Gemeinschaft. Hier rührt sich was, hier hält man noch zusammen. Birne, lass dich da nicht reinziehen, du bist anders, du bist was Besonderes; das habe ich gleich gespürt, als du mich angefahren hast.«

»Danke.«

»Du interessierst dich für mich. Das finde ich hier bei keinem, die leben alle vor sich hin in ihrem eigenen Saft.« Fionas Gesicht erstrahlte orange-gold im Schein des Feuers, das Schönste, was Birne seit Wochen zu sehen bekommen hatte.

Birne hatte sie gefragt, ob sie von hier sei und was sie so mache den ganzen Tag. Das genügte. Im Prinzip wusste er immer noch nichts von ihr, wenn er ehrlich war. Dieses Monster minimaler Konversation wurde er während seiner Studentenzeit, als ihm ein guter Bekannter einen unsterblichen Trick verraten hatte: Er schrieb ihm die zwei Worte »Und du?« auf den Unterarm. Das funktionierte tadellos. Zum Beispiel:

»Studierst du auch hier?«

»Ja.«

»Studierst du Germanistik?«

»Ja.«

»Kommst du von hier?«

»Nein.«

Ende und auf Wiedersehen im nächsten Leben oder stattdessen ein Blick auf den Unterarm, wo geschrieben steht: »Und du?« Wenn die Gegenfrage kam, folgte das Kennenlernen, ein Fest, ein geteiltes Bett, eine goldene Zukunft zu zweit, eventuell. Und Fiona fragte tatsächlich: »Und du?«»Wie, und ich?«

»Hast du eine Freundin?«

»Eigentlich nicht.«

»Was heißt eigentlich?«

»Sie hat mich zum Teufel gejagt und es bis jetzt noch nicht bereut. Also sitze ich hier.«

»Beim Teufel.«

»Wo der Pfeffer wächst.«

Ihr eigener Beziehungsstatus war auch eher kompliziert, und das im Detail zu erläutern, hatte sie zu wenig Lust respektive Bier intus und ebenfalls keine Lust, sich jenes noch schnell und unromantisch reinzupfeffern, bevor das Lagerfeuer ausging.

In einem solchen Notfall hatte sogar Dodo frei bekommen von seiner Karo, mehr noch: Sie hatte für ihn gesorgt. Damit er nicht vom Fleisch fiel, hatte sie ihm einen Wurstsalat eingepackt. Deshalb kam er mit einer Tupperschüssel sauer angemachten Inhalts in die Wirtsstube zu Babsi herein, wo Didi tobte und auf seine Frage, was genau passiert sei, beim besten Willen nicht mehr antworten konnte.

Kroko sprang ein. »Sie hat ihn verlassen.« Kroko konnte sich immer zusammenreißen. Kroko trug nämlich Verantwortung für seinen Bruder und für seinen Großvater, und er trug sie hervorragend, sodass ihn alle bewunderten und sagten, so einer verdiene mal ein Bundesverdienstkreuz, was der leiste in so jungen Jahren. Beeindruckend, und Zeit für eine Freundin hat er anscheinend auch nicht, weil er so wüst ja gar nicht aussieht und ein netter Kerl dazu ist. Da müsst sich doch eine finden, ach was, sogar eine zweite, die der ersten die Augen auskratzt nur für die Ehre, mit dem Kroko das Bett teilen zu dürfen.

Dodo jedenfalls kratzte niemandem die Augen aus, er bestellte sich ein Besteck und eine Halbe Bier und warf sich inbrünstig auf seinen Wurstsalat. Wo gab es so was noch, dass man in die Wirtschaft seine eigene Brotzeit mitbrachte und aufaß, doch nur hier im Dorf bei der Babsi, wo man ja auch noch rauchen durfte. Also, wenn jetzt Asterix nicht in Frankreich spielte, sondern in Bayern, dann bitte nicht lang überlegen, welches Dorf dafür infrage käme. Ödertshofen natürlich.

Und während Didi die Hälfte der Menschheit verfluchte, zu der auch seine Frau oder ehemalige Frau vom Geschlecht her zählte und Dodo schmatzte, fiel dem Mann mit dem Wurstsalat etwas ein, das er beobachtet hatte, aber vorerst noch eine Weile bei sich behielt, weil ja rechtlich gesehen nicht nur der, der einen Amoklauf begeht, sondern auch der, der ihn anstiftet, belangt werden kann; glaubte er zumindest oder fand es sicherer, nichts zu riskieren.

Birne hatte seine Gitarre rausgeholt. Viel hatte er nicht mitgenommen bei seiner Flucht vor Katharina. Die Gitarre wollte er ihr nicht lassen. Er spielte nicht viel und auch nicht gut. Immerhin war am zweiten Abend hier schon ein Anlass gekommen, sie einzusetzen. Er sang nicht, das konnte Fiona, und sie sang abartig schön, während Birne klampfte. Sie konnten zusammen was von Simon and Garfunkel und von STS. Er spielte ihr ein Lied von Bill Callahan vor, *Stranger,* sie kannte es nicht und fand es gut. Er fand es perfekt für den Abend. Bei den Beatles weigerte sich Birne, das konnte er zwar, aber er hasste sie. Fiona lobte ihn für sein Gitarrenspiel und er sie für ihren Gesang. Vom Loben wurden sie noch mal hungrig. Sie naschten noch ein bisschen von einem verkohlten, auf dem Grill vergessenen Steak. Dann gingen sie ins Haus, weil die Temperaturen fielen. Heißer Sommer, dennoch wurde es spät abends kalt.

Die Räume hatte er ihr schon bei Tag gezeigt. Das Wohnzimmer gefiel ihnen, genauer – das Sofa dort. Sie ließen sich nieder und den Fernseher aus. Sie vergaßen die Zeit, weil sie es nett miteinander hatten. Es war spät und gut geworden. Birne wäre zu allem bereit gewesen. Sie fragte, ob sie ihren Kopf auf seinen Schoß legen dürfe. Sie saßen und Birne hätte ihr gerne ein Löckchen hinters Ohr gelegt, wusste aber nicht, ob sie beide schon so weit waren, dass er es ohne Weiteres hätte wagen dürfen. Und er wusste auch, was genau einen komplizierten Beziehungsstatus auszeichnete, ahnte jedoch, dass ihre Anwesenheit bei ihm diesen nicht vereinfachte.

Eine Stunde saßen sie, ohne etwas zu sagen, da fasste sich Birne Mut und beugte sich über sie und hob ihren Kopf ein wenig, um sie zu küssen.

Sie wendete sich aber im letzten Moment ab. »Das lassen wir lieber noch.« Und nach eine Pause fügte sie hinzu: »Bitte.«

Birne gab nach, er wollte eh nichts mehr mit Frauen anfangen. Der letzte Schwur, den er in diesem Haus geschworen hatte, hatte wenigstens 26 Jahre gehalten. Er dachte noch eine Weile ein paar müde Gedanken, sie schliefen darüber ein, ohne gute Nacht zu sagen. Ein schöner Abend. Kein trotzdem.

TAG 3: SAMSON

SEMMELN

Der nächste Morgen brachte einen Hauch von Klarheit. Birne wachte als Erster auf und bildete sich ein, er habe ein gute Idee: zum Bäcker fahren, frische Semmeln, schön frühstücken zu zweit. Stichwort Neuanfang. Es gelang ihm, sich unbemerkt aus dem Haus zu schleichen und loszufahren. Das Auto fuhr, aber irgendwas stimmte nicht, das hörte Birne. Immerhin fühlte er sich heute vergleichsweise nüchtern.

Nicht weit vom Metzger befand sich auf der Hauptstraße der Bäcker, die zweite von zwei Einkaufsmöglichkeiten. Auch hier schon einiges los, als Birne hereinkam. Birne reihte sich so unauffällig wie möglich hinten ein. Keine Missverständnisse provozieren. Er war der Fremde hier. Sie glotzten ihn an, als wären sie im Zoo und er der Orang-Utan, der seiner Pflegerin, die ihn jahrelang gefüttert hatte, aus einer Laune heraus das Genick brach. »Guten Morgen«, sagte Birne. Die in der Schlange vor ihm drehten sich – einen Gruß oder eine Verwünschung murmelnd – wieder nach vorne zu den Backwaren.

Um keine weitere Aufmerksamkeit zu erregen, studierte Birne die Schlagzeilen der Tageszeitungen im Zeitungsständer. Ohne eine Zeitung wollte er früher gar nicht sein. Mittlerweile war es ihm egal. Er musste, ohne es zu wollen, dem Gespräch der beiden Damen vor ihm lauschen. Sie tratschten. Oh ja.

»Es ist schlimm.«

»Dass das gerade ihm passieren muss.«

»Ich hätte gesagt, da passt doch alles. Ist doch alles da.«

»Bis auf ein Kind.«

»Das wär auch gleich gekommen, heißt es.«

»Bei den jungen Leuten.«

»Das ist der Wohlstand.«

»Und dann? Einfach weg?«

»Ja, gegangen. Von einem Augenblick auf den anderen.«

»Und wo ist sie hin? Die hat doch sonst niemanden.«

»Das weiß keiner, gestern hat man sie noch gesehen auf der Straße.«

»Klar. Geld hat sie auch keines, die kann auch keine Wohnung nehmen irgendwo.«

»Schon gar nicht in der Stadt, da wollte sie immer hin.«

»Und der Mann? Der Didi?«

»Der sauft und tobt. Gestern hat er in der Wirtschaft aufgesprochen. Die bringt er um, hat er gesagt. Zugetraut hätten sie es ihm in diesem Zustand. Und den Kerl von ihr dazu. Der Dodo und der Kroko haben ihn heimgefahren. Das sind feine junge Leute. Der Kroko, was der leistet, in seinem Alter, und arbeiten tut er auch noch. Mein Mann sagt, du findest keinen Besseren.«

»Sag mal, hat sie denn einen anderen?«

»Das weiß man nicht so. Aber wenn du mich fragst: Wie soll es denn anders sein? Sicher hat die einen anderen. Dabei hätte sie es so gut gehabt beim Didi.«

»Der arme Didi.«

Birne zählte langsam eins und eins zusammen. Er kaufte Semmeln und Honig vom lokalen Imker und beeilte sich, nach Hause zu fahren. Es gelang ihm ohne Unfall. Was nur ein wenig Restalkohol weniger ausmachte.

Er kam zu spät. Er hatte Besuch. Vor seinem Haus standen zwei Autos und drei Männer davor. Er kannte sie bereits: der fette Dodo aus der Metzgerei gestern, der tätowierte Didi aus der Wirtschaft vorgestern und der beleidigte Kroko. Der hatte einen schwarzen Köter dabei, den er an einer Kette festhielt. Sie waren hier, um Fiona zu holen, ihm die Eier abzuschneiden und dem Vieh zum Fraß vorzuwerfen. Gut, zum Saufen braucht man keine Eier, solange sie ihm den Zipfel noch dran ließen, wäre er unter Umständen sogar weniger abgelenkt. Deshalb floh Birne nicht, entschlossen zu kämpfen.

»Servus.«

»Da kommt er ja.« Didis Stimme klang rau und seine Augen waren blutunterlaufen, der Stier der Rache tobte in ihm.

»Was wollt ihr?«, fragte Birne höflich.

»Wir wollen uns umschauen«, sagte Didi.

»Ach, ihr auch? Darf ich erfahren, wonach ihr sucht?« Birne bemerkte auf dem Boden neben Dodo einen Benzinkanister.

»Der Gigi schickt uns. Wir sollen schon mal mit der Entrümpelung anfangen«, mischte sich Kroko ein. Sein Hund knurrte.

»Was wollt ihr entrümpeln? Ich wohne hier.«

»Aber du hast verkauft, und er sagt, wir können dir schon mal helfen, den Dreck wegzuschaffen.«

»Nein, da täuscht sich der Gigi. Ich habe gar nicht verkauft. Ich weiß nicht mal, wo ich unterkommen soll, wenn ich das hier nicht mehr habe.«

»Du hast nicht verkauft?« Didi übernahm wieder.

»Würde es euch was ausmachen, wenn ihr jetzt abhaut? Ich habe zu tun.«

»Was hast du denn zu tun? Das sind eine Menge Semmeln für dich. Da frisst du erst mal den halben Vormittag, oder? Willst du uns nicht einladen? Ich habe auch noch nichts gegessen.«

»Didi, ganz egal, was du denkst – ich will mit dir keinen Stress.«

»Stress? Wer will hier Stress? Ist völlig in Ordnung, wenn du deine Ruhe willst. Wir sind alle Kumpels. Wir helfen zusammen. Wenn du Hilfe brauchst, dann lass es uns wissen, wir kommen und räumen auf. Es sieht hier erbärmlich aus. So dreckig alles. Ich würde hier echt mal sauber machen. Also, Birne, wir treffen uns beim Saufen.«

»Alles klar, dann aber mal hundert Prozent und nicht bloß 50 wie beim letzten Mal.«

»Logisch, Birne, du musst ja nicht raus am nächsten Tag. Außer zum Semmeln holen.«

»Ich meine ja am Freitag.«

»Und Birne: Wir helfen uns gegenseitig. Du kannst auch was tun. Ich meine, wenn ich was suche, würde ich mich freuen, wenn du mir hilfst, es wieder zu finden.«

»Ist doch gar keine Frage. Ich bin da, wann immer du mich brauchst.«

Kroko stand bei Birnes Auto. »Der sieht ja mächtig fertig aus. Bist du da wo dagegen gefahren?«

»Das war schon so.«

»Der Toto schaut sicher mal drüber, ob alles passt. Der macht dir einen guten Preis.«

»Lass gut sein, Kroko. Der will jetzt seine Ruhe.« Didi pfiff ihn zurück. »So viel Herzlichkeit ist er nicht gewohnt, von dort, wo er herkommt.«

Birne fand in der Tat, dass er sich enorm höflich benahm dafür, dass wildfremde Menschen auf seinem Hof mit einem Benzinkanister standen. »Hey, ich habe nichts gesagt. Nur weil ich euch nicht gleich auf einen Kaffee reinhole. Ich habe zu tun.«

Didi sagte: »Was hat einer wie du zu tun? Das würde mich interessieren.«

»Willst du hier im Dorf unsere Mädels abschleppen?«, fragte Kroko. »Nach dem Motto: Zipfel sucht Frau.«

Dodo lachte auf, aber Didi blieb ernst und stumm.

»Sorry, Didi«, versuchte Kroko sich zu entschuldigen.

»Scheiße, ihr Arschlöcher.« Didi trat gegen den Reifen seines Autos.

»Tut mir leid, Didi.« Dodo entschuldigte sich ebenfalls, obwohl er nichts gesagt hatte.

»Scheiß-Weiber.«

»Wo hast du sie?« Kroko kam auf Birne zu.

»Wen meinst du?«

»Der Dodo hat dich gestern gesehen.«

»Ja, und?«

»Da war jemand bei dir.«

»Wieso nicht? Ich bin dir keine Rechenschaft schuldig.«

»Nein, mir nicht. Ich will nur nicht, dass du behauptest, du wärst nicht gewarnt worden.«

»Willst du mir drohen?«

»Hast du Angst?«

»Angst und Geld habe ich nie gehabt. Tüten wie dich rauche ich in der Pfeife.«

»Hast du heute schon einen Cowboy gefrühstückt?« Kroko öffnete seine Hose und setzte an, auf Birnes Auto zu urinieren. Es kam nichts, so sehr er auch drückte.

»Lass gut sein, Kroko«, sagte Didi. »Bist du allein, Birne?«

»Ihr seid doch bei mir.«

»Ich meine, hast du jemanden im Haus?«

»Ich bin Single. Du verstehst schon: Beziehungsstatus ganz einfach.«

»Deswegen kann trotzdem mal jemand übernachten.«

»Alles kann, nichts muss.«

»Ist jemand bei dir?«

»Das geht euch zwar nichts an, aber nein, Fiona ist nicht bei mir.«

Dodo packte Birne am Kragen. »Apropos: Woher weißt du, wie sie heißt, woher weißt du, wie Didis Frau heißt?«

»Sie reden darüber. Beim Bäcker, überall. Mensch, Didi, du bist Dorfgespräch. Arme Sau. Wenn ich dir nur irgendwie helfen könnte.«

»Du hast sie mitgenommen, sie ist zu dir ins Auto gestiegen.« Dodo langte Birne an den Hals.

»Nur 100 Meter, dann wollte sie allein weiter. Ich schwöre es.«

»Wir gehen jetzt da rein und stellen alles auf den Kopf, verstehst du und wenn wir nur ein Haar von Fiona finden, dann schneiden wir dir die Eier ab.«

Na bitte, wieso nicht gleich so?

»Ihr könnt da nicht rein.«

Dodo lachte und warf Birne auf den Boden. »Und wieso können wir nicht? Willst du uns anzeigen? Lass ruhig unseren Paul kommen, dann siehst du, was du davon hast, wenn du hier zur Polizei gehst.«

»Nein, ich habe zu tun. Verdammt.«

»Was machst du denn?«

»Gedanken, den ganzen Tag nur Gedanken. Und wohnen.«

Didi lachte bitter. »Lasst ihn in Ruhe. Ich glaube ihm, Birne ist harmlos. Er ist ein Depp, aber ein netter Depp. Ruf an, wenn du was brauchst oder wenn eine plötzlich vor deiner Tür steht, mit der du nichts anfangen kannst. Wir sehen uns spätestens am Freitag. Da spülen wir die Scheiße erst mal weg.«

»Ihr seid zu gut.«

»Didi, er lügt dich an. Merkst du das nicht?« Dodo war entsetzt.

»Nein, Birne ist ein feiner Mensch. Der verrät seine Kumpels nicht wegen einer Frau. Nimm dir mal ein Beispiel an ihm, Dodo. Ich packe es jetzt, hier verlieren wir nur Zeit.« Er ging zu seinem Wagen.

Kroko und Dodo schauten sich ratlos an. Dodo spuckte vor Birne auf den Boden, dann drehten sie sich auch um.

»Habt ihr nicht was vergessen?« Birne hielt ihnen den Benzinkanister entgegen. »Man weiß ja nie, wenn man plötzlich liegen bleibt. Dann ist die nächste Tanke weit.«

Kroko nahm ihm das Teil ab. »Ich weiß genau, was du getan hast. Ich rate dir, kraul dir deinen Sack noch mal sauber durch oder lass es dir machen. Viel Gelegenheit hast du nicht mehr. Das verspreche ich dir.« Sein Hund kackte auf den Hof, das war deutlich.

Sie fuhren davon. Birne schwitzte mit den Semmeln in der Hand. Es würde ein heißer Tag werden. Fang nicht mit dem Wetter an. Die Türe wäre unverschlossen gewesen. Er hätte keine Sekunde später kommen dürfen.

WÜHLEN

Das Sofa war leer – sie war weg. Er durchsuchte jeden Winkel jeden Raums. Fiona versteckte sich nirgends auf seinem Hof vor ihrem Exfreund oder -mann, sie war geflohen. Auch auf dem Dachboden fand er sie nicht, nicht einmal eine Spur oder ein Zettel, eine kleine Nachricht mit dem Finger in den Staub geschrieben, den er demnächst mal wegwischen würde. Didi hatte in der Beziehung recht, nur in der der zu Fiona halt nicht mehr, was ihm wiederum keinesfalls das Recht gab, Birne zu belästigen. Selbst wenn es ihm einfiel, mit ihr Arm in Arm knutschend die Hauptstraße entlang zu gehen: Sie waren freie Bürger eines freien Landes und damit auch absolut frei in der Liebe. Wo sie hinfiel, durfte sie gedeihen, verdammt noch eins.

Aus der Ecke meldeten sich seine Marder mit einem Fiepen. Von der Mutter immer noch keine Spur, sie musste einem Marderfänger in die Falle gegangen sein. Birne betrachtete sich weiter als alleinerziehend. Damit hatte er eine Aufgabe, sein Leben bekam einen Sinn. Auf diese Weise wurde er Teil dieses Dorfs, ein Teil des Systems.

Der frechste war Abrissbirne, er sprang Birne an und auf seine Hand. Er ließ sich streicheln und kraulen, ein gutes Tier. Die vier wollte er behalten.

Von den drei menschlichen Jungs dagegen befürchtete er noch Schwierigkeiten. Es hielt es für ausgemacht, dass sie bei irgendeiner kommenden Angelegenheit gehörig aneinander gerieten.

Vielleicht wäre es doch das Beste, den Besitz so schnell wie möglich loszuwerden und abzuhauen, in der Anonymität irgendeiner Großstadt unterzutauchen. Ignaz konnte den Dreck hier haben, wenn er ihn immer noch interessierte; er konnte alles abreißen und was Neues draufsetzen, wenn er wollte. Was gingen Birne die Idioten hier an? Was wäre schlimm daran, Fiona nie wieder zu sehen? Es gab ungefähr eine Milliarde toller Frauen auf dieser Erde. Birne konnte sofort in sein Auto steigen und hinterm Horizont verschwinden. Da ging es weiter. Schon wieder so ein Oblomow, dachte Birne. Der verliebt sich auch unsterblich in die tollste Frau der Welt, unternimmt nichts, um sie zu kriegen, und wählt, als sie mit einem anderen abzieht, eine andere, eine zweite Wahl. Das war Birnes große Lebenstragödie: die tollen Frauen aufreißen und letztlich nicht bekommen. Simone war aufregend, Nina war geil, Katharina war schön, Sylvia ein Traum, und sie waren jetzt alle irgendwo besser aufgehoben als bei ihm. Fiona? Er wusste nicht, ob sie jemand aufgehoben hat. Aber eine Süße wie sie, die findet immer einen, der sie liebt. Niemand würde Birne aufhalten, wenn er fortfuhr von Ödertshofen.

Die blöden Marder? Die mussten allein zurecht kommen, draußen in der Natur. Das ist das Spiel des Lebens. Die, die kämpfen und sich anpassen, kommen durch. Die, die sich nicht fügen, die gehen drauf, weil sie gefressen werden oder selbst nichts zum Fressen finden oder vom Mähdrescher zerhäckselt werden. Birne musste weg.

Er schaute auch in den Schränken nach, ob sich nicht doch ein menschliches Wesen dort verbarg. Alte Schachteln, alte Kleider, eine Zither, beinahe saitenlos – der nächste Fasching war gesichert. Ansonsten erbärmlicher Schrott. Die Entrümpler konnten sich hier austoben. Alte Bücher, Gebetbücher zum Beispiel. Darunter konnte sich was Wertvolles befinden. Birne kannte sich mit altem Scheiß nicht aus. Eventuell ließe sich was verkaufen. Das Papier sah nicht vergilbt aus – Hanfpapier, gute Qualität. Birne fand Vergnügen dran, darin zu blättern. Ganz unten in einem Karton fand er ein besonders mitgenommenes, die Seiten flogen ihm einzeln entgegen. Dieses war richtig alt. Eine Handschrift auf losen Seiten, von einem Lederband zusammengehalten. Gleichmäßige Schrift. Birne konnte nichts entziffern. Das musste was wert sein, zumindest für jemanden, der sich damit auskannte. Also verstaute Birne es wieder gut im Schrank.

Er wollte bald abhauen, allein, er wusste nur nicht, wohin er konnte. Einfach verkaufen konnte er das Haus nicht, es gehörte ihm nicht allein. Sein Bruder Jakob befand sich notorisch in Geldnot, der bestand sicherlich auf seinem Anteil. Zurück zu Katharina, seiner einstigen Verlobten, wollte er nicht. Der Stolz. Außerdem: Wer sagte, dass sie nicht einen Neuen hatte? Mit einem solchen Zipfel wollte er erst gar nicht konkurrieren. Der konnte sie behalten mitsamt seinem alten Leben, alles ekelhaft. Seine Kollegen? Besonders die konnten ihm gestohlen bleiben. Jeder Augenblick bei ihnen würde ihn an alles erinnern, was dumm gelaufen war. Davon wollte er weg, am liebsten nicht mehr existieren, in der Erde verschwinden. Blieb noch der Bruder. Zu dem wollte er auch nicht, dessen Großzügigkeit hatte er zu oft ausgenutzt. Wieder der Stolz. Nein, nicht zugeben müssen, dass gerade jener, der immer am unteren Rand rumkrebste, es geschafft hatte, besser zurecht zu kommen in der Realität.

Also doch hierbleiben? Ging nicht. Zu hässlich, zu viel Baustelle, jetzt schon nach weniger als 48 Stunden. Finanziell sah es nicht fett aus. Miete und so wären schon happig. Trotzdem musste er fressen und was trinken. Man soll viel trinken. Eine Nacht wollte er sich zum Überlegen Zeit nehmen. Drüber schlafen, allein, nichts überstürzen, alles abwägen. Er stand auf, um zum nächsten Supermarkt zu fahren und sich mit dem Nötigsten einzudecken.

REGELN

Es klopfte. Viktor. Birne versuchte gar nicht, seinen Unmut zu verbergen. »Was willst du hier?«

»Ich wollte mich umschauen.«

»Ist mir nicht recht.«

»Was ist passiert?«

»Da fragt der Richtige.«

Viktor wusste nicht, worum es ging. Er hatte keine Ahnung, warum Birne sauer auf ihn sein könnte.

»Ich habe Besuch gehabt von drei Herren.«

»Und?«

»Die haben nach einer Dame gesucht.«

»Fiona.«

»Genau. Fiona.«

»Didi?«

»Und Kroko und Dodo.«

»Au weh. Haben sie dir was getan?«

»Nein, aber beinahe hätten sie mir die Bude abgefackelt. Ich bin rechtzeitig zurück gewesen. Gott sei Dank. Dir übrigens auch: Vielen Dank.«

»Wieso dankst du mir?«

»Wer wusste, dass Fiona hier ist? Wer hat es ihnen gesteckt?«

»Birne, ich habe mit denen nichts zu tun. Ich rede mit denen überhaupt nicht.«

»Ihr steckt alle unter einer Decke. Scheiß Kaff.«

»Birne, ich schwöre dir, dass ich kein Wort gesagt habe.«

»Fiona ist jedenfalls weg. Falls du deswegen gekommen bist und der Müll auf meinem Dachboden nur der Vorwand ist.«

»Es ist gut, dass sie weg ist. Die soll schauen, dass sie dem Didi nicht in die Finger kommt. Der kennt keine Gnade. Liegt in seiner Familie.«

»Wieso war sie dann überhaupt mit ihm zusammen?«

»Das liegt an der kleinen Auswahl hier. Der Didi ist so süß. Hast du seine Augenbrauen gesehen?« Viktor imitierte irgendein Mädchen aus dem Dorf und kiekste rum, während sein Hund den Scheißhaufen von Krokos Hund anwinselte.

Gute Gesellschaft, dachte Birne und sagte: »Stehst du auch auf ihn oder was?«

Viktor riss sich zusammen. »Nein, um Gottes willen. Die Fiona traut sich was; der bringt sie um oder prügelt sie so zusammen, dass sie danach keiner mehr anschauen will.«

»Ich verstehe euch alle nicht. Haut halt ab von hier. Die Welt ist scheiß groß, und hier ist nichts.«

»Du bist auch hier.«

»Bei mir ist das was anderes.«

»Bei jedem ist das was anderes. Wir bleiben alle hier. Keiner geht. Das wirst du auch noch sehen. Im Moment denkst du: Ich muss nur in mein Auto steigen, und morgen mach ich es auch. Doch aus morgen wird übermorgen, du bist eine Woche hier, ein Jahr, den Rest deines Lebens.«

»Vergiss es.«

»Bestimmt nicht. Reden wir in 20 Jahren noch mal.«

»Ich bin morgen weg.«

»Keiner ist weg. Schneller bist du tot. Wetten?« Viktor streckte Birne die Hand hin.

»Ist Fiona auch noch hier im Dorf?«, fragte Birne anstatt einzuschlagen.

»Ich habe keine Ahnung, wo sie hin sollte. Und auch keine, wo sie im Moment steckt. Ich meine nur, dass sie nicht weit weg ist.«

»Man müsste ihr helfen«, meinte Birne, und Viktor stimmte ihm zu: »Unbedingt.«

»Willst du deswegen hier rumschnüffeln, weil du denkst, sie ist noch hier? Du stehst selbst auf sie, gib es zu.«

»Ich mische mich da nicht ein. Vor den Jungs habe ich Respekt. Die will ich nicht zum Feind haben. Wirklich nicht.«

»War das gerade ein guter Rat?«, fragte Birne.

»Es geht mich nichts an. Sei froh, dass sie weg ist, wenn

sie überhaupt weg ist. Ich wollte auf jeden Fall noch mal vorbeischauen. Hätte ja sein können, dass ich hier nur noch zwei Fleischklumpen vorfinde. Dann wäre es gut gewesen, wenn einer die Sanitäter ruft. Meinst du, sie kommt wieder?«

»Sie hat mir keine Nachricht hinterlassen. Viktor, für jemanden, der sich nicht einmischen will, bist du eindeutig zu neugierig.«

»Ich sage gar nichts mehr.«

Birne lachte, Viktor auch. Der war in Ordnung, der Mann. Birne traute ihm. Ein armer Nerd, der in diesem Kaff schrullig geworden war. Für den existierte die Welt da draußen nur noch virtuell, keine echte Option mehr. Er stand auf Fiona, das war Birne klar, sie war seine heimliche große Liebe. Nur dass der Schönling Didi schneller gewesen war. Ihr Schicksal war von der Wiege an vorbestimmt. Prinz heiratet Prinzessin und zeugt mit ihr eine Fußballmannschaft. Und nun zerstörte sie alles und ließ den Prinzentraum platzen wie eine Saublase. Viktor witterte seine Chance, der arme Kerl.

»Wäre es schlimm, wenn nicht jeder Hund auf meinen Hof scheißt?«, wollte Birne von Viktor wissen, weil seiner schon wieder ein Geschäft erledigte.

Viktor fiel was anderes auf: »Sag mal, hast du deinen Grill weggeräumt?«

»Verdammt, wo ist der?«

Die Hütte stand inmitten von Birken. Ein zauberhafter Ort, den man erst mal finden musste.

»Das hast du gut gemacht, Dodo«, lobte Kroko. »Es sieht echt noch besser aus als früher.«

Dodo grinste über beide Ohren. Er hatte viel Zeit geopfert und auch Geld reingesteckt, um die alte Wölfe-Hütte wieder instand zu setzen, inklusive Stromaggregat für den Kühlschrank, den Fernseher mit Satellitenschüssel und Sound-Anlage. Didi und Dodo saßen bei ihrer dritten Halbe. Sie rauchten weitgehend wortlos. Kroko baute ihren neuen Grill auf. »Der ist nicht schlecht. Ein guter Beitrag zu unserer neuen Hütte von deinem Kumpel, Didi.«

Didi verdrehte die Augen. »Du übertreibst es. Irgendwann erwischen sie dich und du wirst eingesperrt, weil du irgendeinen Scheiß hast mitgehen lassen.«

Kroko füllte Kohle ein. »Wer soll mich verhaften? Der Paul? Dem klau ich sein Polizeiauto, und der traut sich nichts zu sagen. Jedenfalls gut, dass wir grillen können. Es wird langsam. Geile Konstruktion, Dodo.«

Dodo richtetet sich stolz auf, doch Didi fuhr ihm dazwischen: »Alter, du bist 30 und gehst in den Wald, um eine Hütte zu bauen. Wir sind keine 16 mehr, das war früher geil, aber jetzt, sorry.«

»Du bist trotzdem da.« Kroko grinste. »Das ist schon was anderes als eine Hütte mit 16. Das ist ein halbes Haus, das uns der Dodo da gebaut hat. Da kann einer einziehen. Da kannst du stolz sein, Kleiner.«

»Ich habe ein Haus gebaut«, schrie Didi. »Ich weiß, wie so was geht. Das hier ist kein Haus, das ist eine Bude. Nicht schlecht, aber eine Bude.«

»Ganz ruhig, Didi. Schau, das tut dem Dodo nicht gut. Der hat sich so viel Mühe gegeben.«

Sie wussten, wie der Dodo kämpfen musste um jede Minute, die er hier verbringen durfte im Wald, bei seinen Freunden, bei seiner Hütte. Seine Karo war derselben Meinung wie Didi: Dass erwachsene Männer nach Hause gehörten zu ihren Familien, sich zumindest um eine kümmern sollten. Immerhin war bei Dodo eine Frau daheim, die auf ihn wartete. Das dachten sich die drei aber nur. Wenn es nur einer ausgesprochen hätte, wäre Didis Herz zerplatzt. An dieser Stelle und mit einem lauten Knall, der Arme.

»Sie hat mir immer verboten, einen Hund zu halten«, sagte Didi, während Krokos Hund an seinem Bein leckte. »Ich wollte auch so ein Tier, und sie war immer dagegen. Das habe ich nun davon, dass ich auf die Weiber gehört habe.« Er warf seine halb leere Bierflasche gegen einen Baumstamm, so dass sie zerbrach.

»Klingt geil, die Anlage«, merkte Kroko an, aber Didi hatte nur verächtliches »Bon Jovi« übrig.

»Wollt ihr noch ein Bier? Schön kalt?« Dodo war am Kühlschrank und alles andere fast wie früher: Sie saßen vor der Hütte und rauchten und tranken. »Ist schon fett gewesen, damals«, sagte Kroko. »Wann hört man auf, jung zu sein? Nur noch seinen Job erledigen, alt werden, Spießer werden. Leute, ich sage euch eines: Wenn ihr merkt, dass ich ein Spießer werde, dann dürft ihr mich erschießen. Ohne Witz. Das müsst ihr mir versprechen. Ihr knallt mich ab.«

»Irgendwann packst du es halt nicht mehr«, erwiderte Didi. »Früher, mit 16, haben wir locker bis sieben durchgemacht, sind kurz heim, haben uns Wasser ins Gesicht gespritzt und sind zur Arbeit. Heutzutage wäre ich tot.«

»Soll ich dich jetzt erschießen?«, fragte Kroko.

»Weil ich ein Spießer geworden bin?«

»Dir hat die Frau nicht gut getan. Sogar jetzt, wo sie weg ist, kann man mit dir nichts anfangen.«

»Sag mal, spinnst du? Glaubst du, ich habe Bock drauf, mein ganzes Leben nur rumzuhängen?«, fragte Didi.

»Wie Dodo, oder was?«, fragte Kroko zurück

»Das habe ich nicht gesagt.«

»Das sieht man mal, was dir Freunde wert sind.«

»Ich weiß, was mir Freunde wert sind. Sind wir nur zum Saufen da, oder kann man sich auf euch noch verlassen?«

Kroko sagte: »Die Leute sollten sein, wie sie vorgeben zu sein; oder die es nicht sind, von denen wäre zu wünschen, dass sie auch aussehen wie Betrüger.«

»Das ist wahr«, stimmte ihm Didi zu. Er kam wieder runter.

Kroko stachelte weiter: »Ich habe ihm kein Wort geglaubt. Sie ist bei ihm.«

»Wieso bei ihm? Wieso haut sie nicht ab?«

»Dodo hat gesehen, wie sie in sein Auto gestiegen ist.«

Didi fuhr sich über den Mund. »Birne ist vorgestern erst eingezogen.«

»Gerade das ist verdächtig. Wenn du mich fragst, kennt die den schon länger, und er ist wegen ihr hierher gezogen. Plötzlich.«

»Das funktioniert so nicht. Hier bin ich«, plusterte Didi sich auf.

»Vielleicht denken die, die können dich rumkriegen, vielleicht denken die, du beruhigst dich irgendwann, vielleicht denken die, dass bei dir auch eine andere kommt.«

»Da kommt keine andere. Herrgott Sakra.« Didi trat gegen die Hütte, dass ein Brett herausbrach.

Was genau passiert war, durfte man Didi auch nicht fragen. Seiner Meinung nach hatte alles gepasst. Er kannte seine Fiona schon lange, sie gingen schon Jahre miteinander, im vergangenen Herbst dann die Hochzeit, groß, 300 Gäste, was für ein Fest. Sie konnte nicht einfach weg. Sie arbeitete am Ort im Kindergarten, jetzt im August hockte sie daheim. Er nicht. Er hockte nie daheim. Zum Arbeiten musste er pendeln, 20 Kilometer, damit das Motorrad überhaupt bewegt wurde. Manchmal hatte er Schicht. Heute nicht, heute war er offiziell krank, den Rest der Woche auch. Er musste noch zum Arzt und sich den gelben Urlaubsschein holen. Manchmal brauchte er auch einfach seine Kumpels und mit ihnen zwei, drei Halbe gegen den Stress bei der Arbeit. Gute Kerle waren das, die ihn nicht im Stich ließen.

Mit Kroko hing er schon seit Kindergartentagen ab. Er konnte sich an keine nennenswerte Aktion in seinem Leben erinnern, bei der Kroko nicht beteiligt war – der beste Freund. Die einzige Ausnahme stellte die Heirat mit Fiona dar. Irgendwie passte das Kroko nicht. Er reagierte reserviert, als ihm Didi mitteilte, dass er und Fiona es endlich packen wollten.

»Das sagen sie alle«, meinte Kroko, nachdem Didi ihm versichert hatte, dass sie Kumpels bleiben würden, dass sich rein gar nichts ändern würde. Und hey: Hatte er sich nicht daran gehalten? Er wurde nicht zu einem jener Luschis, die sich von ihren Frauen am Haus festketten ließen wie ein Schoßhündchen. Didi blieb draußen vor der Tür, er soff weiter auf jeder Party und kam morgens erst um sechs heim. Ihm war die Freundschaft mit Kroko viel wert. Oft nahm er ihn mit in der Früh. Sie brieten sich Rühreier, setzten sich auf den Balkon seines Hauses, rauchten zu zweit eine Schachtel und redeten über Zeug. Fiona setzte sich oft dazu und lachte. Sie sah verschlafen in ihren Nachtsachen sehr gut aus. Ja, sie lachte. Es gefiel ihr. Leck mich. Er hat ihr eine Hütte hingestellt vom feinsten, sogar mit Whirlpool. Geld spielte keine Rolle. Fiona war gern dabei. Sie fuhr mit, wenn es zum Cocktail-Saufen in den Nachbarort Apflach ging. Alles passte.

In letzter Zeit wurde sie zurückhaltender. Sie blieb mehr daheim. Er akzeptierte das. Sie redete von Kindern. Didi bekam Angst, keine Panik. Das wäre demnächst fällig, der Lauf der Dinge eben. Ohne Kinder war es auch nichts auf Dauer. Sie meinte, er trinke zu viel. Er konnte sich zurückhalten in Zukunft. Ihm wuchs bereits ein kleiner Bauch, weil sie gut für ihn kochte, geiles Fleisch. Ein feines Leben.

Er war stolz, die beiden Welten gut zusammenhalten zu können.

Vorgestern Abend war er von der Babsi nach Hause gekommen, schwer beladen, jedoch gut drauf. Die anderen waren sich wegen Fußball in die Haare geraten und hatten sich wieder versöhnt. Schnaps war geflossen. Sie rauften viel in Ödertshofen. Nie ernsthaft, schnell vertrugen sich alle wieder miteinander. Tolle Gemeinschaft.

Dodo zum Beispiel. Gerade warf er das Aggregat an und nahm die neue Fritteuse in Betrieb. Pommes und Gegrilltes. Er lebte für die Hütte, für ihren Verein. Er war im Kopf ein bisschen langsamer, trotzdem war er Didis und Krokos bester Freund. Anderswo hätten sie ihn ausgelacht, ausgegrenzt, weggeschickt. Ganz anders verhielt es sich hier: Sie nahmen ihn seit der ersten Klasse mit. Am Anfang tat er sich schwer, weil er so dick war und langsamer als die anderen. Er blieb einmal sitzen und bewies, dass er stärker war als die, die ihn auslachen wollten; damit war er voll aufgenommen. Er hatte als Erster einen Führerschein – er war ja sitzengeblieben und ein Jahr älter. Er chauffierte sie zu Partys und blieb selbst nüchtern. Er beklagte sich nicht, im Gegenteil, er fand es witzig, wie die anderen sich aufführten im Suff, sagte er. Auf einer dieser Feten kam Didi mit Fiona zusammen. Dodo wartete eine Viertelstunde vor Fionas Haus, während Didi mit ihr auf dem Rücksitz zum Abschied rumknutschte. Gutes Haus.

Kroko war seinerzeit schon sauer auf ihn gewesen. »Wir wollen heim, werd fertig, du Wichser.« Von wegen Wichser, die anderen waren die Wichser.

Dodo vermisste die Jugend und die alten Zeiten. Kaum waren sie alle 18, tauschten sie die Mopeds gegen Motorräder, finanziert von ihren Omas. Die Lehrlingsgehälter hätten nicht weit gereicht und wurden nahezu vollständig in

Alkohol angelegt. Sie nannten sich die Wölfe, sie gründeten eine Art Motorradklub, kein echter, dazu waren ihre Maschinen zu popelig. Didi wurde der Boss, klar. Sie hatten keine krummen Geschäfte am Laufen, nichts Illegales. Trotzdem hatten sie einen Ruf. Man begegnete ihnen mit Respekt. Wenn es Rangeleien auf den Partys gab und die Wölfe dazwischen gingen, kehrte schnell Ruhe ein. Fiona war stolz, die Braut vom Boss zu sein, die First Lady, das Alpha-Weibchen.

Ignaz Bischoff, den seine Freunde Gigi riefen, gehörte damals noch eine Diskothek in Ödertshofen: das »Wild Virgin«. Es war inzwischen geschlossen und schimmelte mitsamt dem Inventar vor sich hin. Die Zeit der Landdiskotheken war vorbei. Vor zwölf Jahren brummte der Laden. Gigi wollte die Wölfe als Security und Türsteher. Es gab oft Ärger, manchmal musste die Polizei anrücken – Pauls große Zeit als Disco-Bulle. Der DJ spielte immer dasselbe Lied, wenn Paul in Uniform auf der Tanzfläche erschien: *Eye of the tiger.* Souverän trat er auf und suchte die Quelle des Ärgers: Meist ein paar Buben, die zu schnell zu viel Gespritzte in sich reingelassen hatten und kurz davor waren, sich die Näschen blutig zu polieren. An sich nicht der Rede wert. Lass sie bluten und nach Hause gehen. Paul mischte sich ein. Die Mädchen sollten beeindruckt sein. Es klappte nie. Die Jungs, die sowieso Streit suchten, pöbelten fröhlich zurück, beleidigten Paul, weil er sich so wunderbar ärgerte. Alle freuten sich heimlich auf das Spektakel. Paul wurde rot und brüllte. Er drohte mit den Eltern und der Ausnüchterungszelle. Beides zog nicht. Paul drehte sich tobend auf der Tanzfläche, der DJ drehte lauter auf. *Eye of the tiger.* Der grüne Tornado kam in Fahrt. »Ich lass den Laden schließen.« Aus der Meute schubste einer den Paul, sodass er um sein Gleichgewicht ringen musste. »Wer war das?«

Das Signal. Alle stürmten den Tanzboden und pogten vergnügt. Paul wirbelte durch die Luft, getragen von den Händen der Gäste. Er schrie um Hilfe und erntete nur noch mehr Hallo. Woche für Woche das gleiche Spektakel, bis Gigi dazwischenging. Er rief die Leute zur Vernunft.

Paul schnaufte dann wütend. »Ich krieg dich dran.« Gigi legte ihm den Arm um die Schultern und zog ihn zur Bar. Ein Freigetränk für den Polizisten, den Tränen nahe, nichtalkoholisch versteht sich, manchmal auch einen Zwanziger in die Hemdtasche – und der Ärger hatte sich schon fast wieder erledigt.

Sobald die Wölfe allerdings den Einlass und das Verhalten im Raum kontrollierten, herrschte Ordnung und Zucht. Die Polizei wurde überflüssig. Sie schaute sporadisch vorbei, merkte jedoch schnell, dass es nichts zu regeln gab. Die Wölfe waren Herren der Lage. Wenn drinnen schon viele feierten, war man auf die Gnade der Türsteher angewiesen. Manchen war das Manches wert. Kurz und gut: Auf diese Weise kam Dodo auch zu einer Freundin. Seine große Zeit im Leben. Das »Wild Virgin« lief immer besser. Der berühmte Haufen, auf den der Teufel schiss. Sogar aus der Stadt kamen sie angereist, extra trashig, extra *Bad Taste*, um kultig Bauernparty zu feiern, was zu einem geflügelten Wort wurde. »Bauernparty feiern.« Ja, man konnte sich darüber lustig machen, sich innerlich maximal distanzieren, die Landmädchen angraben, sich kurz vor dem Kuss wegdrehen (wegen des Kuhstallgeruchs) und sich von seinen Großstadtfreunden für das gebrochene Landherz feiern lassen; es kam irgendwann am Abend der Moment, an dem man sich dann fallen ließ, die ironische Oberfläche zerbrach und man im Jacky-Cola-Rausch zu *Master of Puppets* die Rübe schüttelte, als müsse sie heute noch abfallen.

Dodo trauerte den Zeiten hinterher. Wenn sie heutzutage zu dritt zusammen saßen, begannen die meisten seiner Äußerungen mit: »Apropos, wisst ihr noch, wie wir damals …« oder »Apropos, man müsste mal wieder …« Die Vergangenheit ließ den Armen gar nicht los. Diese Hütte hier im Wald, zu der man den Weg erst mal finden musste, so versteckt lag sie, existierte bereits seinerzeit. Während die Jungs zu Männern wurden und sich was aufbauten, was sich verlogen und kalt anfühlte, verfiel sie zusehends. Deswegen packte es Dodo eines Tages, fuhr mit Brettern und Material aus dem Baumarkt an den alten Ort und begann den Wiederaufbau. Die Hütte wurde noch prächtiger. Das Aggregat wurde erneuert, der Kühlschrank neu angeschafft, Mikrowelle, gute Anlage, Flachbildfernseher, eine Wohnzimmersofagarnitur, die seine Schwiegereltern in spe ausmusterten, anfangs ein bisschen spießig, aber als der Erste drüber gekotzt hatte, genau passend. Jetzt saßen sie wieder hier mit Anfang 30, bereit für den Neustart.

Didi hatte Kapazitäten frei. Er konnte die alten Zeiten zumindest teilweise wieder aufleben lassen, nachdem Fiona ihn verlassen hatte. In der Nacht war ihm nichts aufgefallen. Er war einfach ins Bett geplumpst. Ob und wer da noch lag – keine Ahnung. Am nächsten Tag war sie weggegangen. Am Tag, nachdem er diesen Birne kennengelernt hatte. Kroko glaubte an einen Zusammenhang. Verdächtig war es. In der SMS, die er als Antwort auf seine bekam, stand: »Such nicht nach mir. Es hat überhaupt keinen Sinn.«

Keine Frage, alles klar. Mit dem Wohnzimmertisch holte er den Flachbildschirm von der Wand. Zu Hause im Affekt, nicht in der Hütte. Die Restwut reichte, um ihre Bücher zu zerfetzen. Scheiß Krimis von einem Teddy Saur. Danach rief er Kroko an. Er war sofort bei ihm.

Didi machte Karriere im »Wild Virgin«. Vom Türsteher zum DJ. Für Musik hatte er ein Händchen. Freitags hieß es »Rock into the Weekend«. Da war Party angesagt. Girls hatten freien Eintritt und bekamen ein Glas Lambrusco gratis. Donnerstags durfte Didi härter auflegen. »Ridin the Metal Wave«. Er hatte sich schnell einen guten Ruf erarbeitet und wurde auch außerhalb auf Partys gebucht. Netter Nebenverdienst. Das Beste allerdings war, dass man als DJ nicht nüchtern bleiben musste wie als Türsteher. Didis wilde Jahre. Geil ohne Ende. Und unglaublich: Die Beziehung mit Fiona hatte sie überstanden. Hin und wieder kriselte es. Beim wem kriselt es nicht hin und wieder? Eine gute Beziehung lebt vom Krach, weil sich dagegen die ruhigen Tage abheben.

Gigi verkaufte, weil er das Interesse verlor. Man hätte renovieren müssen, neue Einrichtung et cetera. Dann eine Anzeige wegen Alkoholausschanks an Minderjährige. Strafe, Androhung der Schließung, Ärger ohne Ende. Es ging schnell bergab. Gigi stieß den Laden ab, bevor er zum Draufzahlgeschäft wurde. Der neue Betreiber, der nicht renovierte und den Betrieb einfach weiterlaufen ließ, wollte keinen Rock, er wollte House aufgelegt haben. Didi zeigte ihm den Mittelfinger und wurde nie wieder im »Wild Virgin« gesehen. Eine Ära ging zu Ende. Mit Gigi arbeiteten sie weiter zusammen. Wenn er einen Auftrag hatte, bei dem zupackende Fäuste gebraucht wurden, rief er die Wölfe und bezahlte sie gut, wie Freunde.

»Du hast gar keine Ahnung, was wir für dich noch machen würden.« Kroko holte Didi aus seinen Träumen zurück.

»Ja?«

»Du willst Fiona zurück?«

»Klar, ich muss ihr doch sagen, was los ist.«

»Didi, ich sage diesmal wie es läuft. Kapiert?«

»Du willst der Boss sein?«

»Genau. Wie sieht's aus?«

»Wenn's dich geil macht.«

»Was meinst du, Dodo?«

»Die Wölfe jagen wieder.«

Viktor konnte Birne nicht begreifen. »Mensch, hier wäre so viel kaputt, wenn du verkaufst. So viele echte Schätze. Renoviere das.«

»Ich kann so was nicht.«

»Ich würde ja helfen, so viel ich kann. Ich kenne auch Leute. Wir könnten ein Museum einrichten. Für die Zukunft.«

Die Namen, sie redeten über die speziellen Namen in Ödertshofen : Didi, Toto, Dodo, Gigi, Kroko.

»Wenn ich mich hier einrichte, dann bin ich der Bibi.«, meinte Birne.

Viktor lachte. »Der Bibi. Servus, Bibi.«

»Und wieso bist du nicht der Vivi?«

Viktor wurde wieder ernst. »Ich bin raus, ich gehöre nicht mehr zu dem Verein. Einmal war ich der Vivi. Ich war weg eine Weile, und wie ich zurückgekommen bin, war ich anders. In ihren Augen. Der Viktor.«

Der Sonderling, dachte Birne. »Dada war drin.«

»Die war nie weg. Dada war super, sie hatte Pech mit ihrem Mann.«

»Meinem Großonkel Tata?«

»Der war mit dir verwandt. Jetzt muss ich aufpassen.«

»Ich habe ihn kaum gekannt.«

»Gut. Die Dada hat alles in Schuss gehalten, auch im Alter. Ich habe sie so bewundert. Ich war oft bei ihr. Eine resolute Person. Stark, sie hat sich von niemandem was sagen lassen. Du hast viel von ihr, Birne. Du würdest gut hierher passen.«

»Langsam. Und Tata? Wieso war mein Großonkel so ein Unglück?«

»Wieso ist ein Mann ein Unglück für eine Frau? Weil er gesoffen hat wie ein Berserker.«

Birne schluckte, er hatte auch etwas von seinem Großonkel.

»Er gehörte nicht zu denen, die lustig werden im Alkohol, er wurde rabiat. Doch die Dada hat sich wehren können. Die Geschichten, die er erzählt hat, wenn er mit einem blau geschlagenen Gesicht in die Wirtschaft kam. Die haben ihn aufgezogen. Schon wieder von der Treppe. Oder vom Auto angefahren. Er wurde wütend und erfand abenteuerliche Schoten. Allergien zum Beispiel gegen Sonnenlicht, oder Marder, die ihm nachts das Gesicht zerbissen haben. Die anderen lachten, er tobte und soff noch mehr. Im Grunde war er einsam. Der Vater und der Onkel vom Didi waren seine Freunde, die haben sich zu ihm gesetzt, wenn fast nichts mehr in ihn rein ging, und haben das Kartenspielen angefangen. Sie haben den alten Tata sauber ausgenommen. Er hat immer weiter gespielt, hat Schulden bei ihnen gemacht und ihnen versprochen, sie gleich zurückzuzahlen. Sie sind mit ihm heim, in dieses Haus. Jeder von ihnen hat von ihm noch ein Bier und einen Hunderter bekommen. Bargeld hat er gehabt. Hier in der Küche sind sie gesessen und haben das Maul aufgerissen. Die Dada hat viel mitgemacht, aber sie haben deine Großtante nicht klein gekriegt.«

»Sie war eine tolle Frau, ich war als Bub bei ihr.«

»Deswegen haben wir uns nie gesehen, ich bin erst später ihr regelmäßiger Gast geworden. Ich kenne ihre Geschichte. Ich habe ihr stundenlang beim Erzählen zuhören können. In einer dieser legendären Nächte ist der Tata wirklich die Treppe hinunter gefallen und liegen geblieben. Für immer. Didis Vater und Onkel waren angeblich damals auch dabei.

Dada war ziemlich fertig nach dem Tod ihres Mannes, hat mir mein Vater jedenfalls erzählt. Das muss lange vor unserer Zeit gewesen sein. Sie sah schlecht aus auf einmal. Einige Monate hatten sie seinerzeit den Eindruck, dass sie ihm bald über den Jordan nachfolgen würde. Auf einmal war der Trübsinn aber weggeblasen. Die Dada packte es noch mal, sie blühte voll auf. Respekt.«

Birne wurde melancholisch, als er Viktor über Dada reden hörte. So kannte er sie auch. Die Dada voller Leben. Als kleiner Bub hatte er sie geliebt. Es war das Größte für ihn, seine Ferien bei ihr zu verbringen. Jetzt bedauerte er es, dass er sie in ihren letzten Lebensjahren nicht mehr gesehen hatte. Wie aller möglicher Unsinn auf einmal wichtig geworden war. Das Erwachsensein, das ständige Hinterherrennen nach einem Job, nach einer Frau, nach einem Glück. Alles, was Birne jemals etwas bedeutet hatte, war zerplatzt. Er hätte hier sitzen bleiben können vor 26 Jahren und säße nun wieder genauso hier, nur mit einer Menge schlechter Erfahrungen weniger. Er wäre glücklicher und Dada wäre nicht allein gestorben.

»Die verrückteste Geschichte von Tata war die mit den Mardern, die ihm das Gesicht zerbissen haben.« Viktor lachte sich kugelrund. »Sie hätten sich unter seinem Dach angesiedelt und hätten ihn in der Nacht in seinem Schlafzimmer heimgesucht. Er sagte, sie hätten ihn aufgefressen, wäre er nicht mit blutüberströmten Gesicht aufgewacht mitten in der Nacht. Marder unter dem Dach. Ruhig, Maximilian.« Viktor zog seinen Hund am Halsband zu sich her. »Irgendetwas macht Maximilian nervös. Verstehe ich gar nicht. Birne, ich rat dir, dein Auto in den Hühnerstall zu stellen. Du musst Platz schaffen, das passt rein. Es gibt hier wirklich viele Marder, nur nicht im Haus. Die zerbeißen dir die Bremskabel, und gar nichts geht mehr.«

»Doktor Viktor Auto. Ich verstehe. Wenn ich Rat brauche, einfach deine Nummer wählen. Ich habe das Problem, du die Lösung. Weißt du, Viktor, mit Lösungen kenn ich mich auch aus. Ich habe nämlich einen Haufen Zeit zum Nachdenken, ich habe sonst nichts zu tun, nur damit du es nicht vergisst. Ich gammle mir einen ab und warte auf bessere Zeiten, die hoffentlich und wahrscheinlich nie kommen. Alles, was hier noch passiert, hängt im Wesentlichen von meiner Leber ab. Die beendet oder verlängert mein Trauerspiel.«

»Du bist so negativ, Birne. Fiona käme gern mit ihren Kindern, wenn du ein Museum aufmachst.«

»Kindern?«

»Vom Kindergarten. Da arbeitet sie.«

»Was ist mit Didi?«

»Du musst aufpassen, dass ihr nichts passiert.«

Birne, der Held, die Zeiten mussten schlecht sein. »Ich muss aufpassen?«

»Ich hatte den Eindruck, dass sie dich sympathisch fand. Gestern, als ich sie bei dir gesehen habe.«

»Ich habe keine Ahnung, wo sie steckt. Schlechte Voraussetzung, um auf jemanden aufzupassen.«

»Du musst sie suchen.«

Viktor schimpfte seinen Hund Maximilian, weil er gar keine Ruhe geben wollte. »Da ist was im Haus, das lässt ihm keine Ruhe. Sollen wir mal reinschauen?«

»Nein.« Sie saßen auf der Bank vor dem Haus, und Birne hielt Viktor zurück. Daraufhin verabschiedete sich Viktor und ging, in Gedanken versunken, vom Hof. Er müsse zum Aufbau, das Fest, eine Menge Arbeit. Und er der Chef. »Aber das mache ich zum letzten Mal. Da kommen manche nur zum Saufen und Rumstehen, die wenigsten langen richtig hin. Bin gespannt, ob Fiona kommt.«

»Wieso?«

»Die studiert mit den Jugendlichen einen Volkstanz ein. Wenn der ausfällt, habe ich am Freitagnachmittag kein Programm.«

»Du hast Sorgen.«

Ignaz' SUV hielt vor der Hütte. Er stieg hopsend aus, kaum war der Motor aus. Dynamisch für sein Alter, keineswegs altes Eisen, voll im Geschäft der Mann. Für die Jungs hieß das Beschäftigung. Er ging zu Didi und umarmte ihn genau eine Viertelsekunde. »Armer Kerl. Ich weiß, wie das ist, aber sie sind es alle nicht wert. Lenk dich ab.«

»Passt schon. Gigi, guter Freund. Was treibt dich her in unsere erlesenen Hallen?«

»Jungs, ihr baut euch hier richtig was auf. Schöner Grill. Das heißt, dass der Spirit noch glüht.«

»Ist so, Gigi.«

»Wie ist es vorhin gelaufen, Männer?«

Dodo redete. »Der wusste von nichts. Der wollte nicht verkaufen.«

»Dodo, wie oft warst du schon für mich unterwegs? Wenn der einfach verkaufen wollte, dann wäre ich hingefahren. Dass der verkaufen will, soll er von euch erfahren. Verstanden?«

»Verstanden. Ach so.«

»Hat er es auch verstanden und packt gerade seinen Koffer mit seinen Habseligkeiten?«

»Ich glaube nicht.«

»Dann meine ich, dass ihr euer Grillfest kurz unterbrechen und noch einmal bei diesem Apfel vorbeifahren solltet.«

Didi sagte: »Der Birne ist okay. Den lassen wir.«

»Ich habe das Geld, ich schaffe an.«

»Ich verdiene auch Geld. Wir sind keine Buben mehr, wir brauchen deine Almosen nicht.«

»Hör mal zu, Didi, du brauchst täglich etwas von mir. Ich rede nicht von Geld. Beziehungen, das halbe Leben besteht aus Beziehungen, das andere halbe aus Geld. Ich habe beides und wenn du irgendetwas willst, dann läuft das über mich. Und nur über mich. Kapiert?«

»Nein.«

NACHFRAGEN

»Hi.«

Ein schmächtiges Mädchen öffnete Viktor die Tür. Was hieß Mädchen? Sie war schon eine richtige Frau, wirkte aber wegen ihrer Schmächtigkeit arg mädchenhaft. »Was willst denn du?« Gut drauf war sie jedenfalls nicht.

»Karo, ich mache mir Sorgen um Fiona. Hast du was von ihr gehört?«

»Lass mich bloß in Ruhe mit der.« Karo wollte die Tür schon wieder zumachen.

»Hast du was gehört von ihr?«

»Das, was alle gehört haben.«

»Ihr seid die besten Freundinnen.«

»Mit der bin ich keine Freundin mehr, das kannst du singen.«

»Eben, das muss dich auch stutzig machen, dass sie sich gar nicht meldet, bevor sie abhaut.«

»Ich kann dir sagen, warum sie sich nicht meldet: Die

spinnt komplett. Und noch eins sage ich dir: Wenn sie sich meldet, dann sage ich ihr, dass sie nicht alle beieinander hat und sich schleichen soll.«

»Weißt du, wo Dodo steckt?«

»Das ist der Nächste, der mir nur kommen soll. Der hört auch noch eine Meinung von mir.«

»Weiß du, wo er ist?«

»Es ist mir mittlerweile auch egal. Wahrscheinlich ist er wieder mit Didi und Kroko unterwegs, diesen Granatdeppen.«

»Hat er was gesagt wegen Fiona?«

»Schlampe hat er gesagt.«

»Wenn sie sie haben, kann es sein, dass sie sie totschlagen. Ist dir das bewusst?«

»Sollen sie doch. Verdient hat sie es.«

Noch ein Besuch bei der Hütte. Ein Polizeiauto näherte sich. Acht Augen musterten Paul, wie er ausstieg und sich unsicher grinsend seine Mütze auf den Kopf zog. »Schön habt ihr es hier.«

»Wer was kann mit den Händen. Hättest du halt was Gescheites gelernt«, sagte Kroko. »Dann könntest du auch was bauen.«

»Sei vorsichtig.« Paul war nicht zum Scherzen aufgelegt.

»Was führt dich hierher? Hast du anderswo kein Bier mehr bekommen?«

»Ich verlange Respekt.«

Dodo, Kroko und Didi brachen in Gelächter aus. Nur Gigi blieb ernst.

»Es ist eine Anzeige bei uns eingegangen. Deswegen bin ich hier.« Paul ging auf die Hütte zu. »Es handelt sich eindeutig um einen Schwarzbau. Mitten im Wald. Ich sehe, dass ihr auch Feuer anzündet. Feuer darf nur in mindestens 200 Meter Entfernung vom Waldrand und mit Erlaubnis des Landratsamtes anzünden.«

»Das haben wir nicht gewusst«, beeilte sich Dodo zu beschwichtigen.

»Deswegen komme ich und sage es euch im Guten.«

»Wer hat uns denn angezeigt?«, wollte Kroko wissen.

»Völlig egal. Die Anzeige liegt vor. Männer, wenn ihr jetzt kooperiert, passiert euch nichts. Ihr räumt das Zeug hier weg, sagen wir, bis Samstag – und ich werfe die Anzeige in den Papierkorb. Kein Mensch redet mehr darüber.«

»Bis Samstag?« Dodo zitterte vor Aufregung.

»Wie bitte?« Gigi mischte sich ein. »Kannst du das noch mal sagen? Ich höre dich so schlecht, weil die Vögel gerade so laut zwitschern.«

»Gigi, das hat nichts mit dir zu tun. Ich rede mit den Jungs.«

»Du nennst mich nicht Gigi. Gigi heiße ich für meine Freunde. Das hier sind meine Freunde und was meine Freunde angeht, geht auch mich was an. Hast du mich verstanden, Herr Paul?«

»Ist ja gut. Ich sage ja nur, dass deine Freunde einen Mordsärger mit der Feuerpolizei kriegen, wenn sie sich …«

Weiter ließ ihn Gigi nicht kommen. »Feuerpolizei? Weißt du was Feuerpolizei auf Deutsch heißt? Leck mich am Arsch heißt Feuerpolizei. Es gibt keine Feuerpolizei. Die Feuerpolizei hat sich ein größenwahnsinniger Kindergartenbub ausgedacht, der sich nicht entscheiden kann, ob er später zur Polizei oder zu Feuerwehr will. Es gibt auch keine Cowboy-Piraten oder Indianer-Ninjas, lieber Paul. Deswegen sagt jeder, der Feuerpolizei sagt, eigentlich leck mich am Arsch, und genau das sagen wir dir jetzt auch. Du hast hier nichts verloren. Die Anzeige schiebst du dir so weit in deinen Hintern rein, dass sie dir zur Nase wieder rauskommt. Kapiert?«

»Bitte sei vorsichtig. Immerhin kann ich dich wegen Beamtenbeleidigung dran kriegen.«

»Wenn du das versuchst, dann bist schneller kein Beamter mehr als du Entschuldigung sagen kannst. Ich habe einen Sack voll Dreck, den du am Stecken hast, und ich weiß, wo ich ihn ausleeren muss, damit du fertig bist und dich auf der Stelle eingraben lassen kannst.«

Paul schaute sich verloren um, auf der Suche nach Hilfe von irgendwoher. »Ich dachte, ich kann das mit euch regeln.«

»Du hast schon genug geregelt und herausgekommen ist nur Unruhe und ein noch größeres Durcheinander. Schau, dass du weiter kommst, sonst kommst du überhaupt nirgends mehr hin.«

»Willst du mir drohen?«

»Wenn es so wäre, würdest du dich wehren wollen?«

»Wir sind noch nicht fertig.« Paul ging zu seinem Auto zurück. Es war kein Kollege bei ihm. Er hatte gehofft, die Sache unbürokratisch aus der Welt schaffen zu können. Jetzt schlich er gedemütigt davon. Aber besser gedemütigt als verprügelt. Die waren zu viert.

Ignaz wandte sich wieder seinen Freunden zu. »Seht ihr, wie man diese Dinge regelt? Da meinen manche, sie sind was Besonderes, aber denen helfe ich schon. Der Paul hat immer wieder probiert, den großen Macker zu spielen. Dem muss man seine Grenzen zeigen, dann spurt er. Und so müsst ihr es auch durchziehen. Ich gebe euch kein Geld, damit ihr euch hinten anstellt. Zeigt mal diesem Birne, wer in unserem Dorf das Sagen hat. Aber zündelt mir nicht rum. Wenn das Anwesen Feuer fängt, geht zu viel verloren, was am Schluss noch was wert ist. Ich will mich da selbst noch mal umsehen.«

»Sag mal, Gigi, der Paul kann dich genau so auflaufen lassen wie du ihn.« Didi klopfte ihm auf die Schulter.

»Ich will davon nichts hören. Hast du mich verstanden?«

»Ich habe verstanden. Ich rede mit Birne, da gibt es eine Lösung.«

HELFEN

Nichts. Tot. Birne fluchte. Sein Auto sprang nicht an. Er wollte das Nötigste einkaufen, nachdem er den paranoiden Viktor, mit dem keiner etwas anfangen wollte, losgeworden war. Er würde also bleiben bis auf Weiteres. Aber hier leben ohne Auto – nein, danke. Unmöglich. In Gehweite war außer Metzgerei und Bäckerei nichts, er konnte nicht weg. So sah es aus. Ein Fahrrad vielleicht, allein, es half nichts. Scheißkaff.

Ein Wagen fuhr auf den Hof. Heute war was los. Didi. Auch recht. Rauferei statt Einkauferei. Birne stieg aus, um ihn zu begrüßen und umzuhauen. Aber Didi war auf einmal so freundlich. Ob was kaputt sei, wollte er wissen.

»Der Dreckskarren springt nicht an.«

»Der sieht auch fertig aus. Würde mich eher wundern, wenn er einwandfrei fährt, ehrlich gesagt.« Ob er's sich mal anschauen dürfe.

Birne hatte nichts dagegen. Warum auch? Alter Metal-Kollege, den lässt man doch mal ans Blech ran.

Didi beugte sich über den Motor, grunzte und schaute sich um.

»Rat mal: Könnte der Vergaser sein.«

»Klar, kann sein.« Konnte aber auch sein, dass Didi so viel Ahnung hatte wie Birne: null.

»Kann ich spontan nichts machen. Das würde ich mal den Toto anschauen lassen an deiner Stelle.«

»Den Anton?«

»Genau, der Toto.«

»Gute Idee.« Birne war dabei. Sonst käme er nicht mehr weg.

»Soll ich dich abschleppen?«

»Die Batterie kann's nicht sein?«

Sie versuchten zu überbrücken, wussten nicht so recht, wie, schließlich gelang es ihnen nicht oder schon: Das Auto rührte sich jedenfalls nicht. Nichts. Totes Auto. Die erste Leiche in Birnes neuem Lebensabschnitt. Also schleppte Didi Birne ab.

»Den musst du mir da lassen. Eindeutig«, meinte Toto Anton.

»Wie lange?«

»Und wie viel kostet es?«, kam Toto Birnes Folgefrage zuvor. »Ich beeile mich und mach dir eindeutig einen guten Preis. Okay?«

Was blieb Birne übrig? Angst und Geld hatte er noch nie gehabt. Er wollte sich nur nicht von Didi zum Einkaufen kutschieren lassen. Alte Oma und so.

Toto betrieb einen Ein-Mann-Betrieb. Er wohnte über seiner Werkstatt, sein Besitz war in die Jahre gekommen und offensichtlich existierte niemand in seinem Leben, der nicht wollte, dass man das sieht. Auf einem Fenstersims stand eine ölverschmierte Bierflasche. Vor dem Fenster lehnten Reifen verschiedener Größe. Die Hebebühne war hochgefahren. Das Auto, an dem Toto rumschraubte, sah oldtime aus. Ein

Liebhaberstück, das viel Zuneigung brauchte. Fachlich war er sicher topp, und Birnes Auto nicht zu neu.

»Gehst du mit zur Babsi? Heute wird der Tag vollständig versoffen?« Didis Vorschlag richtete sich an Birne.

Für Birne klang das nach einem guten Plan. Er hatte nichts Besseres vor. Er täuschte sich womöglich in den Jungs, sie hatten ihm faktisch noch nichts Böses getan. Kroko wollte an sein Auto schiffen, war ihm nicht gelungen. Gut.

Bei der Babsi versammelte sich alles, was Rang und Namen hatte: Paul saß schon da und schaute grimmig hinter seiner Halben hervor. Irgendwas passte ihm nicht. Birne grüßte freundlich, und er nickte grantig zurück. Dodo und Kroko erschienen, als Didi und Birne ihre Schnitzel aufgetragen wurden. Birne hatte Didi eingeladen für die Gefälligkeit.

Kroko wurde ernst, als er Birne sah. »Geht es dir gut?«, wollte er von Didi wissen.

»Setz dich her. Sauf was.« Didi war gerade daran, Birne auszuquetschen. »So? Bei der Polizei bist du?«

»Mehr oder weniger«, antwortete Birne. »Sagen wir so: Ich nehme mir im Moment eine Auszeit. Ich habe eine Art Burn-out.«

Didi prustete los. »Paul, schau her, ein Kollege von dir. Den nimmst du mit auf Streife, wenn du nächstes Mal was unbürokratisch regeln willst. Der stellt sich bestimmt genauso blöd an.«

Paul zeichnete mit seinem Glas ein Kreuz vor seiner Brust. »Halleluja.« Er war kurz vor dem Ende.

»Saufen die bei der Polizei alle so viel?«, fragte Didi.

»Sonst ginge es gar nicht«, sagte Birne, der Fachmann. »Viele Schicksale, mit denen du konfrontiert wirst. Es wird keiner freiwillig zum Verbrecher. Erst die Not treibt ihn so weit und dann fühlt er sich im Recht und du bist immer der Böse. Egal, was du anstellst, als Polizist handelst du immer falsch.«

»Das heißt, du bist der Arsch.« Kroko mischte sich ein. »Kann ich mir gut vorstellen, dass man dann auf einmal hinwerfen will. Der Paul hat es auch nicht leicht mit uns. Und wir sind wirklich noch harmlos. Oder?«

»Halleluja.«

»Und du, Birne, hast dir einfach gedacht: Lass dich am Arsch lecken und ziehst zu uns, weil die Landschaft so schön, lebst eine Weile dort, wo andre Urlaub machen. Genießt die Natur, gehst spazieren, lernst interessante Leute kennen.«

»Nein. Es ist wegen der Dada, die hat uns das hinterlassen.«

»Die Dada? Um die hat sich jahrelang keiner mehr gekümmert, und auf einmal hat sie noch Verwandtschaft. Wenn sie stirbt, kriechen die Ratten ans Licht, die ihr Geld riechen.«

»Die Dada hat kein Geld gehabt.« Birne wehrte ab.

»Die einen sagen so, die anderen so.«

»Wie meinst du das?«

»Es heißt, sie hat schon ein bisschen was gehabt.«

»Woher soll sie was gehabt haben?«, fragte Birne nun doch erstaunt.

»Das frage ich dich. Auf jeden Fall ist es schäbig, ein altes Weib abkratzen zu lassen, ohne nach ihr zu schauen, und plötzlich wieder aufzutauchen und ihr Sach verkaufen zu wollen.«

»Von Verkaufen habe ich nichts gesagt.«

»Streit es nur ab. Ich jedenfalls habe einen kranken Bruder und einen Großvater im Bett daheim. Ich haue nicht ab. Ich weiß, was es heißt, für jemanden da zu sein.« Kroko wurde laut, er hatte Tränen in den Augen.

»Ist mir bewusst, dass es nicht in Ordnung war. Mein ganzes Leben habe ich mehr Dinge getan, die ich jetzt bereue, als Dinge, auf die ich stolz bin. Du hast so recht, Kroko. Heute bin auf der Bank vor dem Haus gesessen mit dem Viktor und ohne Scheiß, ich hab mir gedacht: Ich hätte nie weggehen dürfen.«

»Aber jetzt ist es zu spät, verstehst du? Jetzt wäre es besser, du wärst nicht gekommen.«

Didi warf sich dazwischen. »Ist gut, Kroko. Der Birne hat dir nichts getan.«

»Geht doch knutschen.« Kroko zahlte und ging.

»Was ist mit dem?«, fragte Birne.

»Lass ihn, der hat es nicht leicht. Es wird immer noch schöner, wenn die Wüsten gehen. Wobei es mir wirklich dreckig geht«, fiel Didi ein. Aber er wusste, wie man mit Schmerz umgeht und bestellte noch mal aufs Vergessen.

Sie soffen weiter in den Tag hinein und erfreuten sich ihres Expertentums.

»Die Einzigen, die sich immer etwas Neues ausgedacht haben, waren Judas Priest. Jede Platte neu und gut auf ihre eigene Art«, wusste zum Beispiel Birne.

»Bis zur *Painkiller*. Ab dann haben sie gemacht, was alle anderen immer gemacht haben: Das eigene Erfolgsrezept kopiert und kopiert und kopiert …«

»Die *Painkiller* ist das beste Stück Heavy Metal, das je gepresst wurde«, sagte Birne und wünschte sich ein eigenes Rezept zu haben, das er immer wieder kopieren konnte und das seinen Schmerz tötete. Bier. Bier auf Rezept, bis der Arzt kommt und das Licht ausknipst bis zur Auferstehung.

»Birne, du hättest damals im Wild Virgin dabei sein sollen. Jeden Donnerstag um fünf vor zwölf. Ich drücke auf Play, die Doublebass setzt ein und die Meute bangt sich in den Freitag hinein. *He is the Painkiller, this is the Painkiller.* Es ist Wochenende und gleich nach zwölf dann Megadeth: *Take no Prisoners*. Nein, wir nicht. Wir leben nur einmal.«

»*Rest in Peace*, die beste Speed-Metal-Platte aller Zeiten.«

»Du kennst dich aus. Komm, Babsi, bring uns noch zwei.«

Dodo langweilte sich fürchterlich, traute sich aber nicht abzuhauen. »Apropos: Habt ihr es bald mit euren Fachgesprächen? Das kann sich kein Mensch anhören. Ihr müsstet euch mal sehen. Alter, ich verstehe nicht, wie man sich nur so lange über diesen alten Scheiß unterhalten kann.«

»Dodo, wenn du nichts verstehst, dann halts Maul.« Dodo gehorchte, immerhin hatte er noch jemanden, zu dem er nach Hause gehen konnte.

»Neulich habe ich *Into the Void* auf der Gitarre rausgehört, das ist der beste Metal-Song aller Zeiten«, sagte Birne.

»Scheißdreck-Scheiß-Ozzy. Black Sabbath fängt für mich erst mit Dio an. Der Scheiß-Ozzy war und ist immer schon ein Drecks-Poser, den kannst du zu den Deppen von Poison in einen Sack stecken und draufschlagen, bis sich nichts mehr bewegt. Da triffst du nie einen Falschen.«

Das Bemerkenswerte an den Heavy-Metal-Fans ist ja, dass sie die friedfertigsten Menschen sind trotz ihrer Vorliebe für diese monströse Musik. Birne zum Beispiel war ein glühender Katholik, weil ihn dort wie auch im Heavy Metal dieses ständige Übertreiben, dieses Barocke, faszinierte. »Quatsch. Dio ist zweite Reihe. Ich habe den einmal gesehen im Vorprogramm von Motörhead. Der war damals schon so müde – jetzt ist er eh tot.«

»Ist vielleicht besser. Bei einigen wäre es besser, wenn sie tot wären. In Würde altern – mit mir nicht. Ich sauf mich zusammen, jetzt hält mich nichts mehr auf. Noch zwei, für den Birne und mich, Babsi, und leg zwei Schnäpse drauf. Was trinkst du, Birne?«

»Williams. Ich heiß ja so.«

»Wie?«

»Na Birne.«

Sie tranken. Didi bemerkte, dass Babsi die ganze Zeit auf Birne starrte. »Die steht auf dich.«

»Meinst du?«

»Das würde ich heute noch probieren. Ich finde sie nicht schlecht.«

Birne drehte sich um und sie lächelte verlegen zu ihm hin. »Nein, nicht schlecht. Und davon abgesehen ist eine Wirtin immer gut.«

»Du sagst es, Birne. Mir ist die Frau abgehauen. Scheiße, weißt du. War eine gute Frau, Alter.«

»Mir ist auch die Frau davon.«

»So ein Zufall. Meine heißt Fiona. Es gibt Leute, die sagen, du wüsstest, wo sie steckt.«

»Und wenn es so wäre?«

»Dann hätte ich sie gerne zurück.«

»Bist du dir sicher?«

»Ja. Ich müsste noch ein, zwei Dinge mit ihr klären. Dann könnte ich sie auch einem anderen lassen, wenn er sie dann noch will.«

»Ich habe keine Ahnung.«

»Das glaube ich dir nicht. Bist du dir sicher, dass sie sich nicht irgendwo bei dir auf dem Dachboden versteckt?«

»Sicher. Sicher bin ich mir sicher.«

»Dein Hof ist groß. Da gibt es einige Ecken, wo man nicht so gut hinsieht, wo man sich gut verstecken kann. Hast du überall nachgeschaut?«

»Und wenn es nicht so wäre, ganz ehrlich: Was ginge es dich an?«

Unvermittelt stand Didi auf. »Komm mit.«

»Ich trinke zuerst noch aus.«

»Du kommst jetzt mit.«

»Du bist besoffen, mit dir komm ich nirgends mehr mit hin.«

Dodo rückte zu Birne hin.

Didi sagte ganz ruhig: »Was regst du dich so auf. Ich will nur wissen, ob sich die Matz bei dir auf dem Hof versteckt. Wenn du weißt, dass sie nicht da ist – alles wunderbar, dann kommen wir wieder her und saufen das hier zu Ende. Oder?«

Babsi stand hinter ihm und legte ihm die Hand auf die Schulter, sanft und bestimmt. »Lass gut sein. Wir gehen jetzt besser heim. Es langt.« Sie schob ihn vorsichtig zur Türe. Als sie sie fast erreicht hatte, wurde sie von außen geöffnet und ein verrupfter Alter kam herein. Birne kannte ihn, er war das letzte Mal so stumm bei Paul gesessen. Jetzt glühten seine Augen vor Zorn und er stammelte irgendetwas, von dem Birne nur den Satzfetzen »Schande fürs Dorf« verstehen konnte. Didi war mittlerweile ganz klein geworden und ließ sich hinauskomplimentieren. Hinter Birne meldet sich Paul. »Halleluja. Lass dir nichts gefallen von denen. Sauber eingeschenkt. Da meinen manche, sie sind was Besonderes, aber denen helfe ich schon noch. Am Ende lache immer ich.«

Der Alte setzte sich dazu. Es kam zu keinem Gespräch mehr zwischen den Anwesenden. Gedanken waren eine Menge vorhanden, doch ihre Artikulation hätte zu wünschen übrig gelassen. Stumm saß Birne eine Weile vor einem Bier. Als Babsi das nächste brachte, setzte sie sich zu ihm. Wie sie den Strich auf Birnes Bierdeckel zog, berührte sie absichtlich unauffällig seine Hand. Birne zuckte zusammen.

»Was ist?«, fragte Babsi. »Bist du es nicht mehr gewohnt, dass dich eine anlangt?«

»Nein, gar nicht mehr.«

»Das ist fast ein wenig schade.«

»Mein ich fast auch.«

Bevor sich mehr entwickeln konnte, wurde Babsi vom durstigen Paul gerufen, der es offenbar nicht ertragen konnte, dass während seiner Trinkzeit die Bedienung flirtete. Eine verliebte Bedienung schleppt schlecht, heißt es bekanntlich.

Birne trat ins Freie. Ihm war vom Zigarettenrauch etwas blümerant und er wollte sehen, ob er sich durch Kotzen ein wenig Erfrischung verschaffen konnte.

Die Nachtluft wirkte Wunder, Birne wurde von hinten gepackt und unsanft umgedreht. Da war aber nicht die Nachtluft, sondern Didi und Dodo, sogar Kroko verzichtete auf seinen Schlaf.

Dodo fuhr, er hatte nachweislich am wenigsten getrunken, was keine Rolle spielte. Paul war gerade ein Loch, in dem aller Alkohol der Welt unwiederbringlich verschwand. Birne saß mit Kroko hinten. Didi maulte Dodo an, weil er nicht ernsthaft die Scorpions hören konnte und drohte ihm mit augenblicklicher Kündigung der Freundschaft, wenn er daran nichts ändern würde. Aber bevor Dodo etwas unternehmen konnte, waren sie schon da. Kroko hielt Birne zurück, als er mit aussteigen wollte. »Wart mal.« Sie saßen und warteten zu *Wind of Change*.

Dodo und Didi schauten sich zuerst in Stall und Stadel um. Kroko passte auf, dass sich niemand davon machte. Birne musste weiter allein im Auto warten. Er drehte den CD-Player ab. Wenn schon nicht in Würde altern, dann schon mit Würde sterben. Andererseits: Er hatte nichts zu verbergen. Fiona war nicht da. Es war dreist, was sich die drei da erlaubten. Sie würden gleich darüber lachen, und Birne würde es bei Babsi probieren, danach sähe die Welt schon ganz anders aus. Birne stieg aus.

»Bleib drin«, befahl Kroko.

»Wenn ihr mein Haus durchwühlt, will ich dabei sein.«

Kroko lachte auf. »Angst um deine Kronjuwelen?« Er stieß Birne in den Rücken, sodass er stolperte.

Birne drehte sich um. »Bist du eifersüchtig, du kleiner Schwuchtel?«

»Wie bitte?« Kroko holte aus.

»Schau mal, ein weißer Neger«, sagte Birne und während Kroko »Wo?« rief und sich umdrehte, ging er ins Haus.

Dodo war oben. Didi saß mit einem von Birnes Bieren in Birnes Fernsehsessel: »Sieht so aus, als ob du mich nicht angelogen hättest: Sie ist nicht hier. Wo ist sie?«

»Noch einmal: Ich weiß es nicht. Und wenn ich es wüsste, würde ich es nicht verraten.«

»Birne, wo ist sie?«

»Es wäre besser, wenn ihr jetzt geht.«

»Jetzt schon? Ich trinke noch aus.«

»Hau ab.«

»Jetzt pressiert es dir auf einmal. Vorhin musste ich warten. Jetzt musst du Geduld haben. Nimm dir ein Bier. Ist eh dein Kasten. Oder ist es schon zu viel?«, forderte Didi Birne auf.

»Leck mich am Arsch. Verschwindet, oder …«

»Oder was? Mir ist es so ernst wie dir. Du sagst mir, wo sie steckt, oder es wird ungemütlich.«

»Ich habe keine Ahnung.«

»War sie bei dir?«

»Nein. Sie ist nicht da gewesen.«

Didi warf die Bierflasche auf den Fernseher, der umfiel und implodierte. »Ich bringe dich um, wenn du mich noch einmal anlügst.«

»Hau ab.«

Dodo kam laut lachend und schwer atmend von oben.

»Didi, das musst du dir ansehen. Ich war auf dem Dachboden. Der Birne hat einen besonderen Schlag.«

Birne wurde energisch. Er packte den überraschten Dodo am Kragen und schob ihn vor die Haustür, ehe er reagieren konnte. Kroko lehnte grinsend am Auto und zündete eine Zigarette an. Hinter Birne kam Didi aus dem Haus. »Birne, du schaust, dass ich Fiona morgen habe, sonst geht es dir dreckig. Ich schneide dir die Eier ab und lass sie dich fressen. Und denk ja nicht, dass du oder ihr abhauen könnt. Bei jedem Schritt schauen dir tausend Augen zu. Und alle sind sie auf meiner Seite.«

Sie fuhren Vollgas vom Hof. Birne hastete nach oben zu seinen Mardern. Im Nest lag einer leblos: Hammer. Nur ein Tier, ein unschuldiges Tier. Birne spürte eine gewaltige Ohnmacht. Er hatte versagt. Er würde Fiona finden und diesem Didi zeigen, wie man eine Dame behandelt. Der hatte sie nicht verdient. Die waren alle geistesgestört hier.

Am nächsten Morgen fand Didi einen Brief in seinem Kasten: »Las sie in Ruh, du Wixer. F ist jetz meine. Birne.«

Keine Fragen mehr.

TAG 4: BARRABAS

BLUTEN

Birne wurde von einem kräftigen Klopfen geweckt. Er schälte sich mühsam aus dem Bett und öffnete in Unterhose – Fiona. Sie wartete nicht, bis er sie hereinbat, sie huschte in seine Küche.

»Mach die Tür zu.«

»Sag mal, was ist denn mit dir passiert?«, fragte Birne, weil Fiona furchtbar ausschaute: ganz rot und verquollen im Gesicht.

»Nichts, spielt keine Rolle.«

»Dein Auge. Dich hat jemand geschlagen.«

»Birne, du musst schnell mit mir verschwinden. Frag nicht, warum, die bringen uns um.«

»Didi?«

»Der dreht durch.«

»Weiß der, dass du hier bist?«

Sie hörten zwei Autos, die auf den Hof fuhren.

»Das sind sie. Versteck mich, Birne.«

»Geh auf den Dachboden. Ich regle das.«

Birne zog sich schnell Hose und T-Shirt an, bevor er zur Tür ging, an der geklopft wurde, als gelte es, sie allein dadurch zu Kleinholz zu verwandeln.

»Ignaz?«

»Guten Morgen.« Er hatte Didi, Dodo und Kroko bei sich. Sie standen stumm hinter ihm.

»Hallo Birne.«

»Sind Sie allein?«, fragte Gigi-Ignaz. In der Wirtschaft hatten sie sich geduzt.

»Ja.«

»Die ganze Nacht schon?«

»Das geht dich nichts an.«

»Birne, deine Hosenfalle steht offen«, bemerkte Kroko.

»Ich lass den Stumpen ein bisschen auslüften«, sagte Birne beim Hochziehen.

»Haben Sie sich mein Angebot überlegt?«, fragte Gigi.

»Ja, habe ich.«

»Wie viel wollen Sie?«

»Ich verkaufe nicht.«

»Ich dachte, ich habe mich klar ausgedrückt: Ich bekomme in der Regel, was ich will. Wenn Sie sich fragen, was die Herren in meiner Begleitung hier sollen – sie waren unlängst hier. Sie helfen Ihnen gern beim Ausziehen. Ich rate Ihnen also, bei meinem Angebot … schlagen Sie zu, bevor der Preis ins Bodenlose fällt.«

»Ich soll zuschlagen? Mit dem allergrößten Vergnügen.« Birne hob seine Hand. Didi, Dodo und Kroko stürzten an Gigi vorbei auf ihn zu. Sie warfen Birne in den Hausgang und gingen ins Haus.

»Scheiße,« brüllte Birne. »Was wollt ihr hier drin?«

Kroko drehte sich um und trat nach ihm. »Halt das Maul.« Birne konnte ausweichen. Ehe er aufrecht stand, wurde er wieder zu Boden geworfen. Die Jungs kamen auf ihn zu.

»Meinst du, du kannst uns reinlegen?«, sagte Kroko. »Du bist tot, schneller als du Bapp sagen kannst.«

»Was wollt ihr von mir?«

»Ich suche meine Frau«, antwortete Didi.

»Warum? Um sie zu schlagen. Didi, pass auf, lass sie in Ruhe. Ich bin nicht so harmlos, wie ich ausschaue.«

»So?«

»Wenn du sie noch einmal anlangst, dann prügle ich dich windelweich.«

Didi ließ sich nicht beeindrucken. »Das ist meine Frau.

Mit der mache ich, was ich will. Verstanden? Und wenn sie hier ist, nehme ich sie mit.«

»Einen Scheißdreck.« Fiona kam aus dem Nebenraum gesprungen. »Ich mache, was ich will und wenn ich mit Birne abhängen will, dann bin ich hier. Ihr lasst ihn in Ruhe. Das ist unglaublich.«

Didi war überrascht, die anderen erschrocken. Sie waren im Begriff, Zeugen eines Blutbads zu werden. Didi trat ihr in den Weg. »Komm mit nach Hause.«

»Ich denke gar nicht dran.«

»Fiona, ich habe keine Lust auf eine Szene vor diesen Leuten.«

»Dann sieh es endlich ein: Wir sind fertig miteinander.« Sie ging an ihm vorbei. Er griff nach ihr. Sie riss ihren Arm frei. »Versuch's gar nicht.«

»Friedlich bleiben«, sagte Birne. »Fiona, bleib hier. Bist du verrückt? Die killen dich.«

»Alles okay, Birne, ich weiß, wie man mit denen umgeht«, sagte Fiona.

Kroko hielt Birne zurück, eine Hand auf seiner Schulter. »Das müssen die unter sich regeln.«

Fiona überquerte den Hof, ging vorbei an den Autos.

»Fiona«, bellte Didi. »Ich meine es gut. Geh nicht. Red wenigstens mit mir.« Sie war auf der Straße und verschwand langsam. Didi sprintete zu seinem Auto und fuhr ihr schleunigst hinterher. Er hielt mit ihrem Tempo schritt und quatschte durch das geöffnete Beifahrerfenster auf sie ein.

Dodo baute sich neben Birne auf. »Wir bleiben bei dir, mein Freund.«

»Bei solchen Freunden brauche ich keine Feinde mehr.«

Dodo grinste. »Du hast uns reingelegt. Beinahe hätten wir dir geglaubt, dass ihr nichts miteinander hattet, du und Fiona.«

»So täuscht man sich in den Leuten.«

Sie beobachteten Fiona und Didi aus der Ferne. Sie konnten nicht verstehen, was Didi sagte, er wurde immer lauter. Sie ging ungerührt weiter.

»Herr Birne, meiner Meinung sieht es so aus, als ob Sie sich gewaltige Schwierigkeiten eingehandelt haben. Ich würde verkaufen. Oft sage ich es nicht mehr. Und wenn Sie irgendwann von selbst kommen und verkaufen wollen, dann kann ich Ihnen keinen guten Preis garantieren.«

»Schon gut. Ich habe es kapiert. Noch mal sagen bringt auch nichts.«

»Schau sie dir an«, kommentierte Kroko. »Der macht sich für die total zum Affen. Gerade für die. Der findet an einem guten Abend hundert wie die. Leck mich. Birne, wenn sie meine wäre und du sie wolltest, könntest du sie haben. Viel Vergnügen.«

»Die wollte ich nicht geschenkt«, sagte Dodo und Kroko legte noch nach: »Der soll doch froh sein, dass er sie los ist.«

Dodo gluckste. »Ich würde es mir gut überlegen. Mit der wirst du nicht glücklich. Wenn es dem Didi nicht so dreckig ginge, würde ich sie dir zurückbringen, Birne, und dir eigenhändig Tür und Fenster zumauern, damit keiner von euch mehr rauskommt.«

»Leck mich am Arsch«, schrie Fiona so laut, dass es alle gut hören konnten. Didi drückte aufs Gas und schoss wütend davon.

»Sauber. Ich hätte sie überfahren.« Dodo spielte den Starken.

»Kommt, Männer.« Gigi ging voraus zu seinem SUV, mit dem er wohl – wie viele andere Männer – seinen kleinen Penis kompensieren wollte.

Dodo und Kroko dackelten ihm hinterher.

Birne winkte ihnen nach. »War nett, Jungs, kommt mal

wieder. Dann setzt ihr euch auf ein Bier her. Nicht immer so hektisch.«

Den Besuch würde er früher erhalten, als er hoffte.

GEHEN

Es ergab keinen Sinn. Birne wusste nicht, was er von den Jungs halten sollte. An sich kamen sie ihm harmlos bis ganz nett vor. Im Moment standen sie arg unter Druck. Die Ereignisse der vergangenen Tage überforderten sie. Sie benötigten Zeit, um wieder runterzukommen und verhältnismäßig zu reagieren. Wenn die wieder cool waren, konnte es ganz lustig werden mit ihnen. Zurzeit betrachtete er sie als unberechenbar. Wenn sie sich weiter so anstachelten, konnte es passieren, dass sie ihm noch an die Gurgel gingen. Dann wäre es besser, er käme schnell weg. Vor allem benötigte er deswegen nun sein Auto. Er hatte keine Telefonnummer von Totos Werkstatt, also ging er zu Fuß zu ihm. So klein das Dorf auf der Landkarte wirkte, ohne Fahrzeug war man eine Weile unterwegs zum anderen Ende. Er traf Toto persönlich an. Sein Auto war nicht mehr da.

»Was heißt weg?«

»Didi hat es abgeholt.«

»Aber Didi gehört das Auto nicht.«

»Er hat es eindeutig hergebracht.«

»Mir hat er es nicht zurückgebracht.«

»Dann bringt er es halt noch. Da bin ich mir sicher. Eindeutig. Es ist noch nicht lange her. Wahrscheinlich fährt er gerade zu dir hinauf. Willst du die Rechnung gleich bar bezahlen? War mehr kaputt, als ich zuerst gedacht habe.«

»Ich zahle gar nichts, solange ich mein Auto nicht habe.«

»Herrgott. Das kriegst du schon. Verlass dich drauf. Hat er mir gesagt. Er will nur zuerst zurück, was du von ihm hast, dann steht funkelnd wie neu dein Auto wieder vor deiner Tür.«

»Scheiße. Ich habe nichts von ihm. Ich weiß nicht, wo sie gerade steckt. Er hat doch gesehen, wie sie weggegangen ist.«

»Denk mal scharf nach. Manchmal verlegt man Dinge und vergisst sie; und plötzlich fällt es einem haarscharf wieder ein.«

Birne packte Toto am Kragen. Nach einer Schrecksekunde wehrte er sich heftig. Er stieß Birne von sich, sodass dieser zu Boden fiel, mitten in den Dreck.

»Ich warne dich«, sagte Toto mit erhobenem Schraubenschlüssel.

»Du kannst mein Auto nicht an eine wildfremde Person abgeben.«

»Was ich kann und was ich nicht kann, das sagst eindeutig nicht du mir. Verstanden? Das Dorf verliert nichts. Wer sich anständig aufführt, kriegt, was er verdient. Und wer sich nicht anständig aufführt, kriegt's auch, Bursch.«

Birne, der Verlierer, trabte mit einem Rucksack auf dem Rücken am Rand der Landstraße entlang. Die Autos brausten mit tödlicher Geschwindigkeit an ihm vorbei. Zu Fuß benötigte er eine Stunde für die einfache Strecke. Er hatte Zeit, sackweise Zeit. Nachdem er sich aufgemacht hatte, dachte er sich, dass er wenigstens zum Supermarkt marschieren konnte. War zwar ein Stück, aber immer noch besser, als daheim rumzuhocken und darauf zu warten, dass nichts passierte. Er versuchte zu telefonieren.

»Viktor, ich verstehe dich so schlecht. Der Lärm. Die Autos. Wahnsinn.«

Und Viktor brüllte Birne an, dass er keine Ahnung habe, wo Fiona sei. Und Karo auch nicht. Die ehemalige beste Freundin werfe Fiona ihr Verhalten vor. Birne legte auf und schleppte sich weiter. Toto hatte ihn vom Gelände gejagt, ehe Birne ihn fragen konnte, wo sich Didi finden ließ. Er drohte ihm mit einer ordentlichen Behandlung mit Schraubenschlüsseln und anderem schweren Gerät, falls ihm einfiele, seine Rechnung nicht zu begleichen. Mit manchen Menschen sollte man sich gut stellen im Leben. Automechaniker gehörten dazu.

Sein Plan war, Fiona aufzutreiben und sie zu bitten, dass sie Didi gut zurede, Birne endlich den Wagen wiederzugeben. Das Auto könne doch am wenigsten dafür. Viktor blieb als einziger Freund. Er versprach, alles zu tun, um mit Fiona Kontakt aufzunehmen. Es wäre damals gescheiter gewesen, Fiona gar nicht erst anzufahren. Dann hätte er keinen Ärger. Aber das Auto klauen, das ging zu weit. Nun konnte Birne nicht mehr einfach abzischen, als sei nichts gewesen. Seinen Versuch, auf dem Land zu leben, betrachtete er als gescheitert. Wieder war ein Versuch gescheitert. Er konnte die Polizei einschalten. Aber hier galten andere Gesetze als anderswo in Deutschland. Hier konnte der Bulle ein paar aufs Maul haben, wenn er was wollte. Der Kollege Paul. Eine größere Witzfigur hatte er noch nie gesehen. Den zu ersetzen, traute sogar Birne sich zu, ohne noch größeren Schaden anzurichten.

Vor Birnes Haus stand Dodo. Er hielt Wache. Man hatte ihn abgestellt. Gigis Wunsch. Sie sollten ein Auge auf Birne werfen, ein bisschen Druck, nur so viel, dass ihm klar wurde, dass er hier absolut keinen Freund hatte. In den Büschen konnte man sich gut verstecken. Dodo musste gut aufpassen. Hinter dem Haus war ein kleiner Garten, den konnte man gar nicht sehen von der Straße aus. Darüber kursierten die wildesten Gerüchte.

Dodo war wichtig. Er rauchte auf den Stufen vor dem Haus und pfiff zusammenhanglos vor sich hin. Er fühlte sich nicht wohl. Ihn allein hätte Birne gepackt, wenn er sich als so stark erwies wie seine Sprüche.

Gott sei Dank fuhr Kroko endlich auf den Hof.

»Und?«

»Er ist nicht aufgetaucht. Und bei dir?«, fragte Dodo.

»Ganz große Scheiße. Quadratkacke sozusagen. Weißt du, wohin er sich verzogen hat?«

»Erzähl.«

»Er war bei unserer Hütte.«

»Wie hat er die gefunden?«

»Keine Ahnung. Auf jeden Fall: Katastrophe grande. Er hat das Schloss aufgebrochen und randaliert.«

»Meine Hütte. Ich bringe ihn um.«

»Ich helfe dir, Dodo. Ich helfe dir. Alles von der Wand gerissen. Ein einziger großer Scherbenhaufen. Nur weil wir uns seinen Grill geholt haben.«

»Diese Drecksau. Ich habe das allein aufgebaut, mit meinen eigenen Händen.«

»Ich weiß, Dodo. Ein Fremder wie er kann so etwas nicht würdigen. Ich würde ihn am liebsten erwürgen.«

»Habt ihr Fiona?«

»Nein, keine Spur. Weit kann sie nicht sein. Sie versteckt sich im Dorf. Mehr wissen wir nicht. Ich kann nicht in jedes Haus.«

»Und wie geht es Didi?«

»Der ist stark, der legt morgen auf, das ist ihm wichtiger als die Bitch.«

»Gut so.«

»Ich habe diesen Birne anders eingeschätzt, diese Sau. Der ist gefährlich, aber wir machen ihn unschädlich, das prophezeie ich dir. Komm, wir schlagen ihm was kaputt.«

»Au ja.«

Dodo und Kroko traten Birnes Tür ein und legten los. Nicht zu knapp.

Birne setzte seinen Weg auf der Landstraße fort, angepisst vom Verkehr. Hinter ihm wurde ein Auto langsamer und hielt schließlich ganz an. Aus dem Fahrerfenster winkte ihm Ignaz. »Herr Birne?«

Birne ging zu ihm hin. »Ja?«

»Wie geht's?«

»Passt.«

»Was führt Sie auf diese Wanderschaft? Kann ich Sie mitnehmen?«

»Lass mich bloß in Ruhe.«

»Kommen Sie, die Buben waren grob vorhin. Es tut mir leid. Ich möchte es wieder gut machen. Ich nehme Sie mit. Steigen Sie ein.«

»Wo ist Fiona?«

»Keine Ahnung. Sie wollte uns verlassen.«

»Hat Didi ihr was angetan?«

»Nein. Sie ist weg.«

»Ich verstehe nicht, wieso ich dann wissen soll, wo sie ist und Herrgott Sack, ich verstehe nicht, wieso er sie laufen lässt, wenn er sie schon mal hat.«

»Vielleicht weil sie ihm über ist«, antwortete ihm Ignaz. »Ich glaube, wir müssen uns keine Sorgen um Fiona machen, die weiß, wie sie mit Didi und seinen Kumpels umgeht. Die sind so klein mit Hut, wenn sie einmal kräftig auftritt.«

Didi, der Sprücheklopfer. Birne wunderte sich nicht. Was man im Maul hat, braucht man nicht in der Hose zu haben. Blieb das Problem, dass Birne keine weiblichen Qualitäten besaß, dass er Didi gegen sich und kein Auto mehr hatte. Didi musste zur Vernunft gebracht werden. Ignaz hatte Einfluss auf ihn.

»Kommen Sie, benehmen wir uns wie erwachsene Menschen«, schlug dieser vor. »Ich nehme Sie mit. Waren Sie unterwegs zum Supermarkt?«

Birne erzählte, dass sein Auto verreckt sei.

Gigi öffnete ihm die Tür. »Ohne Auto ist es wirklich blöd hier. Kommen Sie.«

Birne zögerte. Gigi setzte sein freundlichstes Gesicht auf. »Na? Soll ich einen roten Teppich ausrollen?« Es war vielleicht blöd. Einerseits, andererseits konnten sie ihm gar nichts anhaben. Birne war mächtig und stark, und er wollte zu Didi und sein Auto wiederbekommen und runter von der Straße, raus aus der Gluthitze und der prallen Sonne. Er stieg ein. »Am einfachsten wäre es, wir hätten ein Gewerbegebiet, dann bekämen wir auch einen Supermarkt.« Gigi blieb betont freundlich. »Wissen Sie, dass wir einst das Zentrum dieser Gegend waren? Vor ein paar Jahrzehnten hat kein Mensch von einem anderen Ort als Ödertshofen gesprochen. Wir standen im Mittelpunkt. Die sind von überall hierher gefahren, um auszugehen. Doch unsere Politiker haben alles verschlafen. Die haben jede Gelegenheit, einen Investoren zu krallen, verstreichen lassen. Es ist zum Heulen, ehrlich. Alles muss ein Privatmann reißen.« Er meinte sich, er fühlte sich so einsam als einziger Vernünftiger im Gemeinderat. Die anderen wollten nur das Elend verwalten und an Fronleichnam den Himmel tragen, der Baldachin, unter dem der Pfarrer prozessierte und den Leib des Herrn durchs Dorf trug.

»Der Naturschutz hat alles kaputt gemacht«, fuhr Ignaz fort. »Bei uns ist ein Baum mehr wert als wie ein Menschenleben. Meine Meinung: Baum weg, Straße hin. Es heißt immer: schönes Zusamtal – ich sehe kein schönes Zusamtal.«

»Ich finde es schön, das Tal, die Gegend«, widersprach Birne, ohne wahrgenommen zu werden.

»Das Schlimme ist, dass von der Jugend nichts mehr nachkommt. Die sind noch trüber als die Alten, wenn sie nicht von vornherein wegziehen zum Studieren und sich ganz woanders was aufbauen. Die Jungen sind vielleicht gescheiter, aber die Erfahrung haben wir Alten. Ich kenne Ihre Einstellung zum Alkohol nicht oder nicht wirklich. Ich habe nichts gegen ein gepflegtes Bier. Unter dem Bierschaum lässt sich manches unkompliziert regeln. Mit Bier können wir umgehen, alle anderen Drogen funktionieren bei uns nicht. Es wird viel gekifft. Das elende Marihuana macht viel kaputt. Die Leute werden so gleichgültig. Denen ist alles wurscht oder recht. Das kommt mir manchmal entgegen, aber wenn man was bewegen will mit einer Mannschaft, ist das Gift. Blöde Kifferei. Beobachten Sie das ebenfalls da, wo Sie herkommen?«

»Unbedingt«, antwortete Birne verwirrt. Es stimmte schon: Man könnte mal wieder kiffen.

»Ich bin so froh, dass Sie mir Ihr Anwesen verkaufen. Dort ziehe ich was Großes auf, da kommen Wohnblöcke hin. Ich reiße Ödertshofen aus seinem Dornröschenschlaf.«

»Ich verkaufe nicht.«

»Entschuldigung, Sie und ich waren uns einig.«

»Ich bin nicht der alleinige Eigentümer. Ich muss mich mit den anderen einigen. Vorher geht gar nichts. Sorry.«

»Was wollen Sie denn mit dem alten Scheiß? Zusammenschieben. Was Neues hin. Ich erledige das für Sie alle – leicht verdientes Geld.«

»Es ist schön hier. Ich möchte mich vielleicht niederlassen.«

»Wir wollen hier keine Fremden. Sie werden es immer schwer haben.«

»Ich will es nie leichter, als es sein kann. Danke fürs Mitnehmen.«

Ignaz ließ Birne auf dem Parkplatz des Supermarkts aussteigen. Er sagte nicht »Auf Wiedersehen.«

»Ich wollte eigentlich, dass du mich zu Didi bringst. Er hat sich mein Auto unter den Nagel gerissen.«

»Lächerlich, so etwas haben wir gar nicht nötig … Aber wenn es sein muss, können wir Ihnen Schmerzen zufügen, das ist keine leere Drohung. Es gab schon härtere Fälle.«

Birne streckte seinen Kopf noch einmal tief in Gigis Wagen. »Nur dass du es weißt: Ich bin kein Anfänger. Es gab schon Männer mit größeren Pimmeln, die sich mit mir angelegt haben. Und am Ende sind sie in ihrem Blut gelegen und haben um ihr Leben gewinselt. Nichts haben sie bekommen.« Er haute die Beifahrertüre zu, und Gigi fuhr ab.

Birne stand vor dem Supermarkt. Nun konnte er einkaufen. Er würde bleiben. Er deckte sich mit dem wichtigsten ein. Er wollte diesen Weg nicht unbedingt gleich morgen wieder gehen. Das Scheiß-Auto musste schleunigst wieder her.

Beladen mit einem schweren Rucksack begab er sich auf den Heimweg. Unzählige Fahrzeuge rasten an ihm vorbei. Autos, Lastwagen, Roller, Motorräder. Hölle, war das ätzend.

Nenne es Intuition: Einmal drehte er sich um und sah, wie ein Fahrer anscheinend die Kontrolle über sein Gefährt verlor. Konnte sein, dass er einen guten Radiosender suchte. Jedenfalls jagte er geradewegs auf Birne zu. Wäre der nur

Sekundenbruchteile später in den Straßengraben gesprungen, wäre er mausetot gewesen. Die Tüten hatte er im Schreck sausen lassen – es erwischte sie voll. Ein Teil seines Wegs war damit schon umsonst.

Der Fahrer hielt nicht. Er schaltete den Scheibenwischer ein, um Rest von Birnes Milch, die sich beim Aufprall über die Windschutzscheibe ergossen hatte, zu beseitigen. Er schoss einfach weiter Richtung Ödertshofen. Birne konnte sich täuschen. Er meinte, Kroko als Fahrer erkannt zu haben. Demnach hätte nicht viel gefehlt und seine Gegner hätten schon gewonnen gehabt. Jetzt war Birne entschlossen zu kämpfen – bis zum letzten Atemzug.

Die Haustür stand weit offen. Die Einrichtung fand er durcheinander geworfen vor. Es sah nicht so aus, als habe jemand gezielt etwas gesucht. Den Eindringlingen ging es eindeutig ums Zerstören. An der Wand stand groß geschmiert: ›Du denkst du bist ein Helt? Du bist ein Wixer.‹ Braune Farbe, wahrscheinlich Kot, es roch so, gut verteilt und gut verdünnt.

Der zweite Marder, Bagger, oben an einen Schrank genagelt in Jesus-Pose. Die schreckten vor nichts zurück. Fiona. Birne war herausgefordert, von denen würde er sich nicht vertreiben lassen. Sie brauchte seine Hilfe und sie würde sie bekommen.

Dodo bürstete mit einer Stahlbürste am Grillrost. Wer grillt, ist noch am Leben. Im ersten Moment sah es schlimm aus an der Hütte. Was dieses Birne-Arschloch angerichtet hatte aus purer Zerstörungswut. Doch sie hatten es ihm sauber heimgezahlt. Bei ihm war wirklich was kaputt. Er und Kroko hatten schön aufgeräumt. Die Bilder hatte Birne nur von der Wand gerissen. Sie hängten sie wieder auf, kaum eines war zerbrochen. Der Kühlschrank lag auf dem Boden, nur ein paar Flaschen zerdeppert, sie hatten ihn ausgeputzt. Eigentlich sah es besser aus als vorher, weil endlich mal geputzt worden war. Dodo fühlte sich stolz. Kroko fuhr kurz weg, neues Bier besorgen. Dodo richtete allein alles für den Abend. Die Wölfe lebten wieder. Er war seit Jahren nicht mehr so glücklich gewesen.

Er wusste noch, wie er Karo von der neuen Hütte erzählt hatte. Sie hatte ihn stumm angesehen, war in ihr Schlafzimmer gegangen und hatte den Fernseher eingeschaltet. Er folgte ihr, sie drehte ihm den Rücken zu, er versuchte sie umzudrehen. Sie weigerte sich und machte sich ganz steif, sie weinte, er küsste ihr die Tränen von den Wangen. »Oh, Dodo.«

Sie wollte, dass er da nicht mehr hingehe. Das seien Kriminelle. Sie habe keine Lust, den Vater ihrer Kinder im Gefängnis zu besuchen.

»Es sind meine Freunde. Die stellen nichts Unrechtes an. Der Kroko pflegt seinen kranken Bruder und seinen Großvater, der kann es sich gar nicht erlauben, ins Gefängnis zu gehen.«

»Deswegen schickt er dich doch vor.«

»Ich habe nur unsere Hütte wieder aufgebaut.«

»Ihr sauft so viel.«

»Wir saufen gar nicht, du musst mal mitkommen.«

»Niemals.«

Er drehte die Anlage lauter. Sie machte es ihm nicht leicht. Diese Chance sei die letzte. Wenn er jetzt gehe, brauche er nicht mehr zurückzukommen. Doch er war losgezogen, er hatte den ganzen Weg hierher geweint, es war nun in Ordnung. Die Wölfe waren größer und spielten eine längere und bedeutendere Rolle in seinem Leben. Fiona war weg. Kroko hatte keine Frau und er auch nicht mehr. Alles war dennoch gut. Die Jugend ist die schönste Zeit im Leben – sie würde nie zu Ende gehen.

Weil die Musik so laut dröhnte, hörte er Paul nicht, bis er vor ihm stand und irgendwas brüllte. Dodo verstand nicht, was er wollte und machte leiser. Er solle nicht so laut stellen, verlangte Paul.

»Na?«

»Wie na?«

»Wann fangt ihr an?« Paul roch nicht nach Alkohol. Er war im Dienst und in Uniform. Er lallte nicht und er torkelte nicht.

»Womit fangen wir an?«

»Das Zeug hier abzureißen.«

»Gar nicht fangen wir damit an.«

»Hast du eine Ahnung, wie viel Ärger ihr mit einem Schwarzbau bekommen könnt? Wenn ich jemanden kommen lassen muss, der die Bruchbude professionell abreißt?«

»Bitte nicht, das kannst du uns nicht antun. Paul, wir sind Freunde.«

»Sei vernünftig, überleg mal, wozu die Vorschriften da sind: Bei dieser Hitze heuer braucht es nur einen Funken und es brennt euch alles zusammen. Und keine Versicherung zahlt.«

»Woher soll denn ein Funke kommen?«

»Ihr raucht alle wie kaputte Öfen. Oder schau mal dieses Aggregat an. Zack, Bumm, und ihr seid alle weg. Reiß es weg. Im Guten, ehrlich.«

»Du kannst mir gar nichts sagen.«

»Kann ich nicht? Ich muss dir nichts sagen, ich lass das wegschaffen. Ein Anruf bei der Feuerpolizei und ihr seid so dran. Ich schwöre dir, dass ihr euer ganzes Leben lang zahlen werdet. Sag du mir, was du verdienst. Viel bleibt dir nicht mehr. Und wofür geht das drauf? Für einen Bretterhaufen. Glückwunsch.«

»Paul, das kannst du nicht tun. Ich bitte dich. Ich habe so lange daran gearbeitet.«

Paul stand am Eingang und zupfte ein Stück Tapete von der Wand. »Hast du die hingeklebt?«

»Sieht gut aus, gell?«

»Dilettantisch. Zahlt ihr GEMA?«

»Was?«

»Wenn ihr hier Musik spielt, müsst ihr GEMA zahlen. Hat dir das der Gigi nicht erklärt? Dem seid ihr nämlich wurscht. Ich mach dir ein Friedensangebot: Wenn ihr das Gestell bis morgen Abend eingerissen habt, dann zeige ich euch immerhin nicht bei der GEMA an. Großzügig.«

»Wir kriegen immer weniger Zeit.«

»Bürschchen, entweder du spurst oder ich bringt dich auch noch ins Gefängnis.«

»Nein, nein, ich tue alles für dich. Lass mir meine Hütte.«

Paul lachte dreckig. Dodo holte seinen Geldbeutel raus und streckte ihm 50 Euro entgegen.

»Was wird das?«, fragte Paul.

»Nimm es.«

»Willst du mich bestechen? Jetzt hat der Spaß ein Loch. Damit hast du dich endgültig in die Scheiße reingeritten. Ich ruiniere euch.« Dodo klammerte sich buchstäblich an seinem Bein fest und weinte. »Lass mich los.«

VERSCHWÖREN

Birne schaute sich das Chaos an, mühsam hielt er die Tränen zurück. Er musste Fiona finden und mit ihr abhauen. Er musste sein Auto wiederbekommen. Dazu musste er Didi finden. Zuerst brauchte er Viktor, der musste ihm helfen. Plötzlich wurde Birne von hinten freundlichst angegrüßt. Erschrocken drehte er sich um.

»Hallo. Ich bin der Lulu, und wer bist du?« Ein riesiger schlaksiger Junge in Gummistiefeln und einem Strickpullover stand vor Birne.

»Ich bin der Birne.«

»Einfach nur Birne?«

»Nur Birne.«

»Birne, von dir hört man einiges.« Lulu wollte keine Zeit verlieren.

»Was hört man denn?«

»Dass du mit der Fiona bussierst. Respekt, die täte ich auch nicht von der Bettkante stoßen.«

»Quatsch.«

»Vor mir brauchst du nicht rumtun. Ich bin der Lulu. Ich habe vor keinem Angst, ich sage ehrlich meine Meinung. Vor dem Didi wäre ich auch davon, das hat sie schlau gemacht, die Fiona. Ich bin vielleicht nicht der Hellste, aber da hat sie recht gehabt. Der Didi ist gemein. Und du bist nett, das sehe ich. Zu dir ist sie nicht gekommen? Schade, bei dir hätte sie es gut gehabt.«

»Sie war nur ein bisschen da, nicht wie du jetzt vielleicht denkst.«

»Birne, du bist ein guter Mann.«

»Und du auch, Lulu.«

»Ich bin der Bruder vom Kroko, der ist auch ein guter Mann.«

»Der Kroko? Ja, der ist ein guter Mann. Hat er dich zu mir geschickt?«

»Nein. Der weiß nicht, wo ich bin. Ich habe mich aus dem Haus geschlichen. Ich wollte dich sehen, weil der Didi und der Kroko so viel von dir erzählen.«

»Die erzählen von mir?«

»Die schimpfen über dich. Sie haben nicht recht – du bist ein netter Kerl.«

»Du auch, Lulu. Sag mal, kannst du mir sagen, wo der Didi wohnt?«

»Klar, kann ich.« Lulu beschrieb ihm den Weg. »Was willst du da? Ich würde aufpassen, der mag dich nicht wegen der Fiona.«

»Um die geht es ausnahmsweise mal nicht. Er hat mein Auto.«

»Wieso hat er dein Auto?«

»Damit ich ihm die Fiona wiedergebe. Ich habe die Fiona aber nicht, also soll er mir mein Auto zurückgeben. Und gut ist es.«

»Dann geht es doch um die Fiona.«

»Indirekt schon.«

»Das haut nicht hin. Von dem kriegst du höchstens ein paar Schellen. Ich rate dir: Such die Fiona, gib sie ihm zurück und alles passt. Oder du fährst Rad. Das geht auch. Schau mich an. Ich bekomme keinen Führerschein, weil sie sagen, dass bei mir im Kopf was nicht stimmt. Der Kroko und der Opa sagen aber, dass bei denen im Kopf was nicht stimmt und dass die bloß neidisch sind auf meinen Kopf, weil der besser ist als ihrer.«

»Da haben sie was Wahres gesagt. Lulu, du hast einen sehr gescheiten Kopf. Ich danke dir.«

»Und du bist ein guter Mann.«

Lulu lobte Birne noch zwei Mal einen guten Mann und Birne fürchtete, ihn nicht mehr loszuwerden, doch Lulu ging plötzlich, als riefe ihn ein geheimes Signal nach Hause. Birne sah, wie er sich im Weggehen ein paar Mal selbst watschte und sich einen »bösen Lulu« nannte.

»Wenn ich dem seine Fresse sehe, weiß ich nicht, ob ich mich noch zusammenreißen kann. Da rutscht mir die Hand einfach aus das nächste Mal.« Dodo war völlig aus dem Häuschen, und Kroko versuchte ihn zu trösten. Ein Notruf und er stand zur Stelle.

»Ich kann dich gut verstehen.«

»Der scheinheilige Pharisäer, der aufgestellte Scheißbollen, der Hund der elendige, der verreckte. Das will ich dir sagen: Du findest in Deutschland keinen schlechteren Polizisten nicht wie den. Der bringt gar nichts hin, der Arschzipfel.«

»Das glaubt man nicht, wenn man ihn so sieht, wie er friedlich seine Halbe zischt.«

»So einer gehört weg. Dem müsste man was antun, damit er sich merkt, dass es so nicht läuft. Dem zahl ich es heim. Am Freitag, wenn er aufläuft, dann kassiert er. Da wird gerauft, da kriegt er auch was ab. Also so richtig. Der wird sich wundern.«

»Langsam, Dodo, so was muss man mit Verstand und Bedacht angehen. Lass mich überlegen, ich habe eine Idee. Unternimm mal nichts bis Freitag. Ich habe eine Idee.«

»Kroko, du bist meine Rettung. Wir müssen bis morgen unsere Hütte weghaben, und morgen ist Freitag. Wie sollen wir das schaffen?«

»Gar nicht. Der soll sich nur trauen, den nächsten Schritt zu tun, der führt ihn in den Abgrund.«

»Es klang ernst. Er musste weg wegen einer Anzeige. Wir könnten mit Gigi reden.«

»Wir brauchen keinen Gigi. Wir sind die Wölfe.« Krokos Hund bellte.

Paul stand vor Birne. »Was sollen wir da machen?«

»Vielleicht Spuren sichern?«

»Da kennt sich einer genau aus.«

»Wir sind Kollegen. Ich bin Polizist.«

»Prima, wieso dann die Anzeige? Kümmere dich selbst um deine Fälle. Ich bin hier überflüssig.«

»Ich bin zurzeit außer Dienst. Ich nehme eine Auszeit und finde zu mir selbst zurück.«

»Verstehe. Noch mal Klartext: Reg dich ab. Die haben Spaß gemacht.«

»Wer?«

»Na, die das waren. Oder?«

»Die haben mir die Wand mit Scheiße vollgeschmiert.«

»Oh je, jetzt fange ich gleich an zu weinen. Kollege, reich mir mal ein Papiertaschentuch.«

»Und der Sachschaden?«

»Du besitzt nur Klump, das kannst du alles wegschmeißen.«

»Ich habe Angst um mein Leben.«

»Jetzt übertreib mal nicht.«

»Der Didi will die Fiona umbringen.«

»Das ist seine Frau, die ist ihm davon.«

»Er meint, dass ich sie habe.«

»Oha. Das ist neu. Hast du sie? Seid ihr zusammen, wie die Leute behaupten? Dann würde ich meinen: Recht geschieht dir das. So etwas macht man nicht. Andern die Frauen ausspannen. Capito?«

»Ich habe gar nichts gemacht. Das ist es ja.« Immer wenn

Birne jemandem die Frau wirklich ausspannte, war es kein Problem, im Gegenteil: Damit hatte er schon beste Freunde gewonnen. Wenn sich einer eine Frau ausspannen ließ, dann wollte er es insgeheim auch selbst. Zu einem Dreier gehören immer drei.

»Nie hat jemand was gemacht oder angestellt. Immer waren es die anderen. Irgendwas wird schon dran sein, wenn die Leute reden.«

»Wer red't da was?«

»Dass du ein feiner Kollege bist, sagen sie, die Leute, dass man mit dir nicht spaßen soll, sonst haut der Polizist Birne dir das Gesicht zu Brei.«

»Und was gedenkst du zu unternehmen?«

»Das, was ich angeblich am besten kann: nichts. Und du unternimmst auch nichts, sonst wird es dir gewaltig leidtun, das verspreche ich dir.«

Paul fuhr ab. Birne schaute sich um. Er musste die Dinge selbst in die Hand nehmen.

SCHNIPPSCHNAPPEN

Didi wohnte in einem Neubau auf einem ansonsten völlig runtergekommenen Anwesen. Saubere Hütte, die sich die beiden geleistet hatten. Birne wurde ein bisschen neidisch, obwohl ihn materielle Güter wenig beeindruckten. Ein Erkerchen hatten sie sich gegönnt und runde Fenster, durch die sie im Whirlpool vögelnd auf die ländliche Idylle blicken konnten. Das heißt, gevögelt wurde da nicht mehr, da standen Bierkästen drin. Der Garten, den Birne bei seinem Rundgang um das Haus auch begutachtete, war großteils noch Matsch, ein paar mickrige Sträucher hatten sie gepflanzt und Obstbäume. In ein paar Jahren vielleicht schon die erste Ernte. Marmelade einkochen und auf die Semmel schmieren, wenn das nicht das höchste Glück bedeutete.

Birne presste seine Nase am Wohnzimmerfenster platt. Beeindruckendes Mediacenter mit einem Flachbildscheiß, der die Größe einer halben Eislauffläche besaß und unbrauchbar war, weil er mit einem Hochzeitsbild abgeschossen worden war. Wäre eben diese Wut an etwas Lebendem ausgelassen worden, dachte sich Birne, dann aber mal Hackfleisch bolognissimo. Jedenfalls brauchte er hier nicht groß einsteigen und was kaputt hauen, das wäre so sinnvoll wie mit einem Kübel voll Wasser ins Schwimmbad zu gehen. Es sah so aus, als wäre niemand zu Hause. Es stand auch kein Fenster offen. Ein Schuss ins Klo, ein Griff ins Ofenrohr.

Gegenüber von dem neuen Haus befand sich ein altes, ziemlich vernachlässigtes, ein Austragshaus, wo gewöhnlich die alten Bauern wohnten, nachdem sie ihren Hof übergeben hatten. Birne wollte sich nach links wenden, wo ein Stadel stand. Dort jedenfalls würde er ein Auto verstecken, an Didis Stelle. Er bemerkte erst jetzt, dass die Haustür des alten Hauses offenstand und er beobachtet wurde. Ein buckliges, greises Frauchen stand da. Sie sah so aus, wie er sich früher immer die Hexe, die die Kinder fressen wollte, vorgestellt hatte. Der Unterschied zwischen einem Märchen und dem echten Leben bestand ja im Wesentlichen darin, dass dich eine fraß, bevor dir ein Lebkuchen angeboten wurde. Manchmal knabbert sie auch nur an dir. Und manchmal, wenn es die Richtige und sie selbst lecker ist: Scheiß auf den Lebkuchen. Birne näherte sich dem Mütterchen, aus dem Haus wehte ihm ein stechender Modergeruch entgegen. Ihre Augen waren trübe vom Grauen Star, der sich bei ihr eingenistet hatte. Sie starrte weit an Birne vorbei, als er vor ihr stand.

»Ja?«

»Entschuldigung. Ich suche den Didi. Ist der da?«

»Der Didi? Nein, der ist nicht da.« Eine Pause. »Sind Sie noch da?«

»Ich bin noch da. Ich suche mein Auto. Der Didi hat es von der Werkstatt mitgenommen. Wissen Sie, wo es ist?«

»Ein Auto? Der Didi hat ein Auto.«

»Steht das vielleicht im Stadel?«

»Ja. Wenn sein Auto da ist, steht es im Stadel. Der Didi wird mit dem Motorrad fort sein. Der arme Bub, dem ist die Frau davon. Was habe ich geweint, geschimpft und gebetet. Es hilft alles nichts.«

»Die kommt wieder.

»Das glaube ich nicht. Sie hat sich getraut. Ich sage immer: Wenn alle Frauen gingen, die wollten, würde ein eigener Zug von Apflach fahren nur für sie.« Ihre Verbitterung saß tief.

»Sind Sie die Oma?«

»Ja, der Bub. Und Sie? Wer sind Sie, wenn man fragen darf?«

»Ich bin der Birne, der Großneffe von der Dada.«

»Schön. Wir waren gute Freundinnen früher. Sie fehlt mir arg.« Es kamen ihr die Tränen. »Bist du dann der kleine Bub, der immer in Ferien da war? Ich habe dich noch in Erinnerung, wie ihr immer zusammen in die Kirche gegangen seid. Aber ein Bub bist du nicht mehr, du bist mindestens schon so groß wie unser Didi, oder?«

»Oh ja. Ich schaue mal im Stadel nach, ob er mein Auto da rein hat.«

»Ja, schau nur. Und komm bald wieder vorbei.«

Aus der Tiefe des Hausgangs verdrängte plötzlich ein neuer Gestank den alten. Birne stockte der Atem, ein Geruch, den er nie wieder vergessen sollte: alter Männerschweiß, überlagert von Menthol-Schnupftabak. Ein verhauter kräftiger 60-Jähriger mit dickem Schnauzbart, Birne kannte ihn von der Wirtschaft als schweigenden Tischgenossen von Paul und als denjenigen, der Didi »eine Schande« genannt hatte – seinen Vater. Die Hosenfalle stand ihm offen, eine gelb getränkte Unterhose lugte daraus hervor. »Was will der?«

»Das ist der Neffe von der Dada.«

»Sagt mir nichts.«

»Der braucht was aus unserem Stadel. Ich habe gesagt, er soll es sich holen.«

»Der soll bloß schauen, dass er weiterkommt. Oma, wie oft habe ich dir gesagt, dass du die Tür nicht aufmachen sollst. Es sind so viele Zigeuner unterwegs. Die schmeißen dich um und nehmen dir dein Geld weg.«

»Ich habe überhaupt kein Geld.«

Birne versuchte es noch einmal: »Der Didi hat mein Auto vom Toto abgeholt. Er sagt, ich soll es bei ihm abholen.«

»Ach, der bist du.«

»Ja, genau. Ich gehe jetzt da hinter und steige in mein Auto.«

»Einen Scheißdreck. Der Didi hat gar nichts für dich da hinten. Du lügst und schaust jetzt, dass du weiterkommst, sonst schlage ich dich windelweich. Hast du mich?«

Deutlicher hätte er es nicht ausdrücken können. Birne entschuldigte sich für die Störung und beeilte sich fortzukommen. Hinter dem Fenster wurde jeder seiner Schritte beobachtet. Birne entfernte sich, bis er sich sicher sein konnte, dass er sich außer Sichtweite befand. Er bog zweimal rechts ab und lief auf der Parallelstraße solange zurück, bis er das Grundstück erreicht hatte, das von hinten an Didis Hof angrenzte. Eine Hofeinfahrt, die von einer Thujahecke am gegenüber liegenden Ende begrenzt wurde. Beherzt durchquerte Birne das fremde Grundstück und zwängte sich zwischen zwei Pflanzen hindurch. Niemand hielt ihn auf. Didis Stadel stand genau auf der Grenze: er zwängte sich zwischen der Hecke und der Rückwand durch, bis er am oberen Ende des Gebäudes stand. Abgesehen von ein paar Kratzern war bis jetzt alles gut gegangen.

Didi hörte Stimmen auf dem Hof. Die Oma, wie sie mit jemandem redete und den Vater, wie er dazwischen ging und laut wurde, aber es war ihm egal, denn er war allein mit ihr. Sie war rot im Gesicht und an den Händen. Es ging ihr dreckig, das freute ihn, und er wunderte sich, wie gut er sich beherrschen konnte nach allem, was sie ihm angetan hatte. Sie war zurückgekommen und sie würde ihn um Verzeihung bitten, damit er sie wieder aufnähme. Aber so einfach würde er es ihr nicht machen. Ein bisschen büßen müsste sie schon.

»Du hast geweint.«

»Nein. Ich habe nicht geweint.«

»Du bist zurück. Einfach so, wie du gegangen bist.«

»Nein, ich bin nicht zurück. Ich hole nur ein paar Sachen.« Fiona wühlte demonstrativ im Schlafzimmerschrank. Er trat hinter sie und griff ihr an den Hals. »Komm.«

»Nein. Lass mich los.«

»Komm, sag ich.«

»Ein letztes Mal: Lass mich los.«

»Wieso bist du so rot? Du hast geweint, weil du deinen Didi vermisst. Jetzt bist du da und winselst wie ein Hündchen, dass dich der Didi wieder zurücknimmt.«

»Du träumst. Niemals.« Sie drehte sich um und blickte ihm tief in die Augen. »Du stinkst nach Bier. Ich will nie, nie zu dir zurück.«

»Es ist nicht in Ordnung. Was du vorhast, ist nicht in Ordnung. Du kannst allein nicht überleben.«

»Wer sagt, dass ich allein bin?«

»Das heißt, du hast einen?«

»Heißt es das? Und wenn es so wäre?«

Didi schrie auf, riss Kleider aus dem Schrank, die sie eventuell gern noch mitgenommen hätte, und zerriss sie gellend. »Die Weiber! Die Weiber sind alle gleich. Es passt nicht mehr? Die Gefühle? Scheiß Gefühle. Ihr habt keine Gefühle, ihr habt nur einen anderen. Scheiß Weiber.«

»Didi, hör auf. Die Sachen haben einen Haufen Geld gekostet. Wenn du die alle neu kaufen musst.«

Er ging auf sie zu, Schaum vor dem Maul.

Neben dem großen Tor gab es eine kleine Tür. Diese entriegelte Birne vorsichtig und gelangte in eine unaufgeräumte Werkstatt. Hier wurde offensichtlich kräftig geschraubt und geschweißt. Eine weitere Tür, nur angelehnt, führte in den großen Raum nebenan. Sie quietschte beim Öffnen. Vor Birne stand ein alter Mann mit weit geöffnetem Mund und schiefen Zähnen. Birne stieß im Schreck einen Schrei aus. Der Alte antwortete mit einem langen, gellenden Quieken. Birne rannte los, doch die Tür, die zum Hof zurückführte, wurde ihm ins Gesicht geschlagen. Birne taumelte zurück in die Werkstatt direkt in die Hände des Mannes, dessen Hände ihn packten wie zwei Schraubstöcke.

»Was machen Sie?« Birne wand sich, konnte aber nichts ausrichten. »Lassen Sie mich gehen.«

»Bruder, was will der Mann?«

Der Bruder – Didis Vater – kam herein. Er hatte Birne eben, beim Versuch abzuhauen, die Tür ins Gesicht geschlagen – perfektes Timing. Die beiden Herren stammten aus einer Liga: verhaut und widerwärtig stinkend. Birne befand sich in den Klauen von Didis kaputter, inzestuöser Familie. Er verstand nun, wieso Fiona geflohen war. Was er allerdings überhaupt nicht verstand, wieso sie hier hineingeheiratet hatte.

»Habe ich mir gedacht, dass wir uns heute noch mal treffen. Bub, jetzt zeigen wir dir mal, wie wir auf dem Land eine Sau kastrieren.« Didis Vater holte aus einer Schublade Kabelbinder. Zu zweit packten sie den sich heftig wehrenden Birne und banden ihn an einem alten Amboss fest, sodass er seine Gliedmaßen ums Verrecken nicht bewegen konnte. Birne brüllte wie am Spieß. Didis Onkel schlug ihm mit der Faust brachial ins Gesicht, dass aus Mund und Nase das Blut nur so hervorschoss. Ein Metzger hätte seine Freude daran gehabt, und Birne verstummte.

»Dem schneide ich die Eier weg, dann lässt er die Weiber von anderen Leuten wenigstens in Ruhe.«

»Das blutet doch wie die Sau«, entgegnete Didis Onkel. »Der verreckt dir noch hier. Das kannst du fast nicht bringen.«

»Scheiße. Aber verdient hätte er es.« Der Vater trabte Birne gegen das Schienbein. Birne heulte auf. Sein Peiniger blickte suchend im Raum umher. »Das Schweißgerät. Das blutet nicht, das brennt alles schön sauber zusammen. Und wenn er zum Brennen anfängt, dann schütten wir ihm Wasser drüber. Geh, hol einen Kübel Wasser.«

»Jawohl, der Herr.« Der Onkel humpelte glucksend davon.

Keine 200 Meter Luftlinie entfernt wurde ebenfalls von Birne geredet.

»Du kannst mir nicht erzählen, dass du eine ganze Nacht bei ihm verbracht hast und dass da nichts gegangen ist.«

»War aber so. Du kennst mich gar nicht. Du hast dich nie für mich interessiert. Der Birne ist ganz anders, der hört mir zu.«

»Der Birne ist ein Arschloch, ein impotentes. Was willst du von dem? Ich schlag ihn tot, wenn ich den erwische. Die Eier brauch ich ihm gar nicht erst anzuschneiden, er hat nämlich gar keine mehr. Geile Sau. Von was bist du so rot?«

»Du lässt den Birne in Ruhe, der ist ein feiner Kerl, der ist besser als du. Und sein Auto gibst du ihm auch zurück. Das kann am wenigsten dafür.«

»Woher weißt du denn das?«

»Ich habe meine Quellen.«

»Scheiß Karren. Das ist billig für das, was er mir angetan hat.«

»Der hat dir gar nichts getan.«

»Das denkst du. Wenn du ihn dann mal richtig kennst, dann weißt du, was für eine Sau das ist.«

»Mir langt das, ich gehe jetzt.«

»Du gehst gar nirgends hin.« Didi stellte sich in die Tür.

»Halt!«, schrie Birne »Wartet noch.«

»Klar warten wir. Der Didi will es auch sehen.«

»Nein, ich habe was, das ihr wollt.«

»Was wir wollen? Was könnten wir von dir wollen? Die Fiona? Die treiben wir schon auf, du brauchst nicht glauben, dass es der besser gehen wird wie dir. Die zünden wir auch an, die Hexe.«

»Ich gebe euch Geld.«

Die Herren lachten reflexhaft, aber nicht überzeugend.

»Sagt mir, was ihr wollt. Ich zahle das.« Birne versprach zu viel, aber immerhin überlegten die Männer.

Didis Alter sagte: »Wie kommst du darauf, dass wir an Geld interessiert sind?«

»Ihr habt euch schon mal was geholt bei uns.«

»Was meint er?«

»Er meint die Alte. Als wir da mal vorbei geschaut haben, war da ein Kleiner auf dem Dachboden.«

»Ja, ich erinnere mich. Es klingelt bei mir. Du warst dieser kleine Scheißer. Schau her, wie der gewachsen ist. Und jetzt hat er Geld? Nicht schlecht. Geld. Damit kann er seine offene Rechnung von damals begleichen. Gut. Spüren muss er trotzdem was für das, was er angestellt hat. Einfach so kommt er uns nicht davon. Wie viel Geld hast du?«

»Mein Auto habt ihr schon. Was wollt ihr noch?«

»Wenn man sich die Dreckskarre anschaut, kannst du uns nicht viel bieten. Ich gehe mal kurz zum Überlegen.« Didis Vater nahm sich eine Kippe und ging raus.

Birne war allein mit dem Onkel. Ihm stand der Mund offen, er grinste Birne verlegen an.

»Schneid mich los. Komm. Du machst dich unglücklich. Damit kommt ihr nicht durch«, sagte Birne.

»Halt den Mund, du Dreckschwein. Was du getan hast, ist noch viel schlimmer.«

»Was habe ich denn getan?«

»Du hast dem Didi die Frau weggenommen, du Sau.«

»Ich habe es nicht gemacht, ich schwöre es dir. Bind mich los.«

»Wieso?«

»Ich besorge dir alles, was du willst.«

»Alles? Das kannst du nicht.«

»Wieso nicht? Was brauchst du denn?« Birne überlegte. »Du suchst auch eine Frau. Stimmt's?«

Der Onkel antwortete nicht. Er wiegte seinen Kopf, schloss die Augen.

Birne hatte die wunde Stelle gefunden. »Du bist einsam, du hast Angst vor dem Alter, dass niemand da ist.«

»Halt das Maul.«

»Es ist so. Ich sehe es dir an. Ich suche dir eine Frau. Komm, lass mich frei. Ich besorge dir eine.«

Der Onkel zögerte.

»Ich kaufe dir eine. Wir lassen sie uns schicken aus dem Katalog. Einen Russin oder eine Philippinerin. Was du willst. Ich zahle es.«

Der Onkel überlegte fieberhaft.

»Schneid mich los. Nächste Woche hast du eine. Das geht schnell. Ein Kollege hat sich auch schon eine kommen lassen. Und er ist sehr glücklich.«

»Also gut. Versprochen ist versprochen?«

»Ich bitte dich. Versprochen ist versprochen.«

»Ich schneide dich los.« Er griff sich ein Teppichmesser von einem Regal, doch im letzten Moment drehte er ab und ging raus zu seinem Bruder.

»Nein«, bellte Birne.

Er hatte es sich einfacher vorgestellt. Sein Zorn war nicht mächtig genug. Er packte sie, und sie ließ sich einfach nehmen, ohne Widerstand warf er sie zu Boden. Es krachte, als sie aufschlug. Er wollte sich auf sie stürzen und auf sie einprügeln, bis sich nichts mehr bewegte. Sie schaute ihn an, ohne ein Wort zu sagen, und er hielt inne. »Probier's«, forderte sie ihn auf. Und er hörte auf, sank zu ihr auf den Boden. Er hatte keine Chance, er konnte sich nicht beherrschen. Die Tränen kamen, er wollte in ihrem Schoß versinken, klein werden, in sie kriechen, nie wieder rauskommen, kleiner Didi. Sie wich zurück, er landete auf dem Boden und schluchzte. »Ach, Fiona. Warum muss das sein? Ich will alles wieder gut machen. Fiona, glaub mir. Ich bin schwach gewesen, ich bin ein schlechter Mensch.«

»Didi, du bist kein schlechter Mensch.«

Er hob seinen Kopf.

»Es funktioniert trotzdem nicht. Wir werden unglücklich miteinander. Ich hätte nicht noch mal herkommen dürfen.«

»Gut, dann geh. Und wenn du morgen in der Zeitung liest, dass es einen Motorradfahrer zerlegt hat, dann weißt, dass ich es war.«

»Didi, sag so was nie wieder. Du wirst mich nicht erpressen. Du bist nicht der erste Mann, den seine Frau verlassen hat, du bist nicht mal der erste in diesem Dorf.«

»Ich bin nicht der Toto.«

»Nein, das bist du nicht, ihr seid nicht alle gleich.«

»Fiona, sag was du willst, du bekommst alles.«

»Nein. Didi, es ist aus.«

»Alles.«

»Dann geh weg mit mir.«

»Das kann ich nicht.«

»Alles? Nur das nicht?«

»Wir gehören hierher. Das ist unser Haus. Ich werde diesen Hof erben. Was soll ich woanders?«

»Weiß ich auch nicht. Deswegen geh auch nur ich.«

»Fiona.«

Sie drehte sich noch einmal um, diese umgekehrte Eurydike von Ödertshofen. »Lass Birne in Ruhe, der hat nichts mit mir zu tun. Der ist unschuldig, und er wird es auch bleiben. Hast du mich verstanden?«

Didi nickte, dann schüttelte ihn ein Hustenanfall durch.

»Was tut der?«, fragte Didis Vater.

»Der zahlt mir eine Alte, wenn wir ihn laufen lassen.«

Der Vater lachte, als sie zurückkamen. »Du versprichst tolle Sachen. Will er meinem Bruder den Puff zahlen. Das würde dir gefallen.«

»Er will mir eine kommen lassen, keinen Puff.«

»Nobel.«

»Aus dem Katalog, die könnte hier einziehen. Wir haben auch den Platz, jetzt, wo die Fiona weg ist.«

Der Vater lachte noch lauter. »Das hat keinen Wert. Der verarscht uns. Jojo, mach das Gerät an.«

Jojo, der Onkel, rührte sich nicht.

»Hast du schlechte Ohren.«

»Sollen wir das jetzt durchziehen?«

»Natürlich.«

»Und wenn er uns anzeigt?«

»Das soll er doch, dann zünden wir ihn ganz an. Der traut sich nicht.«

»Und der Notarzt?«

»Den brauchen wir nicht, das ist eine saubere Angelegenheit. Keimfrei. Wirf das Gerät an.« Jetzt gehorchte Jojo. Der Vater holte sich das Teppichmesser aus seiner Hand und beugte sich zu Birne hinab und setzte an, dessen Hose aufzuschneiden. Birne spuckte, trat und brüllte, was er konnte. Die Kabelbinder schnitten tief in sein Fleisch hinein. Jojo kam mit dem Schweißapparat näher. Die Flamme gleißte. Es wurde heiß.

Plötzlich gab ein Kabelbinder nach, Birnes linkes Bein kam frei und traf zufällig mitten hinein ins Zentralmassiv von Didis Vater. Ihm fiel das Messer aus der Hand und er heulte auf. »Ich bringe ihn um.«

Birne zerrte und zappelte, nutzte den gewonnenen Freiraum voll aus und bekam auch die rechte Hand frei. Er bückte sich, das Messer war ihn Greifweite. Im letzten Moment, bevor er es packen konnte, trat Didis Vater auf seine Hand. »Du bist tot.« Mit einem Tritt warf er Birne zurück.

Jojo wurde unruhig. »Was ist, wenn er wirklich unschuldig ist?«

»Er hat dem Didi dic Fiona ausgespannt. Sonst hätte ihm der Didi das Auto nicht weggenommen. Und eben hat er mich getroffen. Ei um Ei. Zahn um Zahn. Hörst du nicht zu, wenn der Pfarrer predigt?«

»Ich war es nicht, ich schwöre es. Ihr begeht einen Fehler. Ich will alles wieder gutmachen.«

»Warum soll sie denn abgehauen sein? Weil es ihr nicht mehr gefallen hat bei uns? Sicher nicht.«

»Die Antwort wisst ihr, wenn ihr wisst, wo sie ist.«

»Schlau, und wo ist sie?«

»Bei den Freundinnen. Wer ist ihre beste Freundin? Die Freundinnen wissen immer, wo die Freundinnen sind.«

»Die Karo ist in Ordnung. Wenn die was wüsste, wüssten wir's«, wusste Jojo. »Die ist mit dem Dodo zusammen. Anständige Leute, wenn du mich fragst.«

»Ich brenne dem jetzt die Eier weg. Mir ist das zu viel Geschwätz.«

Sie überwältigten Birne und banden ihn wieder fest. Birne verlor die Fassung, er schrie und heulte, was ihm nur einige kräftige Schläge und Kabelbinder mehr einbrachte. Die Nase blutete, das Auge schwoll blau an, sie stopften ihm einen öligen Lumpen in den Rachen. Er würgte und bekam beinahe keine Luft mehr.

Er war nun völlig wehrlos. Der Alte beugte sich ein weiteres Mal über ihn, mit dem Messer schnitt er Birnes Hose auf. Blut und Tränen rannen ihm über Gesicht. Die Unterhose kam zum Vorschein. Sie war gelb. Birne pinkelte wieder, diesmal nicht in die Hose. Er bekam eine Erektion, aus irgendeinem Grund stand sein Penis, er reckte sich seinen Peinigern entgegen, als bäte er regelrecht darum, abgenommen und auf einem dreckigen Misthaufen geworfen zu werden.

Jojo schaute entsetzt und angewidert zugleich. Didis Vater lachte fies. Er griff nach hinten, Jojo reichte ihm den Schweißbrenner. Es wurde heiß auf Birnes Haut. Er kämpfte um sein Bewusstsein und verlor an Boden.

Jemand berührte Didis Vater an der Schulter und zog ihn zurück. Didi.

Der Vater entschuldigte sich. »Wir wollten nicht ohne dich anfangen. Ich wollte nur testen, ob es funktioniert.«

»Lass gut sein, Vater.«

»Wieso? Der büßt uns jetzt.«

»Nein. Der soll uns das anders büßen. Schneid ihn los. Auf geht's.«

Weil keiner reagierte, befreite Didi Birne persönlich. Birne kippte vornüber in den Werkstattdreck und rührte sich nicht. Didi hob ihn hoch und stützte ihn, er warf ihn über den Amboss, wo Birne Halt fand. Birne bedankte sich.

»Du musst mir nicht danken, das hat nichts mit Freundschaft zu tun. Verstanden?«

»Ich hätte gern mein Auto zurück.«

»Das habe ich nicht.«

»Der Toto hat gesagt …«

»Dann hat der Anton dir eben einen Scheiß erzählt. Ich hab's nicht.«

»Darf ich einen Blick nach nebenan werfen?«

Birnes Vater sagte: »Nein, das darfst du nicht. Du haust jetzt am besten ab und zwar für immer. Solche wie dich brauchen wir nicht hier. Du bringst nur Unfrieden.«

Birne hatte keine Wahl. An der Tür hielt ihn Didi noch mal auf. »Der Ignaz will Dadas Grundstück kaufen. Am besten, du spielst schnell mit und verschwindest.«

»Ich will mein Auto.« Man konnte Birne kaum verstehen, er lallte, als hätte er den schönsten Rausch.

»Darüber reden wir dann, wenn sicher ist, dass du uns verlässt.«

Birne schlich sich davon, wie ein geprügelter Hund. Mühsam hielt er die Fetzen seiner Hose am Schritt zusammen. Er humpelte und blutete von den Kabelbinderverletzungen. Es fühlte sich so an, als schälte jemand bei lebendigem Leibe seine Haut ab.

Er hörte, wie hinter ihm schon wieder kräftig diskutiert wurde.

Der Alte von Didi blökte: »Du bist eine Schande fürs ganze Geschlecht.«

Und Didi darauf: »Du weißt nichts.«

»Ich verstehe nicht, warum du ihn laufen lassen willst.«

»Wenn du nichts verstehst, dann hältst du am besten dein Maul.«

Dann bekam einer eine Watschen vom anderen, dass es schepperte. Birne wollte gar nicht wissen, wer schlug und wer einsteckte. Verdient hätten es beide Wichser.

FRÖMMELN

Äußerlich schwer verletzt und innerlich extrem gedemütigt schleppte sich Birne am Zaun fremder Häuser entlang. Wenn ihn einer in diesem Zustand vom Fenster aus sähe, bliebe demjenigen nichts anderes übrig, als zuerst seine Verwandten und teuren Geräte aus dem Garten ins Haus zu schaffen und dann den Notarzt zu rufen. Birne rechnete jeden Augenblick damit, vom Krankenwagen abgeholt zu werden. Nichts dergleichen geschah. Vögel zwitscherten, nicht um Weibchen anzulocken, sondern um ihre Genossen vor dem Subjekt zu warnen, das unter den Bäumen ihrer Nester vorbeikroch. Sonst nichts. Man hätte hier jemanden auf offener Straße umbringen können. Keiner würde es bemerken. Von wegen anonyme Großstadt, bitte kurz lachen. Das Lachen schmerzte Birne, und es war unangemessen, genau wie sein steifer Zipfel gerade eben. Birne funktionierte nicht mehr wie ein normaler Mensch.

Er kam an der Kirche vorbei. Daneben stand ein Haus mit einem prächtigen Garten. Birne schleppte sich weiter. Die hatten doch in der Bibel einen verprügelt und kastriert und der lag stunden- und wochenlang, bis ihm einer half, was Jesus gut fand, also nicht, dass er so lange leiden musste, sondern dass ihm einer half.

Birne war mal glücklich gewesen. Nun war alles weg und kaputt. Es kam ihm all das vor wie aus einem anderen Jahrhundert. Es war nichts mehr so, wie es war. Birne war zu einem Schatten seiner selbst geworden.

Solange er sich noch leidtun konnte, war er nicht tot.

Er stieg weiter vor sich hin sinnierend und delirierend einen Berg hinauf und gelangte an einen wunderschönen Ort, an dem einst eine Burg gestanden hatte, von der nichts übrig war außer Grundmauern und Kapelle. Diese war nahezu unversehrt und verschlossen. Egal, Birne wollte eh nichts mehr betreten, was nicht bewirtet war. Er setzte sich auf eine Bank unter drei Kreuzen, zu denen ein Kreuzweg heraufführte. Unter ihm lag Ödertshofen im Frieden, dahinter ging der Blick in die Ferne. Es war nicht schlecht, was er sah. Er konnte sich entschließen, hier zu leben.

Was wusste er über Fiona und Didi? Es war leicht zu urteilen, gerade wenn man nichts wusste.

Fiona hatte ihm von einer Jugendgruppe erzählt. Die sollte am Freitagnachmittag auf dem Fest tanzen, hatte ihm Viktor verraten. Sie wollte das sehen, weil sie solange dafür geprobt habe. Sie hatte keine Angst davor, dass ihr etwas zustieß.

Auch der Ärger, der ihm selbst entstanden war, beruhte auf einem Missverständnis, nüchtern betrachtet. Mein Gott, man befand sich in Mitteleuropa. Es konnte nicht sein, dass an diesem Ort keine Gesetze galten. Wenn die ihn kastriert hätten, wären sie dran gewesen. Auf jeden Fall. Dann wäre es allerdings zu spät gewesen und er ein Verstümmelter. Er erhob sich und wankte. Herrgott, der Alkohol. Hier bleiben hieße auch, sich zurückzunehmen. Die Einheimischen soffen zwar auch, aber aus einem anderen Grund. Die soffen ihrer Jugend hinterher. Birne hatte seine Jugend längst abgehakt. Birne soff, um sich ins Jenseits zu befördern. Doch sterben konnte er später auch noch. Erst mal weniger Rausch. Rausch nur noch wegen der Geselligkeit, um die Mitmenschen zu ertragen oder gefügig zu machen.

Birne packte sein Bündel guter Vorsätze, verschnürte es gut und brach auf, um zu Hause den Stand der Dinge zu kontrollieren und sich die nächsten Schritte zu überlegen. Sich den Dingen stellen, das Weglaufen einstellen. Er schlenderte zurück, umständlich seine Hose festhaltend, um seine Blöße zu verdecken. Jetzt packte er den Stier bei den Hörnern, und alles würde gut werden.

ZAHLEN

Ein Auto raste von hinten heran. Birne flüchtete hinter einen Baum. Sollte schon wieder einer versuchen, ihn über den Haufen zu fahren, so sollte es doch den Todesfahrer samt Auto um den Stamm wickeln, dann hätte sein Ableben einen Sinn: die Erde, diesen blauen Planeten von einem – ansichtsweise auch zwei – Arschlöchern zu befreien. Das Auto bremste abrupt ab. Didi saß drin. Ausgerechnet. »Hast du dein Auto wieder?«

»Ich? Nein. Du hast es nicht und sagst, der Toto hat es, und Toto hat es nicht und sagt, du hast es.«

»Da hat der Toto dir Zeug erzählt. Ich weiß nicht, wie der drauf kommt, ich hätte dein Auto.«

»Kommt mir alles komisch vor.«

»Ich habe noch mal angerufen. Es sagt, er hat einen Mitarbeiter auf Probefahrt geschickt, als du das Auto abholen wolltest. Ich fahre dich jetzt gleich da hin.« Birne zögerte, sodass Didi nachlegen musste. »Stell dich nicht so an. Wenn ich dir was antun wollte, dann hätte ich dich über den Haufen gefahren.« Gutes Argument. Birne stieg ein. Didi drehte auf. Iron Maiden. *Run to the Hills*. Run?

»Ich brauche ab und zu Maiden. Ich hoffe, ich bin deswegen nicht untendurch.«

»Nein, niemals. Nicht wegen Maiden.«

»Hundert Gitarren.«

»Hundert?«

»Der Bass spielt auch noch so hoch wie eine Gitarre, nur Gitarre, kein Bass. Komisch. Ganz ohne Bass.« Didi drehte an einem Equalizer. Gute Anlage im Auto. Aber da hörten sie sie plötzlich: »Die Bässe.«

»Schon geil«, fand Birne. Wie sollte er es sonst finden?«

»Sorry für meinen Vater und meinen Onkel. Denen fehlt manchmal das Maß.«

»Ich hatte Angst.«

»Die bilden sich was ein, und dann bremst sie nichts mehr. Gut, dass ich gekommen bin. Ich glaube trotzdem, dass nichts passiert wäre.«

»Du glaubst?«

»Im Wesentlichen sind die harmlos.«

»Sie meinten, dass ich dir Fiona ausgespannt habe.«

»Ganz schlechtes Thema.«

»Da war nichts.«

»Sagt sie auch.«

»Na dann.«

»Im Prinzip ist mir das scheißegal. Ich bin so was von fertig mit der.«

»Dann haben wir beide viel gemeinsam.«

»Mein Alter sagt, eine Frau geht nicht einfach so, eine Frau in einem gewissen Alter, und Fiona hat seiner Meinung nach schon dieses Alter, geht nicht weg ohne Sicherheit. Das trauen die sich gar nicht mehr, allein zu sein, da steckt immer ein anderer dahinter. Davon ist mein Vater überzeugt.«

»Und du?«

»Was?«

»Bist du davon auch überzeugt?«

»Der redet von Ehre und von Schande. Gerade der. Der kann eigentlich nichts außer Saufen.«

»Dann ist Fiona seinetwegen davon?«, vermutete Birne.

»Nein. Es ist aus. Ich weine keine Träne mehr. Ich habe was verstanden: Die Frau ist nicht wie ein Tier. Bei Wölfen zum Beispiel geht es ehrlich zu. Sobald einer merkt, dass er keine Chance hat, legt er sich auf den Rücken und streckt dem Gegner den Bauch zu, die weiche Seite. Dann kann der Feind zubeißen, tut er aber nicht, weil er fair ist. Bei Frauen ist das anders: Wenn du am Boden liegst und deinen Bauch hinstreckst, dann bleibt eine Frau immer noch hart. Sie beißt rein und reißt dir ein Stück raus aus dem Herzen und gleich noch eins und noch eins. Keine Ahnung von der Natur.«

Wie nah sich die beiden auf einmal waren. Didi hatte seine Einrichtung zertrümmert und somit Großtante Dadas altes Leben ausgelöscht. Zeit für einen Neuanfang. Auch andere Väter besaßen schöne Töchter.

»Darauf trinken wir einen«, schlug Birne vor. Ein Meister der Versöhnung. Ihm hatten sie die Eier schließlich nur beinahe entfernt. Nach dem Adrenalin kommt das Dopamin und wenn es nicht so ist, stimmt was nicht. Dann kickt nichts mehr.

»Lass gut sein, Birne. Ich bin absolut nicht in Stimmung. Das funktioniert bei mir nicht, die schlechte Laune runterzuspülen, die kommt wieder hoch am nächsten Tag und dafür umso heftiger. Ein andermal gern.«

Auf diese Weise hatte Birne noch nie einen Korb erhalten. Die Verhältnisse kehrten sich um. Alles stand Kopf. Die Vernünftigen siegten. Wegen einer Frau. Immerhin jagte er gewaltig auf die 40 zu. Wollte man nicht elend an der Midlife Crisis zu Grunde gehen, sollte man sein Gefühle im Griff haben, Teufel noch mal.

»Sie war bei mir«, erzählte Didi, »während sie dich in der Mangel hatten. Ich habe mir gedacht, ich bringe sie um, wenn ich sie noch einmal sehe, und dann steht sie vor mir, und die ganze Wut war weg auf einen Schlag. Es klingt blöd, ich hatte das Gefühl, dass jetzt alles passt, dass die Ordnung wiederhergestellt ist. Sie ging raus, sie verließ mich ein weiteres Mal, und ich konnte spüren, dass es jetzt abgeschlossen ist. Als der Opa starb und wir am Grab standen und ich noch mal Luft geholt habe, einen letzten Blick auf den Sarg und die dunkle Tiefe geworfen hatte, in die er gleich verschwinden sollte, da fühlte sich das ähnlich an. Es ist zu Ende. Sie ist weg, und ich ging in den Stadel, weil ich allein sein wollte und sehe euch drei zufällig am Werkeln. Leck mich. Was für ein Zufall.«

»Sie wollten dich holen«, sagte Birne, und sie bogen zu Totos Werkstatt ab.

Der Blick auf die Rechnung kam einem ein Faustschlag gleich.

»Einiges zu reparieren«, sagte Toto und grinste. »Lack ist gleich teuer.«

»Ich wollte nicht, dass du das richtest.«

»Wenn, dann gescheit.« Birne würde Toto einen schönen Urlaub finanzieren. Er fragte: »Zahlst du bar?«

»Ich hole das Geld.«

Birne fügte sich, er wollte keinen neuen Ärger. Didi bot nicht an, ihn zum Geldinstitut zu fahren. Er blieb bei Toto, und beide blickten Birne gelangweilt hinterher. Toto war voll auf Didis Story eingestiegen. Die Sache mit der Probefahrt sei ihm entfallen, er habe Birne verwechselt, das Auto sei eh noch nicht fertig gewesen. Drei Ausreden in einer Minute klangen verdächtig, und immer noch bestand die geringe Hoffnung, dass alles stimmte. Birne wollte es glauben. Er wollte es sich im Prinzip mit Didi nicht verscherzen, nicht nachdem der ihm noch mal angeboten hatte, sein Co-DJ am Freitag sein zu dürfen, verbunden mit dem Versprechen, es dann einmal richtig krachen zu lassen.

Birne trabte zur Bank, die nicht weit war, und hob ab. Es schmerzte. Was ist Geld? Glücklich kann es einen nicht machen. Liebe, Geborgenheit, Freunde. Geld spielt keine Rolle.

»Jetzt hast du alles, jetzt kannst du abhauen«, stellte Toto fest. Didi hatte sich bereits vom Acker gemacht.

»Warum willst ausgerechnet du mich loshaben? Ich bin ein guter Kunde, oder?«

»Du verstehst mich nicht. Ich will dich nicht loshaben. Du bist nicht ein guter Kunde, du bist einer meiner besten. Da wäre ich ja blöd. Die meisten Deppen hier meinen, sie könnten es selbst und schrauben so lange an ihren Kisten herum, bis sie richtig hin sind. Ich war eindeutig der Meinung, dir gefällt es hier nicht. Du willst weg.« Toto setzte ein dermaßen freundliches und unschuldiges Gesicht auf, dass Birne die Lust verging, ihm böse zu sein.

»Mir gefällt es hier. Ich will nie wieder weg.«

RÄUMEN

Daheim fand er alles unverändert vor. Der Dreck an der Wand, die Einrichtung durcheinander geschmissen, aber es roch weniger intensiv. Immerhin. Es half nichts: Wenn er sich niederlassen wollte, musste er jetzt aufräumen und putzen. Er zog sich eine neue Hose an, öffnete sich ein Bier und wollte an die Arbeit gehen, als er von oben ein Geräusch hörte. Ein Kratzen. Ein Spukhaus, das die schrecklichen Dinge, die in ihm passiert waren, nie wieder losließ. Er lauschte intensiv, sorgte sich um seine letzten Marder. Sie waren zu klein, sie konnten sich noch nicht frei bewegen.

Birne nahm sich ein Bein von einem zerbrochenen Tisch und ging nach oben zum Dachboden. Ein Blick nach seiner Marderfamilie. Nur Abrissbirne lebte noch, diesmal kam der Feind aus den eigenen Reihen: Abrissbirne hatte sein Geschwisterchen Bagger tot gebissen. Nach außen hin demonstrierte er Unschuld. Birne nahm den Kadaver und trug ihn nach unten, doch plötzlich nahm Birne jemanden wahr. Der Eindringling befand sich im ersten Stock. Er musste ihn gehört haben und verhielt sich still. Birne stand vor dem Schlafzimmer, wie einst der Einbrecher, Didis Vater, dort gestanden haben musste. Und hinter der Tür hatten damals Dada und er in Todesfurcht ausgeharrt. Jetzt stand da ein Fremder, womöglich auch in Todesfurcht. Birne umklammerte seinen Knüppel. Der hinter der Tür konnte bewaffnet sein. Birne konnte einfach weggehen und unten warten. Er würde sich schwarz warten, bis der andere sich zeigte. Wenigstens hätte er dabei Bier und der andere den Durst. Klarer Vorteil.

»Ist da jemand?«

Natürlich war da jemand, und der hütete sich davor zu antworten. Birne legte seinen toten Marder ab, drückte die Türklinke herunter. Abgeschlossen. Er war gezwungen zu handeln. Es durfte sich keiner in seinem Haus einsperren. Birne trat die Tür ein. Es krachte und staubte. Er versteckte sich hinter dem Türrahmen auf dem Gang, falls der andere schösse. Ruhe. Keiner rührte sich.

»Komm raus, Arschloch«, sagte Birne.

Keine Reaktion. »Komm raus. Ich schlag dir den Schädel weg, wenn du nicht sofort rauskommst.« Birne zählte leise bis fünf, wartete drei Sekunden und rannte, das Tischbein schwingend und brüllend in das Schlafzimmer. Sein Gegner hatte darauf gewartet. Er stand hinter Birnes Rücken an der Tür. Er nutzte Birnes Schwung und stieß ihn noch weiter in den Raum, Birne fiel aufs weiche Bett und wurde, ehe er reagieren konnte, von einer Bettdecke eingewickelt. Er wollte schreien, doch die Luft wurde ihm knapp. Er schlug um sich und bekam die Arme und den Kopf frei. Sein Fessler mühte sich verzweifelt ab, musste aber bald einsehen, dass Birne der Stärkere war und austeilte. Birnes Zorn entlud sich. Es freute ihn, sich an einem Schwächeren gütlich tun zu können. Der war kleiner und dicker. Birne schüttelte die Bettdecke ganz ab und warf sie dem anderen über. Orientierungslos versuchte der Angreifer, sich zu befreien. Birne fand seinen Schläger wieder und hieb los. Eins, zwei, drei, alle Kraft gegen das Opfer, gegen die Ungerechtigkeit, gegen die Schweinerei und eins, zwei, drei für seine Eier, die er beinahe hätte lassen müssen und für Fiona, für die er sie gerne behalten hatte und für Didi, der kein schlechter Kerl war, den die Umstände aber zum Arschloch hatten werden lassen. Ödertshofen.

»Hör auf«, winselte das Opfer und bekam dafür eins übergebraten, dass es dumpf brummte und er umfiel. Birne zog die Decke weg, um mit den Füßen weiterzutreten und die restliche Wut rauszulassen – das Tischbein konnte schließlich nichts dafür.

Viktor lag vor ihm auf dem Boden, die Brille verbogen, der Kopf rot, laut prustend. »Bitte.«

»Viktor. Was soll das?« Birne half ihm hoch. »Entschuldige, ich habe nicht mit dir gerechnet. Ist alles in Ordnung?«

»Passt, Birne, passt. Lass gut sein.«

Erst jetzt bemerkte Birne, dass Viktor einen Riesenschaden im Schlafzimmer angerichtet hatte. Da waren einige der einst so schön knarzenden Dielen herausgebrochen. Ein Versteck.

»Da.« Viktor deutete auf das Loch im Boden. »Deswegen bin ich nicht gekommen. Birne, das musst du mir glauben.«

Bargeld. Birne holte ein schönes Bündel Bargeld aus dem Loch. Dada hat ihr Geld im Boden versteckt. Es war zum Lachen. Deswegen brachen sie hier ein. Die Reparatur war bezahlt. Prima. Das Versteck war gefunden, nun brauchte keiner mehr einzubrechen.

»Weißt du, dass du ein Arschloch bist?«, sagte Birne. »Museum, alte Schätze. Ich lache, nicht weil ich muss. Soll ich teilen mit dir? Willst du ein Danke, dass du mir das Versteck gezeigt hast?«

»Birne, ich schwöre dir, dass ich gar nicht auf der Suche danach war. Ich will das Geld nicht. Nimm alles. Ich habe es nicht mal angerührt.«

»Ich nehme es, keine Sorge, Viktor. Ich kann es nämlich brauchen. Du auch, nehme ich an.«

»Mir geht es nicht darum. Ich suche was anderes.«

»Was anderes? So? Das möchte ich sehen. Einen alten Schatz vielleicht?«

»So ähnlich.«

Birne steckte das Geld ein, hob seinen toten Marder auf und ging nach unten, ohne sich weiter um Viktor zu kümmern. Er holte eine Schaufel und vergrub das Abel-Tier im Garten, danach kehrte er zu seinem abgestellten Bier zurück.

Viktor wuselte um ihn herum, bot sich eilfertig an, beim Graben mitzuhelfen. Birne ignorierte ihn. Der sollte ruhig merken, was für ein Depp er war. Als das Tier verscharrt war, bot Birne ihm ein Bier an. Ewig böse konnte man sich nicht sein. Wenn er weg gewesen wäre, bevor Birne zurückgekommen wäre, hätte dieser nie von dem Geld erfahren, und gut wäre es gewesen. Jetzt hatte er die Kohle und Viktor verprügelt. Darauf konnten sie anstoßen. »Ich habe leider kein Dunkles.«

»Wieso ein Dunkles?«, fragte Viktor.

»Na, es ist doch jemand gestorben. Wir sind auf einer Beerdigung.«

»Birne, du bist schon wieder blau.« Viktor klang vorwurfsvoll.

»Ich habe mein Auto wieder. Das ist ein Grund zum Feiern.«

»Glückwunsch. Ich würde das mehr als ein Zeichen betrachten.«

»Was für ein Zeichen?«

»Du solltest abhauen, rat ich dir.«

»Jetzt fängt der Nächste an. Kaum habe ich mich arrangiert mit dem Volk hier, kommst du daher und schickst mich fort. Ich habe gedacht, wenigstens du bist ein vernünftiger Mensch.«

»Und als solcher rate ich dir abzuhauen. Die wollen dich hier nicht.«

»Ich bleibe.«

»Heute Nacht schon könnten sie dich kalt machen.«

»Didi hat sich entschuldigt. Wir sind wieder gut. Du bist selbst scharf auf die Fiona und hast Angst, dass ich sie dir wegschnappe. Aber ich kann dich beruhigen: Ich nehme dir nichts weg, nichts, was dir gehört. Ich habe selbst genug.« Birne wedelte mit den Geldscheinen.

»Quatsch. Du hast getrunken.«

»Und sollte ich gehen, verkaufe ich den Hof.«

»Genau das wollen sie doch. Deswegen sind sie so ausgesprochen nett zu dir.«

»Und wenn ich nicht verkaufe, hauen sie mich um. Oder?«

»Hau ab, gleich, sonst geht es dir schlecht.«

»Ist das eine Drohung von dir? Ausgerechnet von dir?«

»Schau mich an. Denkst du, ich schlage einen, der größer ist als ich?«

Tatsache war, dass Birne gerne Leute haute, die kleiner waren als er. Zum Ausgleich. Viktor lebte weiter gefährlich.

»Am besten, du verschwindest jetzt.«

»Birne, mir geht es um dich. Ich habe die Dada gemocht. Ihr liegt mir am Herzen. Ich meine es gut. Wir standen uns viel näher, als du denkst.«

»Hast du was mit ihr gehabt?«

»Oh Gott, Birne, probiere es nur mal. Ich kenne dich nur betrunken oder verkatert. Dada war so eine starke Frau. Kaum zu glauben, dass du mit ihr verwandt bist. Du kommst eher nach deinem Großonkel.«

»Oh, danke. An den erinnere ich mich kaum.«

»Ich kenne auch nur die Geschichten.«

»Wo ist denn dein Köter heute? Ist er dir abgehauen?«

»Den habe ich zu Hause, wenn er nicht wieder streunt.«

»Pass gut auf ihn auf.«

»Birne, wir reden, wenn es dir wieder besser geht.«

Viktor schlich sich. Birne hielt ihn nicht auf. Er betrachtete das Chaos, das immer noch um ihn herrschte, und stellte fest, dass von seiner Lust aufzuräumen nichts geblieben war. Vom Dreck allein stirbt keiner, aber verhungert ist man schnell. Er hatte sein Auto zurück. Ein enormes Glück, das es auszunutzen galt und zwar schleunigst. Er setzte sich ziemlich voll ans Steuer und brauste los.

Birne kaufte ein wie ein Weltmeister. Endlich Supermarkt. Devisen unters Volk bringen. Kofferraum voll, Rücksitze, Beifahrersitz beladen wie er selbst. Wäre ihm die Fiona nun vor die Haube gelaufen, er hätte nicht gewusst, wo er sie hätte hinsetzen können. Es ging gut. Keine Polizei, keine Unfälle, keine Pöbeleien. Der Kühlschrank quoll über und die Vorratskammer war prall gefüllt. Der dritte Weltkrieg hätte ausbrechen können. Birne wäre es nur recht gewesen. Sollte kommen, was wolle. In gewisser Weise hatte sich alles geregelt. Er hatte sich eine Halbe bei Babsi verdient. Gut. Weniger saufen konnte er auch ab morgen. Man könnte auch mal schauen, ob man es ein paar Wochen ohne Alk aushalten konnte, nur um zu sehen, wie weit es mit der Sucht inzwischen gekommen war.

Obwohl er schon wie auf Autopilot agierte, stieg er noch mal hinters Steuer. Es konnte ihm nichts passieren. Früher war er nie mit Alkohol gefahren, selten erlaubte er sich überhaupt eine Halbe, so vorsichtig war er. Jetzt merkte er, dass es sich auch beim besoffenen Fahren nur um eine Sache des Trainings handelte. Einwandfrei lenkte er seinen Wagen zur Wirtin. Es wurde gerade dunkel.

Er betrat den Gastraum, es war nichts los. Babsi freute sich ungemein, ihn zu sehen. »Ich wollte gerade zusperren.«

»Oh.«

»Willst du ein Bier?«

»Wenn du gerade zusperren willst.«

Sie zapfte bereits. Er setzte sich, und beobachtete sie und freute sich auf sein Bier. »Hättest du ein Dunkles auch gehabt?«

»Nur aus der Flasche. Soll ich dir eins bringen?«

»Jetzt hast du das schon eingeschenkt. Das nächste halt dann.«

»Das ist nicht schlimm, ich trinke mit dir, wenn heute eh keiner mehr kommt.«

»Wo sind die denn alle?«, fragte Birne Babsi, als sie neben ihm saß.

»Müd von der Woche oder schon im Wochenende unterwegs.«

»Im Wochenende unterwegs?«

»Da gehen sie nicht im Ort fort, da fahren sie in die Stadt.«

»Und du hockst allein da.«

»Wieso allein? Du bist doch da.«

Sie rauchten gemeinsam Babsis Schachtel. Birne erklärte Babsi, warum er keine Frau hatte, weil sie das absolut nicht verstehen konnte, wo er doch ganz nett war. Irgendwann mussten sie Schnaps trinken. Babsi rutschte näher. Birne fand sie ausgesprochen hübsch, was ihm noch gar nicht aufgefallen war das letzte Mal. Sie hätten geknutscht. Birne musste noch schnell aufs Klo, nicht dass er erst musste, wenn es zum Äußersten kam. Auf dem Klo wurde es ihm schwindlig von der Luft auf einmal, er hielt sich an der Pissrinne fest, in die er eben noch uriniert hatte, und verlor doch das Gleichgewicht in dem Moment, als aus ihm das feine Bier und das Paar Geschwollene mit Kartoffelsalat, das Babsi ihm als Brotzeit kredenzt hatte, wieder herausbrachen und ihn und die Kacheln und alles besudelte. Perfekter Abend bis dahin.

Dada hatte immer gesagt: »Speiber sind Bleiber.« Heute machte er die Ausnahme. Damit es nicht zum Äußersten kam, verließ er das Haus, ohne sich von Babsi zu verabschieden oder ihr einen Kuss zu geben oder gar zu zahlen. Er betrachtete sich als eingeladen und setzte sich in sein Auto. Und er dachte sich, dass das übel ausgehen könnte, wenn er nicht schon so geübt wäre, in diesem Zustand zu fahren.

Das lief wunderbar. Erst als er in seine Straße einbog und sich wunderte, wie gut es bisher gegangen war, wurde ihm wieder übel und er machte einen Schlenker. Kurz vor seiner Einfahrt lief ihm ein Vieh rein. Er bremste, es war zu spät. Birne sprang aus dem Auto und fluchte. Bevor ihn interessieren konnte, wer oder was da zu Schaden gekommen war, untersuchte er das Auto. Es konnte nicht sein, dass er es schon wieder diesem Halsabschneider Toto ausliefern musste. Es schien in Ordnung, soweit er es in seinem Zustand beurteilen konnte. Birne schnaufte erleichtert aus.

Das überfahrene Vieh war Viktors Hund. Er hatte, wie Viktor vermutet hatte, wohl herumgestreunert. Birne tat es leid. Er wollte ihn nicht einfach liegen lassen. Hier war zu wenig Verkehr, der Verdacht würde zu schnell auf ihn fallen. Er schleifte ihn auf seinen Hof. Hinter dem Haus hatte Dada ihren Kräutergarten gehabt. Er war gut zugewuchert und von nirgendwo einsehbar. Zum zweiten Mal innerhalb von zwölf Stunden holte Birne seine Schaufel heraus und verscharrte ein Tier. Friedhof der Kuscheltiere. Und wieder hatte er vergessen, Dunkles zu kaufen, weil er damit nun gar nicht gerechnet hatte. Also legte er sich nach einem Glas Jägermeister, der ihm den sauren Geschmack aus dem Mund spülte, todmüde, aber nicht unglücklich ins Bett und schlief über den zerbrochenen Dielen und dem Geld auf der Brust erschöpft ein.

TAG 5: BELSAZAR

ORDNEN

Ein kleines Kätzchen plagte Birne am Morgen, kein Kater. Er schüttelte es mit einer lässigen Aufwärtsbewegung ab, es kam wieder. Süß. Wie anders wäre alles verlaufen, hätte er Babsi nicht sitzen lassen gestern. Dann wäre er wieder unter der Haube, und die im Dorf hätten eine neue Geschichte. Mit Wirtinnen auch immer gut auskommen. Und noch was wäre anders: Ein weiterer kleiner Kratzer verunzierte sein Auto an der Stelle, an der das Hündchen gestern auf dem Nachhauseweg dran glauben musste. Viktor musste Bescheid gesagt werden, das arme Vieh. Haustiere kann man ersetzen, aber so manchem ist ein Hund mehr wert als ein Mitmensch. Birne besaß noch einen Marder, man konnte ihn Viktor zum Ausgleich anbieten. Oder man konnte das Maul halten. Jeder konnte den Hund überfahren haben. Birne war nicht als Hundehasser aufgefallen. Still sein, die Sonne genießen. Guter Tag, guter Platz.

Überhaupt Viktor: Der Tag war ein Festtag für Viktor. Er hatte lange darauf hin gearbeitet. Das Volksfest im Dorf. Er hatte organisiert und telefoniert und war überall gleichzeitig. Er hatte die Vereine an Bord geholt, vor allem die Feuerwehr, den wichtigsten und größten Verein im Dorf. Ein Festzelt war errichtet worden. Mit dem Mittagessen sollte das Fest beginnen. Blasmusik, Weißwürste, Schweinshaxen, ein bisschen Bier. Nachmittags das Fest für die Familie: Die Jugendlichen sollten einen Volkstanz zeigen. Jahrelange Tradition. Das Wetter spielte fantastisch mit. »Ein Ort, der nicht feiert, zerbricht und versinkt in der Anonymität: Feiern haben eine lange, lange Tradition in Bayern«, sagte Viktor und hatte alle auf seine Seite gebracht.

Er durfte aufgeregt sein, es sollte sein großer Tag werden, gekrönt abends mit der Wild Virgin Remember Night mit DJ Didi und Special Guest Birne oder Bibi. Birne hoffte anzukommen, akzeptiert zu werden. Er hatte Viktors Hund überfahren, diese Wolke hing über dem Tag. Nicht darüber reden, bald wäre alles vergessen.

Ein Polizeiauto fuhr auf den Hof. Paul stieg aus.

»Was gibt's?«, fragte Birne.

»Servus, Birne, alles in Ordnung bei dir?«

»Ich habe den Saustall aufgeräumt.«

»Gut so, nimm das nicht so ernst. Wenn erst mal die Polizei im Spiel ist, zerbrechen die Freundschaften. Schwamm drüber und gut ist.«

»Du willst nicht zufällig ein Bier?«, bot Birne an.

Paul zögerte. »Untertags ungern. Ich will eigentlich nicht mehr.«

»Ich erzähle es niemandem, Polizistenehrenwort.«

»Hast du eines da?«Hatte Birne. Klar. Er setzte sich mit dem Kollegen auf die Bank vor dem Haus und stieß auf den kleinen Surri im Dienst an.

»Warum bist du gekommen?«

»Ich bin nur halb offiziell hier. Nix für ungut.«

»Worum geht es?«

»Du warst auch bei der Polizei?«, fragte Paul.

»Ja.«

»Ich bin nicht unzufrieden. Auf dem Land regelt sich vieles von allein. Das ist in der Stadt anders, wo sich die Leute untereinander nicht kennen.«

»Da mag was dran sein.«

»Natürlich gibt es eine Linie. Wenn die überschritten ist, darfst du nicht mehr wegsehen oder ein Auge zudrücken.«

»Alkohol im Straßenverkehr. Zum Beispiel.«

»Ganz heikler Punkt. Da bin ich strikt. Früher ist viel mehr passiert. Manche übertreiben es leider.« Paul zeigte auf seine Bierflasche. »Eine Halbe ist kein Thema oder zwei: Aber wenn ich schon nicht mehr geradeaus gehen kann, dann gehöre ich nicht mehr ans Steuer eines Autos.«

Birne überlegte, ob er nach langer Vorrede letztlich bei Viktors Hund landen wollte. Herrgott, es war ein verreckter Köter, der überall hinmachte. Keiner außer Viktor weinte ihm eine Träne nach, und Birne selbst hatte den Tod eines Tiers zu beklagen.

»Oder aufs Fahrrad«, fügte Paul hinzu.

»In der Tat.«

»Oder Hausfriedensbruch, da hat der Spaß ein Loch.«

»Unbedingt.« Viktor spazierte bei ihm rein und holte sich, was er wollte. Die Wölfe ebenfalls, nur dass sie nichts mitnahmen, sondern etwas daließen: Scheiße.

»Birne, es gab eine Anzeige gegen dich.«

»Wie bitte?«

»Du bist eingebrochen.«

»Ich habe mein Auto gesucht. Didi hat mein Auto an sich genommen, ohne zu fragen. Diebstahl.«

»Du kannst nicht auf ein wildfremdes Grundstück, weil du dort deinen Karren vermutest. Dann fahren wir zusammen hin und schauen gemeinsam nach. Das ist der normale Weg. Ich bin hier die Exekutive, und du hältst dich an den Dienstweg wie jeder andere auch.«

»Das wird nicht nötig sein. Ich habe das Auto schon wiederbekommen.«

»Darum geht es nicht. Versteh mich nicht falsch, du bist eingebrochen, sie haben dich erwischt. Und so einfach kommst du da nicht raus.«

»Natürlich komme ich da nicht so einfach raus. Hast du nicht mitgekriegt, was sie mit mir anstellen wollten?«

»Ich kenne die zwei Brüder. Das ist nur Spaß, Birne.«
»Das war kein Spaß.«
»Hör mal zu, du musst noch viel lernen, wenn du dich auf Dauer hier niederlassen willst. Es ist nicht schlau, immer nur mit dem Gesetzbuch herumzuwedeln und auf sein Recht zu pochen. Du musst dich anpassen wie jeder andere auch.«
»Deswegen dürfen sie mir nicht die Eier entfernen.«
»Ich weiß nicht, wie alt du mich schätzt, ich bin schon seit 20 Jahren Polizist am Ort. Am Anfang habe ich gedacht, es müsste sich was ändern. Doch im Gegenteil: In 20 Jahren ist nie etwas Ernsthaftes vorgefallen. Die Leute raufen, wenn sie gesoffen haben. Manchmal blutet eine Nase. Danach sind sie wieder gut. Diesen Frieden müssen wir erhalten. Und ich würde dich von Herzen bitten, dazu deinen Beitrag zu leisten.«
»Als Polizist?«
»Nein, ich allein genüge. Indem du keine Leute mehr verdächtigst oder bedrohst oder dich auf ihrem Anwesen rumtreibst.«
»Und das Auto?«
»Lieber Birne, ich habe mit Toto geredet. Das war ein Missverständnis. Es tut ihm leid. Weißt du, der Toto ist mit mir verwandt, der hat es auch nicht leicht. Du musst ein bisschen Mitleid mit ihm haben. Wir sind Schwager.«
»Bei der Babsi hatte ich den Eindruck, dass ihr euch hasst.«
»Er ist nicht sooo gut auf mich zu sprechen. Meistens geht es um Fußball. Das liegt an der Vergangenheit. Weißt du, ihm ist auch die Frau davon wie dem Didi, und die Frau war zufällig meine Schwester. Ihn hat es aus der Bahn geschmissen. Wir haben alle fest arbeiten müssen, dass er wieder in die Spur zurückfindet. Gemeinsam haben wir es geschafft. Jeder hat mal eine Krise, verstehst du? Du siehst

mich und denkst: Was für ein Polizist, was für eine Disziplin. Und ich gestehe dir ehrlich: Auch bei mir gab es eine Zeit, da wollte ich hinwerfen, da wollte ich meinen Dienst quittieren. Ich habe mich zusammengerissen und von dem Tag an ging es wieder bergauf. Ich kann Didi voll verstehen. Birne, ich würde mich zurückhalten. Wenn er dich umbringt, könnte ich es nachvollziehen.«

»Dann wäre aber wieder so eine Linie überschritten.«

»Ja, durchaus. Aber Leiche, ich weiß nicht, ich würde versuchen, so etwas klein zu halten. Mit Mord kommst du als Polizist nicht groß raus. Wenn du deine Arbeit erledigst, ist es okay, keiner nimmt dich wahr, aber wehe, ein Fehler unterläuft dir, dann sind alle gegen dich. Pass lieber gleich auf.«

Birne konnte ein Lied davon singen. Gelobt hatte ihn noch keiner für seinen Job, geschimpft wurde über ihn schon genug. »Ich habe nichts mit der gehabt. Mir gefällt sie nicht einmal besonders.« Tatsache war, dass Birne bedauerte, dass nur der zweite Satz gelogen war. Tot wollte oder würde er sowieso demnächst sein und ein bisschen Fiona vor dem Fegefeuer käme nicht schlecht.

»Birne, ich fände es gut, wenn du noch mal zu Didis Vater gehen und dich entschuldigen würdest. Damit könnten wir die Sache unbürokratisch aus der Welt schaffen.«

»Wie bitte?«

»Mir wäre sehr geholfen. Bitte.«

»Die machen mich kalt, ich schwöre es dir.«

»Nein. Ich garantiere das.«

»Das Einzige, was ich habe, ist dein Wort.«

»Das zählt im Dorf.« Dieser Mensch litt unter beträchtlichen Wahrnehmungsstörungen, er gehörte behandelt und zwar schleunigst. Birne wagte nicht, es ihm zu sagen, er hörte weiter zu: »Ich spreche ganz friedlich, ich drohe nicht, ich schlage dir was vor: Du steigst mit mir in das Polizeiauto, und wir fahren gemeinsam da runter und klären das. Einverstanden?«

Alles nur ein böser Traum. Birne – Gottes überflüssigster Mann auf Erden. Verstoßen und verlacht saß er auf seinem Berg. Er wollte sich ins Bett legen und von allem nichts mehr sehen. Nicht die anderen wollten ihm Übles, er selbst war der Abschaum, der Unschuldige und Schwächere schlug, der anderen die Frauen ausspannte und dann, wenn es drauf ankam, nichts zustande brachte, nicht unten rum und nicht oben rum. Sie hatten ihn zu Recht aus der Stadt verjagt. Wozu war er nütze? Setzte sich auf dem Land fest, verprasste die Reste seines Vermögens. Niemand liebte ihn. Niemandem würde er fehlen, wenn es ihn nicht mehr gab. Er hatte seine Talente mit vollen Händen verschwendet. Er konnte in das Polizeiauto steigen und sich massakrieren lassen. Er wäre weg wie Viktors Köter. Keiner würde nachfragen. »Ich will da nicht hin.«

»Die Alternative wäre, dass ich dich unfreiwillig mitnehme. Du bist eingebrochen. Es gibt Zeugen, wir müssten das klären. Zwing mich nicht.«

Birne nahm sich zusammen. Konnte eine Falle sein. Er war auf der Hut und nicht der Schwächste, er war skrupellos und brutal, gegen ihn wurde ermittelt, deswegen war er hier. Er konnte es mit ihnen aufnehmen. Wenn es sein musste, konnte er einen von ihnen umbringen, um sie Respekt zu lehren. »Gut. Bin dabei.«

Birne saß schweigend neben Paul, der laberte. »Ich weiß, dass es unangenehm ist. Danach ist die Sache aus der Welt. Frieden. Du willst in Frieden leben, wir alle wollen in Frieden leben.«

»Was will der?« Die Augen von Didis Vater glühten.

»Er will dir was sagen.«

»Da gibt es nichts zu sagen: Er ist auf mein Grundstück gekommen, er ist in meine Werkstatt eingebrochen. Er wollte stehlen. Du musst ihn verhaften. Keine Widerrede. Recht und Ordnung.«

»Es tut mir leid, Herr Diepold.« Birne konnte diesen Satz aussprechen, ohne sich die Zunge abzubeißen.

»Baba, lass gut sein. Ich bitte dich«, bat Paul. Ihm war es ernst. Baba kam von Bernhard.

»Du hast keine Ahnung, was dieser Lump angestellt hat?«, herrschte Baba den Polizisten Paul an.

»Man muss auch wieder gut sein lassen. Man muss verzeihen können.«

»Das sagt der Richtige. Das, was der getan hat, kann man nicht verzeihen. Ich werde keine Ruhe geben, bis der von hier verschwunden ist. Wenn es sein muss, schlag ich ihn tot, das verspreche ich dir hoch und heilig.«

Er wollte die Türe ins Schloss schmeißen, Birne stoppte sie mit dem Fuß. Er trat in den Hausgang und baute sich vor Baba auf. »Jetzt hör mir mal zu: Du bist der Letzte, der glaubt, dass ich irgendwas mit Fiona gehabt habe. Das stimmt nicht. Sie ist einfach so gegangen. Es ist mir scheißegal. Ihr könnt machen, was ihr wollt, genauso wie Fiona, aber ihr lasst mich und meine Sachen in Ruhe. Ich brauche keine Polizei, ich bin selbst die Polizei. Und dort, wo ich herkomme, bereuen es einige, dass sie sich mit mir angelegt haben.« Birne war größer, er war laut, er war imposant.

Baba musste zu ihm hochschauen, er riss seine Augen weit auf, ihm war nicht wohl in Erwartung der Watschen, die ihn gleich treffen würde.

»Wenn sich einer entschuldigt, dann du, und wenn in Zukunft einer droht, dann ich.«

»Ich denke, jetzt habt ihr euch ausgesprochen. Dann ist die Sache geklärt.« Paul stand hoffnungsvoll vor den beiden Kontrahenten.

»Didi hat es auch verstanden. Wir legen zu zweit heute Abend auf. Alles ist in Ordnung, nur du stellst dich noch an.«

Baba grummelte. Er hatte keine Chance. »Ich war auch mal jung. Das geht zu weit.«

»Habt ihr nie Blödsinn gemacht. Na? Ich kenne Geschichten von dir und Tata«, sagte Paul.

»Ist schon gut. Die Wut muss irgendwo hin.«

»Das kenne ich«, sagte Birne.

»Du auch?«

»Meine hat mich auch sitzen lassen. Ich habe mehr mit Didi gemeinsam, als du denkst.«

»Ehrlich?« Babas Gesicht hellte sich auf. »Dann sage ich nichts mehr. Es sind die Weiber, die keinen Wert mehr haben.«

»Das kannst du laut sagen«, warf Paul ein.

»Nix für ungut.« Baba schloss langsam die Tür.

Paul bot Birne an, ihn heimzufahren, doch Birne wollte laufen. »Das hast du gut geregelt. Kritische Situationen deeskalieren.«

»Danke, Kollege.«

Birne schüttelte den Kopf beim Weggehen. Was für ein Idiot, dieser Paul.

BEEINDRUCKEN

Er kam an einem flachen Haus mit einem bunt bemalten Eingang vorbei. Eine attraktive kleine Frau hockte davor und rauchte.

»Hi, Birne«, sagte sie.

»Hi«, sagte er verwundert und fügte nach einem kurzen Zögern hinzu: »Du kennst meinen Namen?«

»Jeder kennt dich inzwischen. Du hast schließlich einen Mordswirbel verursacht.«

»Und du?«

»Ich bin die Karo.«

»Du bist Fionas beste Freundin.«

»Wir arbeiten hier zusammen.«

»Im Kindergarten?«

»So sieht's aus. Willst du dich zu mir setzen?«

Nun, er hatte nichts Besseres vor, er nahm die Zigarette gern an. Wenn sie jetzt einer beobachtete, würde es wahrscheinlich heißen: Jetzt die Karo, und Dodo käme und schlüge ihn zu Brei oder setzte sich auf ihn. Birne war es egal. Nicht ganz: Dodo hatte keine so hübsche Freundin verdient.

»Wieso hast du Fiona nicht mitgebracht?«, fragte Karo.

»Noch mal: Zwischen uns ist nichts als ein Gerücht. Das ist alles. Im Moment zumindest.«

»Sie rührt sich nicht mehr, sie geht nicht mehr ans Handy. Ich habe keine Ahnung, wie ich an sie rankommen soll«, jammerte die Freundin. »Ich sitze hier allein. Sie könnte sich ruhig melden.«

»Was heißt allein? Ich bin bei dir.«

»Du hast mir keinen Wert.« Als sie hörte, wie Birne enttäuscht seinen Rauch ausstieß, erklärte sie: »In dieser Beziehung. Wir hätten Gruppenstunde. Wir studieren einen Tanz ein mit den Jugendlichen. Heute Nachmittag ist Aufführung beim Fest und sie lässt mich im Stich, seit sie nicht mehr bei Didi ist. Wir sind ihr egal.«

»Sie traut sich nicht mehr her«, schlug Birne vor.

»Ihr war es so wichtig, Sie hat sich Tag und Nacht reingehängt, dass es schön wird. Und jetzt ist alles nichts mehr. Jetzt zählt was anderes.«

»Schau mich nicht so an. Ich bin es nicht.«

»Sie hat bei dir übernachtet. Erzähl mir doch nichts.«

Birne lenkte ab. »Sag mal, habt ihr in Ödertshofen so viele junge Leute, die sich für Volkstanz interessieren?«

»Hast du eine Ahnung. Wir könnten zwei Gruppen aufmachen. Gerade die Jungen sind total wild auf das Brauchtum. Daran siehst du, wie gut wir zusammenhalten. Oder auch die Feuerwehr. Wir sind eine Gemeinschaft. Das ist schön. Schau zu, es wird dich überzeugen.«

»Gern.«

Pünktlich zum Schlag der Kirchturmuhr kamen die jungen Tänzer angeradelt oder herbeispaziert und wunderten sich über Karos Begleiter. Die Jungen hatten es recht wichtig und wollten verschämt wissen, wer Birne und wo Fiona sei. Sie hatten ja keine Ahnung, dass von Birne im Wesentlichen bekannt war, dass er Leute ihres Alters und Schlags mit Vorliebe an den Haaren packte und ihr Gesicht an Hauswänden entlang rieb. Sie setzten sich selbst gebastelte Hexen- und Zottelwesenmasken auf und gruppierten sich kichernd um Birne. Er kam nicht mehr raus und spielte das lustige Spiel mit.

Karo rief die Truppe zur Ordnung, sie wollte mit der Probe beginnen und das Geschäkere beenden. »Weil die

Fiona heute nicht kann, haben wir keine Musik. Es wird also eine Trockenprobe.«

»Da hat es keinen Sinn«, sagte ein rothaariger Junge und ein anderer pflichtete ihm sofort bei.

»Hat nur Fiona die CD?«, mischte sich Birne ein.

»Nein, sie soll Keyboard spielen, und wir singen dazu. Wir können singen«, schlug Karo vor. »Lulu?«An der Tür stand Lulu. »Du warst noch nie zu spät. Wo kommst du her?«

»Kroko hat mich hergebracht, er hat erst jetzt Zeit gehabt.«

»Schön, dass du da bist. Mach mit.«

Lulu musterte angestrengt Birne, er zog einen weiten Bogen um ihn, um an seinen Platz zu gelangen.

»Hi, Lulu. Alles klar?«, fragte Birne.

»Alles klar. Muss ja. Hallo, Birne.«

»Sind wir alle? Können wir anfangen?« Karo klatschte in die Hände.

»Fiona fehlt«, sagte Lulu.

»Sie kann nicht.«

»Wo ist sie?«

»Keiner weiß es.«

»Er weiß es.« Lulu zeigte auf Birne. »Der Baba sagt, er weiß es.«

»Ich weiß es nicht. Da täuscht sich der Baba.«

»Der Baba täuscht sich nie.«

»Ich kann Gitarre spielen«, bot sich Birne an. »Habt ihr eine Gitarre hier?«

Sie hatten, und sie applaudierten Birne, bevor er den ersten Ton spielen konnte. Er stimmte und schlug den ersten Akkord an. »Noten?«

Hatten sie auch, volkstümliches Liedgut und Sakropop-Nummern.

»Die Lieder haben sie selbst ausgesucht, da ist teilweise auch Modernes dabei«, erklärte Karo. »Wieso nicht? Alte Traditionen haben auch irgendwann angefangen, dann waren sie neu, sage ich.«

Birne kannte das Zeug, ihm kamen zweifelhafte Erinnerungen hoch. Er hatte einst viel davon ertragen, um in die Nähe bestimmter Mädchen zu kommen. Mindestens die Hälfte der Jungs hier hatte er im Verdacht, nur aus genau denselben Motiven hier zu sein. Birne war kein Virtuose und nicht richtig in der Übung, aber es genügte. Lagerfeuer-Standard. Je mehr er wieder reinfand, desto begeisterter wurde sein Publikum.

»Hier bin ich.« Fiona stand am Eingang. »Tut mir leid, ich habe mich verspätet.« Sie drehten sich um zu ihr, als sei eben ein Yeti eingetreten. »Ihr habt schon angefangen? Birne, du hier?«

»Ich kam zufällig vorbei.«

Fiona nahm Karo ins Visier. »Zufällig?«

»Ja. Willst du spielen?«, fragte Birne.

»Nein, du kannst das wunderbar. Ich habe dich schon gehört. Wir bauen kein Keyboard mehr auf. Wir fangen gleich an. Wir sind spät dran. Noch mal: Tut mir leid, bei mir ist gerade einiges durcheinander.« Fiona wirkte furchtbar fertig, rot im Gesicht, ein heftiger Ausschlag plagte sie.

Ein Raunen. Birne setzte sein Spiel fort. Karo kräuselte ihre Stirn und sang dazu. Die Jungen tanzten. Durchaus peinlich, aber weil kein Fremder außer Birne da war, gab es keinen Grund, sich zu schämen. Fiona ging zwischen ihnen durch und verbesserte ihre Haltungen, zeigte ihnen, was sie immer noch bei den einzelnen Tanzschritten falsch machten. Sie war in ihrem Element.

Karo hielt sich merklich zurück. Zu Beginn hatte sie

klare Anweisungen gegeben, jetzt übernahm Fiona. Karo wanderte in eine Ecke und verschränkte die Arme. Birne wusste nicht, ob er lachen oder weinen sollte, er zupfte weiter. Die Jugend von heute war erbärmlich, aber gut drauf dabei. Mensch – Kiffen, Saufen, Ficken. Darum ging es, die Deppen, anstatt sich im Sommer zu verkleiden und Arschloch Brauchtum zu pflegen. Brauchtum ist was für Nazis.

»Ihr macht das sehr gut, ich freue mich auf heute Nachmittag. Vergesst nicht, keiner kennt die Figuren, die wir neu einstudiert haben. Keiner wird einen Fehler merken, wenn ihr euch weiterbewegt und lächelt. Immer lächeln. Ich will die Freude sehen. Danke, Birne, fürs Gitarrespielen. Wir wollen uns mit einem Lied bedanken.«

Birne hatte die jungen Menschen enthusiasmisiert. Aus voller Kehle schmetterten sie: »Von guten Mächten wunderbar geborgen«. Birne war gerührt. Fiona war gut, sie sang gut, sie sah gut aus in dem Kellerlicht des Kindergartens. Birne wünschte sich, dass die Gerüchte endlich wahr würden. Er würde seinen Sack dafür hinhalten.

Es wurden Zugaben gefordert. Jemand zog Liederhefte heraus. Birne griff sich die Klampfe und kam voll in Fahrt. Der Rost wich aus den Fingern, und sie feierten mitten am Tag ein kleines Fest. Birne im Zentrum und Zielscheibe von Karos Blicken. Bewundernd, vielleicht sogar ein bisschen neidisch. Dodo zeichnete sich als neuer Feind im Hintergrund ab.

Zwei Jungs zierten sich ein bisschen. Fiona holte sie wieder her. »Na kommt, Hans und Adam. Macht mit.«

Sie traten näher und rochen nach Rauch, sie waren kurz auf dem Klo verschwunden. »Habt ihr schon wieder geraucht, ihr Saububen?« Sie waren eine Idee zu alt, um sich so etwas von jemandem im Alter von Fiona gefallen lassen zu müssen. Sie senkten beschämt ihre Köpfe. »Birne, die haben es faustdick hinter den Ohren. Bei denen musst du aufpassen.«

»Mach ich, Fiona, mach ich. Ich war selbst mal in dem Alter. Ich kenne die Tricks.«

Sie wollten nun »Skandal im Sperrbezirk« singen, Birne spielte mit. Karo genierte sich, das Wort »Nutten« zu singen, sie drückte sich. Birne schaute auffordernd zu ihr herüber, doch sie drehte sich verschämt weg.

Obwohl die Stimmung kaum zu toppen war, schickte Karo das Jungvolk unvermittelt weg. Es sei Zeit. Sie gingen unter Protest. Birne musste versprechen, auf jeden Fall wiederzukommen, damit sie sich überhaupt von ihm trennten. Nur Lulu blieb am Eingang stehen und schaute verlegen zu Birne, Fiona und Karo rüber. Er wartete offensichtlich auf jemanden, der ihn abholen sollte.

»Gut so, du kannst es mit den Jugendlichen«, sagte Fiona.

»Ich habe so etwas bis jetzt nie gemacht.« Birne hatte normalerweise mit anderen Jugendlichen zu tun. Die begegneten ihm mit gesundem Misstrauen, weil er von der Polizei war und sie Polizei hassten, weil Polizei sie nicht anstellen ließ, was sie eigentlich wollten. Birnes Job. Keiner wollte seine Probleme sehen oder ihn verstehen. Für die anderen war er der, der den ersten Schlag ausgeführt hatte. Keinen interessierte, was wirklich passiert war.

Diese Jungen und Mädels waren gut. Sie waren vor allem gut zu ihm; sie wussten nichts von ihm, für sie konnte er bei null anfangen. Er würde bei null anfangen. Chancen über Chancen lagen hier überall für ihn bereit. Zulangen.

»Du bist ein Naturtalent«, lobte ihn Karo, als ob es noch nicht genug wäre. Birnes Ego wuchs und wuchs, und ihre folgenden Worte verstand er kaum, weil sie weit entfernt klangen aus der Höhe. »Dürfen wir dich auf ein Eis einladen, sozusagen als Gage?«, schlug Fiona vor und zu Karo sagte sie: »Ich bin stolz, das haben wir gut hinbekommen, wir zwei.«

»Dass du überhaupt noch gekommen bist«, antwortete Karo verstimmt.

»Warum soll ich denn nicht kommen?«

»Du bist nicht mehr hier. Wir sind dir nicht mehr gut genug.«

»Ich bin hier, das ist eine Sache zwischen Didi und mir. Mit euch hat es nichts zu tun. Ich bleibe die Alte.«

»Das kannst du mir nicht erzählen.«

»Karo, du bist meine Freundin.«

»Geschiedene dürfen nicht in einem katholischen Kindergarten arbeiten, du musst weg.«

»So weit sind wir nicht.«

»Heißt das, du kommst zurück zu ihm?«

»Nein, garantiert nicht.«

In der Bäckerei verkauften sie Eis, es war nicht weit. Sie gingen zu Fuß und schwiegen. Fiona drehte sich um. Lulu folgte ihnen in einem sicheren Abstand.

»Lulu, warum gehst du nicht nach Hause? Wir sind fertig mit der Probe.«

»Kroko soll mich abholen.«

»Du wartest?«

»Ja, darf ich mit?«

»Natürlich.«

Lulu holte auf und drängte sich neben Birne, er wich ihm nicht von der Seite. »Du bist ein guter Mensch. Woher kannst du so gut Gitarre?«

»Ich kann es gar nicht besonders gut.«

»Doch,« widersprach Fiona. »Sieht so aus, als ob du einen neuen Fan hättest, noch einen.«

Sie kauften Lulu auch ein Eis. Vor dem Laden standen ein paar Plastikstühle, der Verkehr rauschte vorbei, sie konnten sich beim Unterhalten kaum verstehen, aber sie verstanden sich auch so. Lulu starrte Birne an, und Birne starrte Fiona an. Es geschah um ihn. Sie saßen und aßen gut. Karo fragte, ob er sich vorstellen könne, auch bei der Aufführung mitzuspielen, um auch mal wieder beachtet zu werden. Birne dachte: Integration. Wieso nicht? Wenn ich schon gefragt werde.

»Was ist mit Fiona?«

»Frag sie doch. Sie kann gern auch Keyboard spielen, wenn sie nichts Besseres vorhat.«

»Birne, Birne«, forderte Lulu lautstark.

»Na dann«, sagte Fiona. »Soll er spielen. Bitte.« Sie wirkte ein bisschen beleidigt. Spontan alles Geprobte umzuwerfen, passte ihr nicht.

»Mit mir hat sie jedenfalls nichts vor«, sagte Birne. »Zeit zu kommen hätte sie.«

»Das wusste ich, wenn ich es auch nicht verstehe«, meinte Karo.

»Wie bitte?«

»Ich an ihrer Stelle hätte dich nicht in Ruhe gelassen, wenn ich schon mal die Ehre gehabt hätte, bei dir übernachten zu dürfen.«

Es wäre jetzt nicht mehr nötig gewesen, dass ein Auto hielte, jemand mit einem Koffer und einer Million Euro darin ausstiege und Birne in die Hand drückte. Nichts dergleichen geschah, um bei den Fakten zu bleiben. Die schlechte Laune war auch ohne Geldsegen schon weg.

»Versteh mich nicht falsch: Ich habe einen Freund. Der würde dir die Eier rausreißen, wenn er uns hier sehen würde. Wobei: Vielleicht mache ich bald Schluss«, stellte Karo klar.

»Hat dich die Fiona auf die Idee gebracht?«

»Dazu brauche ich keine Fiona. Sag mal, säufst auch immer so wie diese Typen?«

»Nein«, log Birne.

»Damit komme ich nicht zurecht. Tut mir leid. Was soll denn das? Immer blau und wenn nicht, vor den anderen rumprahlen, wie viel man noch saufen kann.«

»Oben immer noch voll reinschütten, dafür kommt unten immer weniger raus«, pflichtete Fiona bei.

»Sie können es nicht verkraften, dass sie keine 20 mehr sind«, meinte Karo. »Sie saufen ihrer Jugend hinterher. Die gehen kaputt.«

»Und ich geh weg, damit sie merken, dass es nicht immer so weiter geht.«

Birne trank aus anderen Gründen und in Zukunft viel weniger, das schwor er sich. Vielleicht ganz auf Alkohol verzichten. Und dann gleich kein Fleisch mehr? Nur noch kaltes, klares Quellwassser?

»Gibst du mir deine Handy-Nummer?«, fragte ihn Karo.

Gar keine Frage.

»Hey, will mich da jemand eifersüchtig machen?«, fragte Fiona. Keiner hörte sie, weil ein großer LKW vorbeifuhr. Fiona kreischte.

»Was ist passiert?«, wollte Birne wissen

»Mein Eis.« Es war ihr ein Tropfen auf die Brust geraten, der langsam in der Sonne zum Rand ihres Ausschnitts glitt. »Hilfst du mir? Ich habe nur dieses Kleid für heute.«

Birne langte hin, den Vorsatz gleich in die Tat umsetzend, und wischte ihr das Eis weg. Birne wurde ganz schwindlig. Er verstand seine eigene Lebensmüdigkeit der vergangenen Tage gar nicht mehr, wie er sich so über Fionas Brust beugte und ihr so nahe kam, dass er ihr das geschmolzene Eis mit der Zunge hätte weglecken können. Karo räusperte sich, und Fiona schob Birne weg. »Danke. Aber übertreibe es nicht. Wir sind nicht allein, und ich bin verheiratet. Vergiss das nicht.«

Birne biss in sein Eis. Er hatte es im Griff, kein Tropfen ging daneben.

»Lulu!« Kroko brüllte von der anderen Straßenseite herüber.

Lulu zuckte ertappt zusammen: »Wir haben noch Eis gegessen.«

Kroko kam zu ihnen her. »Lustige Runde. Grüß euch.«

»Willst du dich zu uns setzen?«, fragte Fiona kokett.

»Nein. Ich habe gar keine Zeit. Ich wollte Lulu am Kindergarten abholen, ich suche ihn schon.«

»Tut mir leid, wir haben ihn mitgenommen.«

»Dann klappt es?«

»Einwandfrei. Dank Birne. Er spielt Gitarre.«

»Birne, das Wunderobst. Gibt es etwas, das du nicht fertig bringst?«

»Hör es dir erst mal an.«

»Mal sehen.«

»Du musst kommen, ihr müsst alle kommen«, forderte Karo.

»Du bist mit Dodo zusammen und nicht mit uns anderen. Ich schau mal. Schließlich will ich Lulu nicht verpassen.«

»Au ja, Kroko, du musst zuschauen. Birne spielt so geil Gitarre. Marmor Stein und Eisen bricht. Der ist nicht so böse, wie ihr sagt.«

»Nur unsere Liebe nicht – man könnte fast lachen, wenn es nicht so traurig wäre.« Er nahm Lulu mit sich.

»Es ist toll, was der Kroko alles leistet«, meinte Karo.

»Manch einer leidet auch drunter«, fügte Fiona hinzu.

»Die wären alle in Ordnung, wenn sie ihre blöden Wölfe nicht hätten.«

»Es sind nicht nur die Wölfe, das steckt tiefer in ihnen drin.«

»Ich finde es trotzdem schwach, einfach abzuhauen.«

Karo musste nun auch schon los. Birne versprach ihr, sich zu melden. Sie brauche ihn wahrscheinlich noch. »Wir sehen uns später.«

»Ich gehe auch«, sagte Fiona.

»Schade. Wo bist du?«

»Gut untergebracht, Birne. Mach dir um mich keine Sorgen.«

Sie verschwand. Birne ließ sie ziehen. Nichts musste, alles konnte.

FEIERN

Die Straßen wirkten wie leer gefegt. Wo sich sonst eine nicht endende Schlange aus Blechleibern voranschob, herrschte Öde. Das stetige Rauschen der Motoren und Reifen war verstummt und hinterließ ein akustisches Vakuum. Nicht einmal ein Vogel sang, keine Grille zirpte. Der Wind fuhr durch die Wipfel der Bäume, die die Straße säumten. Birne hörte seine Schritte auf dem Asphalt. Hohl blickten anonym die mit Vorhängen verhüllten Fenster zu ihm. Sie waren alle beim Fest – die, die sich dorthin nicht trauten, trauten sich erst recht nicht, sich im Garten oder am Fenster zu zeigen.

Es würde heiß werden, die Menge würde Durst bekommen. Die Sonne würde sich heute ihr Bier holen, es aus den Schweißporen der Menschen heraussaugen, und die würden fraglos gnadenlos nachschütten.

Es gab Kaffee und Kuchen. Vor Kaffee und Kuchen hatte Birne Angst. Veranstaltungen mit Kaffee und Kuchen waren potenziell unerträglich langweilig. An einem Nachmittag mit Kaffee und Kuchen würde sich eines Tages die Zeit dehnen und dehnen bis in die Unendlichkeit, und alle Anwesenden wären gefangen in der Unendlichkeit, und nichts, absolut nichts würde ihnen je wieder heraushelfen, nicht einmal wenn sie anfingen, anstatt des Kuchens sich selbst aufzufressen. Wie vermessen würden sie ihre Wünsche nennen, von Vampiren gebissen zu werden und bis in alle Ewigkeit *leben* zu können.

Irgendwo würde es aber immer Bier geben, diesen magischen Zeitverkürzer. Birne kaufte Radler für den Einstieg und gegen den Durst.

Er erblickte Viktor, der mit Mitgliedern des Pfarrgemeinderats emsig damit beschäftigt war, zusätzliche Bierbänke und -tische aufzuklappen. Keiner hätte gedacht, dass der Andrang schon am Nachmittag so groß sein würde. Birne reihte sich ein und half nach Kräften. Viktor stellte ihn beim Aufklappen den anderen vor als: »Birne, neu im Dorf, aber 'n guter Mann.« Sie nickten ihm zu und vollendeten ihr Werk flott.

Viktor steckte sich eine Zigarette an und atmete tief durch.

»Alles in Ordnung?«

»Birne, ich sage dir, ich organisiere so etwas nie mehr. Jeder kommt und will was. Es fehlt nur noch, dass das Klopapier im Klowagen ausgeht und ich danach auch noch springen muss. Vorhin hat die Blaskapelle gespielt, und wie sie fertig waren, haben sie keine Weißwürste mehr bekommen, weil die Gäste sie alle aufgefressen haben. Da konnte ich dann noch mal losfahren und neue holen. Wahnsinn.«

»Rauch erst mal.«

Und doch trübte etwas Viktors Stimmung. Er war aufgeregt wie ein Kommunionbub.

»Du wirst Fiona wiedersehen, nachher tanzt die Jugendgruppe«, versuchte ihn Birne aufzuheitern.

»Ich hoffe, dass keiner von den Wölfen vor abends auftaucht. Dann ist sie hoffentlich schon weg.«

»Sie werden sich zusammenreißen, wenn Leute da sind.«

»Die Leute sind scharf auf das Spektakel. Wenn sich da was täte, eine öffentliche Szene, Watschen, Geschrei. Die würden applaudieren.«

»Du solltest eher Angst vor dem haben, das passiert, wenn keiner zuschaut.«

»Sie ist nicht da. Ich sehe sie nirgends«, bemerkte Viktor

»Cool bleiben. Sie wird kommen.«

»Die Wölfe sind nicht da.«

»Da drüben ist Karo.«

Birne ging rüber, Viktor musste sich um etwas anderes kümmern. Es gebe Probleme mit einem Mikrofon.

»Nein«, sagte sie kühl. »Ich habe sie nicht gesehen.« Sie war auch nervös.

»Ich könnt eine CD mit Playback nehmen, wenn ihr wollt. Das klingt besser, voller als die Gitarre.«

»Bist du aufgeregt, Birne?«

»Und wie. Ich war gerade zum dritten Mal auf dem Klo.«

»Trink weniger Radler, das treibt.«

»Birne soll spielen.« Lulu war auch schon da. Kroko war nirgends zu sehen.

»Ja, genau«, pflichteten ihm die anderen bei, die sich schon um Karo und Birne sammelten.

Karo rieb sich die Hände. Jetzt die Mitspieler bei Laune halten. Birne zupfte ein paar Akkorde, einige aus dem Feierpublikum drehten sich um. Sie sahen ihn und wollten hören. Birne wurde unruhig. Er war fühlte sich nicht wohl auf dem Instrument vor so vielen Leuten.

»Kommt Fiona?«

»Ich habe keine Ahnung, sieht fast so aus, als ließe sie mich hängen. Erst ihren Mann, dann mich. Kann ich alles allein machen. Danke, Fiona.« Birne fand Karos enorme Aufgeregtheit süß.

»Ich bin da.«

»Bist du nur wegen Fiona gekommen?«

»Nein, ich habe mir gedacht: Jetzt haben wir schon zusammen geprobt, jetzt spielen wir es auch. Was ist mit Dodo? Hast du ihn gesehen?«

»Ich rate ihm dringend herzukommen. Da hast du einen Freund, dann geht er nicht her. Der wird was erleben, was noch keiner von den Wölfen erlebt hat. Ein Sturm wird da kommen, und der wird ihre blöde Hütte im Wald wegblasen.«

Birne entdeckte seinen dicken Kopf am Kuchenbuffet. Er lud auf. Zumindest war er da.

»Machst du dir keine Sorgen um Fiona? Didi kann ziemlich sauer werden«, fragte Birne.

»Lächerlich. Sie ist so unglaublich egoistisch. Ich wäre ehrlich gesagt froh, wenn ich sie nicht mehr sehen müsste. Wir müssen dann.«

Viktor trat auf eine Holzbühne vor ein Mikrofon. Er klopfte drauf, es pfiff durch das Zelt. Man hörte ihn sagen: »Ist es jetzt an? Dann sag ich jetzt was.«

Erst jetzt wendete er sich dem Publikum zu, er räusperte sich: »Also, Grüß Gott. Vorhin hat ja schon der Landrat gesprochen, und nun darf ich in Vertretung des ersten den zweiten Bürgermeister, den Ignaz Bischoff, ankündigen. Vielen Dank.«

Die Leute drehten müde ihre Köpfe zu der Bühne. Die Lust auf lange Reden hielt sich in Grenzen. Gigi strich sich seinen Musikantenanzug glatt und ging hoch.

»Ist an?«, fragte er durch Mikro. War an, konnten alle hören. »Kann man mich jetzt hören?«

»Fang endlich an, dass eine Ruhe ist«, rief ein Ungeduldiger aus dem Publikum.

Die meisten trieben sich draußen rum wegen der Hitze, die wenigen im Inneren hatten rote Köpfe vom Saufen und hätten eher ein Bett oder eine Infusion als eine Rede gebraucht.

»Liebe Bewohner, liebe Bewohnerinnen, liebe Gästinnen und Gäste von Ödertshofen. Danke, dass der Gigi hier stehen und zu euch sprechen darf. Danke, denn es ist Gigis Heimat. Was ist Heimat? Heimat ist hier, und hier ist da, wo der Gigi ist, wo der Gigi Gigi sein kann und sich wohlfühlen darf. Aber Heimat ist kein Zustand, der immer bleibt, so wie die Gemütlichkeit. Für die Gemütlichkeit muss man arbeiten, dass man abends hinhocken kann und eine Halbe Bier und eine Brotzeit zu sich nehmen kann, dann fühlt es sich an wie Heimat. Heimat geht, wenn man sich nicht darum bemüht. Heimat muss gestaltet werden, Heimat muss man sich erarbeiten. Und darum stehen der Gigi und der Viktor heute hier oben und ihr sitzt hier unten, dass wir die Heimat feiern und morgen räumen wir wieder auf und dann arbeiten wir wieder an ihr. Oder?«

Die Leute klatschten.

»Deshalb erhebt der Gigi nun sein Glas: Auf die Heimat.«

Der Gigi ging wieder runter und winkte den Menschen, er stürzte sich auf den nächstbesten Tisch und fragte die dort, was sie trinken wollten. Heimat hieß auch spendieren.

Viktor sprach schon wieder, keiner hörte ihn, weil irgendetwas mit dem Mikrofon nicht stimmte.

»Das Mikrofon geht nicht.«

Viktor suchte nach dem Problem, es musste einer kommen, und zu zweit schafften sie es.

»Geht's jetzt?«

»Zu laut.«

Viktor war dran: »Danke, Gigi, für die erbauenden Wort, ohne erbauende Worte ist es halt nur ein halbes Fest. Es kommt auch schon das nächste Highlight: Unsere Jugendlichen haben einen Volkstanz einstudiert, den unsere Kindergärtnerinnen anleiten. Er mischt verschiedene Kostüme und Anlässe bei neuer und alter Musik zu einem noch die dagewesenen Volkstanzevent. Vielen Dank und viel Applaus. Bühne frei, sag ich.«

Sie klatschten wenig begeistert. Fiona kam noch im letzten Moment. Sie bahnte sich einen Weg durchs Zelt. Lulu winkte ihr und lief ihr entgegen. Sie umarmten sich, und Fiona führte Lulu und einen anderen Knaben auf die Bühne, die anderen folgten. Birne schlich sich ganz hinten in die letzte Reihe, damit man wenig von ihm sah. Hinter Fiona kamen nun nach und nach immer mehr von draußen herein. Von Fiona versprachen sie sich eine Show. Das gefallene Mädchen kehrte zurück und traute sich auf die Bühne. Es musste mit dem Teufel zugehen, wenn nicht irgendwas vorfallen würde. Hunderte Augen richteten sich nun nach vorne. Es herrschte absolute Stille. Karo suchte Birne und zog ihn nach vorne. Birne weigerte sich erst, sah dann ein, dass es keinen Sinn hatte. Einige klatschten auch, als er vorne saß. Die Menge wollte jetzt klatschen, und sie hatten etwas abzuliefern, dass sie klatschen konnten, sonst würde es krachen.

»Spiel mal was«, sagte Karo.

Birne spielte einen C-Dur-Akkord, bis jemand rief: »Zu leise.«

Fiona schrie: »Viktor, zu leise.«

Birne sagte leise: »Passt schon.«

Viktor eilte nach vorne und wurstelte am Mikroständer rum. Das sah umständlich aus und funktionierte schlecht. Birne saß regungslos. Alle warteten gespannt.

Karo begab sich neben Fiona. »Bist du doch noch gekommen?«

»Natürlich. Ich will doch dabei sein bei unserem großen Auftritt.«

»Hast du so lange vor dem Spiegel gebraucht? Du siehst aus wie eine Nutte.« Da hatte Karo absolut nicht recht – Fiona sah großartig aus. Birne wagte es kaum, sie anzusehen, aus Angst, dann gar nicht mehr spielen zu können.

»Spiel mal«, sagte Viktor. Birne spielte. Es war furchtbar laut. Man hörte jeden Ton und jeden Verspieler. Birne wäre gerne auf der Stelle gestorben.

»Ich leg noch ein bisschen Hall drauf«, schlug Viktor vor.

»Passt schon«, sagte Birne. Die Gitarre war höllisch verstimmt. Irgendjemand musste sich drauf gesetzt haben, seit sie vorhin geprobt hatten.

»Bereit?« Fiona trat vor die Gruppe. Karo stellte sich abseits auf. Fiona vorn, um den Triumph allein einzusacken. Es war zum Heulen.

Die Jugendlichen setzten sich Masken auf, die Mädchen wurden zu wüsten Hexen mit Stroh- und Blumengesichtern, Fabelwesen, halb Mensch, halb Pflanzen. Sie hatten Stoffreste zu bunten Kleidern zusammengenäht. Die Buben gegenüber warfen sich dicke Felle über, auf denen sie zahlreiche Hörner befestigt hatten. Höllisch heiß bei dieser Temperatur. Sie sahen aus wie Teufel, die direkt aus den Tiefen der Hölle gekommen waren, um sich mit den Feen des Waldes und der Wiese zu vermählen. Sehr mystisch.

Die beiden Gruppen stellten sich gegenüber auf und begannen im Takt mit den Füßen zu stampfen. Birne stieg im Rhythmus ein, er spielte einen einzigen Akkord. Es klang brutal mit dem verstimmten Instrument, verfehlte jedoch nicht seine Wirkung. Männchen und Weibchen gingen aufeinander zu, vermischten sich, drehten sich, summten eine Melodie, landeten bei »Nanana heyheyhey«. Im Publikum klatschten die ersten mit. Die Unsicherheit bei den Tänzern wich. Sie warfen die Arme in die Luft, wirbelten umeinander, grölten die einfache Melodie, bis alle, ohne Ausnahme, mit einfielen.

Birne schrammelte begeistert mit. Man konnte ihn im Lärm nicht mehr hören. Er konnte sich zu einem Lachen durchringen und blickte ins Volk. Hier war Stimmung, allein Gigi saß mürrisch dreinblickend vor einer Maß Bier. Keine Gemütlichkeit, keine Heimat, nirgendwo.

Der erste, der auf eine Bank sprang und mittanzte, war interessanterweise Baba, er riss seinen Bruder mit hoch.

»Baba«, schrie Lulu und sprang über den Bühnenrand auf den ersten Tisch und über die weiteren auf Baba zu. Sie umarmten sich. Es gab kein Halten mehr. Alle stiegen auf die Tische und tanzten, sie enterten die Bühne und die Jugendlichen kamen runter und mischten sich unters Volk.

Nach zehn Minuten war der Spuk wieder vorbei. Fiona gab das Zeichen zum Ende. Alle begaben sich diszipliniert zurück auf ihren Platz und spendeten artig Beifall.

Viktor ergriff das Mikrofon. »Danke, Fiona, danke Karo. Ihr beweist, wie lebendig Brauchtum auch heute noch sein kann und wie sehr es heutzutage die Menschen aus dem Häuschen bringen kann.«

Fiona bat um das Mikrofon. »Wir hätten das alles nicht geschafft, wäre nicht in letzter Minute noch unser Freund Birne als Retter in der Not und Gitarrist eingesprungen. Danke, Birne.«

Birne stand auf und verbeugte sich. Das Publikum war gespalten. Die einen klatschten enthusiastisch, andere buhten und riefen: »Geh wichsen!«

Birne tapste unbeholfen von der Bühne, die Akteure verstreuten sich schnell, gingen zu ihren Verwandten oder Bekannten, Birne blieb allein, er hatte niemanden.

»Hock dich her«, brüllte es links vor ihm.

Birne erschrak, da saß Baba vor einem Maßkrug, und es bestand kein Zweifel daran, dass er ihn meinte.

»Muss pissen«, sagte Birne und hielt sich seine rechte Hand an den Sack, um seine Absicht über den Betriebslärm zu verdeutlichen.

»Hock dich her, Bub«, forderte Baba nach, sein Bruder neben ihm nickte kräftig.

Birne wurde von hinten geschoben. Lulu hatte ihn gepackt. »Komm, er zahlt uns eine Maß.«

Sie landeten vor Baba, der schnell zur Seite rückte und ihnen auf seiner Bank Platz machte. Er stank nach Mentholschnupftabak und bot ihnen davon an. Birne lehnte ab, Lulu nahm an und nieste einen schönen gelbgrünen Batzen auf Birnes Unterarm.

»Prima habt ihr das gemacht. Prima. Ich zahl euch eine Maß.«

Birne konnte nicht weg, das Bier perlte vor seiner Nase. Lulu zog schon an. Baba hob seinen Krug und sie stießen an, Babas Bruder auch. »Nix für ungut.«

Ach wo. Gestern standen sie sich noch mit dem Schweißgerät gegenüber, heute soffen sie zusammen. Man war hier nicht nachtragend. Hatte Birne vor, mit der Nachtragerei anzufangen? Nachdem man ihm eine Maß spendiert hatte? Das ungute Gefühl allerdings ließ sich nicht so schnell wegspendieren.

»Ich finde das großartig, dass ihr euch um den Lulu kümmert, der würde uns sonst verkümmern«, lobte Baba.

»Passt schon.«

»Eben. Der Lulu ist in Wirklichkeit ein feiner Kerl. Gell,

Bub.« Wieder anstoßen. »Einen mit so einem Charakter findest du so schnell nicht noch mal. Apropos Charakter: Weißt du, dass wir früher die besten Freunde waren, dein Onkel Tata und wir zwei?«

»Großonkel.«

»Ja, Großonkel. So schnell vergeht die Zeit. An euch Jungen merke ich es.«

»Ich bin nicht mehr jung.«

»Der Didi ist auch schon 30. Und jetzt ist ihm das Weib weg. Der findet keine mehr.«

»Der findet sicher eine, heute Nacht schon liegt er nicht mehr allein.«

»Der soll die Finger von denen lassen, Drecksweiber. Hast du nur Dreck mit denen. Die Dada war am Schluss auch nicht mehr ganz sauber.«

»Ich habe sie am Schluss nicht mehr erlebt.«

»Sei froh. Zuerst ist ihr der Tata gestorben. Armer Kerl. Ist die Treppe runtergefallen.«

»Hab ich gehört.«

»Hast du so gehört? Oder hast du gehört, dass sie ihn runter geschmissen hat?

»Was stimmt denn?«

»Was weiß denn ich? Ich weiß alles, wir wissen alles. Wir waren nämlich dabei. Auf jeden Fall war sie scheißfreundlich zu uns, wie er weg war. Hatte sie ein schlechtes Gewissen, oder war sie geil auf einen von uns zwei? Ich weiß es nicht.«

War die Frage ernst gemeint? Birne wusste die Antwort jedenfalls. Sie hatte ein schlechtes Gewissen, wahrscheinlich hat in der Geschichte der Menschheit nie jemand ein schlechteres Gewissen besessen. Warum hatte sie ein schlechtes Gewissen?

Baba laberte weiter in sein Bier hinein: »Dann hat sie

uns rausgeschmissen von einem Tag auf den anderen. Wie Hunde hat sie uns auf die Straße gejagt. Macht man so was?«

»Kommt drauf an. Was habt ihr angestellt?«

»Nichts.«

»Wirklich? Habt ihr sie nicht mal heimgesucht in der Nacht? So kurz vorbeigeschaut?«

»Ach so. Das meinst du? Nein, Bubi, lass dir nichts erzählen. Ein bisschen erschrecken. Ein Spaß. Verstehst du überhaupt einen Spaß?«

»Klar. Ich bin der König vom Humor.«

»Na, dann muss ich dir ja nichts mehr sagen. Aber die Dada hat nicht mehr alle Eier in der Tasse gehabt.«

»Eier?«

»Wie man halt so sagt. Die hat das Rauschgift kaputt gemacht.«

»Rauschgift?!«

»Ja, ja, da war sie schwer drin, die arme Dada.«

Das war neu für Birne, das überraschte ihn. Aber es passte irgendwie. Dieser Tee, den er hatte trinken dürfen, wenn es ihm nicht gut ging. »Ich muss weiter«, log er. Viktor hatte Bargeld gefunden, Tata hatte nachts seine Spielschulden beglichen. Seine Tante Dada musste schwer angebaut haben, weit über den Eigenbedarf hinaus. Nicht schlecht.

»Mach's gut.«

»Mach's besser.«

Baba lachte »Der König vom Humor.«

»Sie haben sich versöhnt.« Der Pfarrer stand neben Birne auf dem Klo. »Schön.«

»So.« Mehr sagte Birne nie auf dem Klo, mehr wäre unanständig.

Der Pfarrer wusch sich die Hände und trocknete sie sich an Papierhandtüchern. »Sie kommen gut an.«

»Man tut, was man kann.« Birne war weg von der Schüssel, er erlaubte sich, wieder mehr zu sagen.

»Ich würde Sie gerne in der Kirche sehen. Wir sind hocherfreut über Leute wie Sie.«

»Ich komme gern, Herr Pfarrer.«

KAFFEEKUCHEN

Birne suchte sich den Weg zurück ins Zelt. Er schlenderte an einem Süßwarenstand und einem einsamen Karussell vorbei. Abgesehen von hartnäckigen Kindern wenig los. Es war heiß, und jetzt fang nicht wieder mit dem Wetter an. Im Inneren wurde Kaffee getrunken und das Kuchenbuffet geplündert. Birne hatte weder auf das eine noch auf das andere Lust. Da saß Fiona in aller Unschuld ungefähr in der Mitte des Zeltes. Sie war nicht allein. Viktor war bei ihr. Als er Birne herankommen sah, freute er sich. Er stupste Fiona auf die Schulter und zeigte auf Birne. Sie winkte fröhlich.

»Das ist nett, dass du dich zu uns setzt«, sagte Viktor. »Hier, für dich.« Er streckte ihm Papierfetzen hin – Freimarken für Getränk und Kuchen. »Hol dir was.«

»Hast du einen Moment Ruhe?«, fragte Birne.

»Ja, jetzt läuft es. Ich hole uns was. Habt ihr Lust auf einen Apfelkuchen?«, sagte Viktor und schlurfte gebückt davon, als sie bejahten.

Fiona blickte Viktor nach. »Ihm geht es gar nicht so gut. Er ist traurig, er vermisst seinen Hund. Er ist heute noch nicht aufgetaucht. Jetzt hat er Angst, dass ihn ein Vollprolet im Suff überfahren hat.«

»Armer Viktor.« Birne setzte sich neben Fiona. »Darf ich?«

»Klar, Birne. Du siehst auch fertig aus.«

»Bin ich auch, Fiona«, sagte der Vollprolet Birne. »Entschuldige, und du bist rot im Gesicht. Hat dich jemand geschlagen?«

Fiona lachte. »Nein. Wie kommst du darauf? Wer soll mich schlagen? Ich habe das manchmal. Irgendeine Lebensmittelunverträglichkeit, schlägt sich sofort im Gesicht bei mir nieder. Hihi. Schlagen. Wie geht es deinen Mardern?«

»Nicht gut. Sie werden es nicht schaffen.«

»Schade.«

»Das sind keine Haustiere, und ich kann mich nicht kümmern.«

»Die Zeit.«

»Ich bräuchte eine Frau.«

»Das täte dir gut, Birne.«

»Du warst einfach weg.«

»Wie bitte? Du warst nicht da. Lässt mich da einfach auf deinem Sofa liegen. Was sollen denn die Leute denken?«

»Ich war Semmeln holen.«

»Süß.«

»Die Leute denken sich genug. Hör mir auf. Die haben mir die Bude verwüstet.«

»Wie bitte?«

»Der Didi und seine Kumpels waren bei mir und haben mir die Einrichtung zerschlagen.«

»Ich höre wohl nicht recht. Bei dem tickt es nicht mehr in der Birne. Oh, sorry. Der führt sich auf, als hätte ihm einer die Männlichkeit entfernt. Ich werde mit ihm reden, der wird Ohren machen.«

»Du sprichst noch mit ihm?«

»Natürlich. Es ist noch genügend Zeug von mir im Haus. Das muss ich holen. Erst gestern war ich dort. Er hat sich aufgeführt und ein Drama veranstaltet, auf den Knien ist er vor mir herumgerutscht. Ich habe ihm gesagt, dass ich wiederkomme, wenn er sich ein bisschen beruhigt hat. Der Knalldepp.«

»Du warst gestern bei ihm?«

»Nicht lange. Wir haben laut diskutiert. Ja. Dann wollte er weg. Wahrscheinlich heulen. Da geniert er sich vor mir.«

»Ich war auch bei ihm.«

»Nein.«

»Er hat mein Auto abgeholt.«

»Ihr seid Freunde auf einmal?«

»Ein bisschen, ich weiß nicht.«

»Didi und ich wollten auch Freunde bleiben.«

»Die Leute meinen immer noch, dass wir was miteinander gehabt haben«, sagte Birne. »Das könntest du bei Gelegenheit klar stellen.«

Fiona prustete los, sodass Birne ein wenig beleidigt wurde. Ganz abwegig war es nun auch wieder nicht.

»Offensichtlich war dir die Pension Birne nicht gut genug.«

Viktor kam zurück. Drei Teller Apfelkuchen, er reichte zwei weiter. »Danke.« Birne musste zugeben, dass der Stoff nicht schlecht war.

»Die Leute reden gleich. Ich will nicht wissen, was sie über uns sagen, Viktor«, meinte Fiona, sodass Viktor grinsen musste.

»Ich wäre dir jedenfalls dankbar, wenn du das in Ordnung bringen könntest. Ich will nicht noch einmal mit dieser Familie in Konflikt kommen.«

»Du hast dich vorher so intensiv mit Baba und Jojo unterhalten. Deine neuen Freunde. Willkommen in Ödertshofen. Wobei die zwei ja ganz witzig sind, wenn sie was getrunken haben. Wenn man ihnen ohne Vorwarnung begegnet, kann es aber schon sein, dass einen ihr Humor etwas durcheinander bringt.«

»Ein bisschen durcheinander? Wir haben uns gestern schon getroffen. Da haben sie mich mit Kabelbindern gefesselt und wollten mir die Eier mit einem Schweißgerät abbrennen.«

Fiona lachte zu Birnes Entsetzen. »Typisch. Das passt zu denen. Einmal haben sie die Oma zum Metzger geschickt, Leberkässemmeln holen. Wie sie zurückkommt, haben sie aus einer Semmel den Leberkäs rausgefressen und eine tote Ratte hineingelegt und sie der Oma gezeigt. Die arme alte Frau ist mit der Rattensemmel zurück in den Laden und hat sich vor der versammelten Kundschaft beschwert. Sie sieht fast nichts mehr. Und die zwei Deppen haben sich einen abgelacht.«

Viktor amüsierte sich auch, den Umständen entsprechend. Er vergaß seinen Hund kurzzeitig. »Oder weißt du noch, wie sie den Lulu, wie er besoffen war, nackt ausgezogen und auf den Misthaufen gelegt haben. Der hat nichts mitgekriegt im Rausch. Erst am nächsten Tag, wie er seine Sachen gesucht hat. Da haben alle schon die Vogelscheuche gesehen, die sie auf dem Marktplatz aufgestellt haben, mit seinen Kleidern und dem Schild dazu: Luitpold I, König von Ödertshofen.«

Wie witzig. Viktor und Fiona kriegten sich kaum mehr ein. Als Erste fand Fiona wieder zu sich: »Mit denen zusammenzuleben ist nicht so einfach. Das heißt nicht, dass ich noch mit Didi zusammen wäre, wenn wir woanders hingebaut hätten.«

»Der Birne ist ganz schockiert. Wir müssen aufhören, sonst hält er uns für verrückt.«

Damit hatte Viktor nicht unrecht. »Dann meint ihr, die hätten mir die Eier gar nicht weggebrannt, die hätten am Schluss gelacht und mir eine Halbe angeboten und alle wären lustig gewesen? Sorry, das hat in dem Moment nicht so ausgesehen.«

»Ich weiß gar nicht, ob da viel zum Wegbrennen gewesen wäre«, sagte Fiona, und Birne nahm sich vor, dass die nächste Begegnung, bei der sie zu zweit waren, anders ablaufen würde.

»Da kommt ja einer der Übeltäter. Na warte, der kriegt jetzt was zu hören.« Fiona winkte Kroko, der zufällig mit zwei Maßkrügen voller Bier in der Hand vorbeiflanierte.

»Bist du allein da?«, fragte sie ihn.

»Ist nicht verboten, oder?«

»Deswegen auch nur zwei Maßen. Willst du dich zu uns setzen?«

»Mir ist absolut nicht nach euch, besonders nicht nach dir, Fiona.«

»Gut, dass wenigstens du perfekt bist, Kroko. Wirf den ersten Stein.«

»Jeder baut mal einen Scheiß, Fiona, aber was du getrieben hast, war eindeutig zu viel. Frag, wen du willst, das sagt jeder.«

»Gut. Sag mal, Viktor, findest du es so schlimm?«

»Passt schon, Fiona, passt schon.«

»Ist klar, dass der das sagt, das ist der kleinste von allen.«

»Was soll bitte das heißen?« Viktor baute sich vor Kroko auf. Er überragte ihn um einen halben Kopf.

Kroko schien wenig beeindruckt. Er stellte seine Krüge auf den Tisch und bellte zum Größeren hinauf. »Blas dich auf. Du bist ein Niemand. Schau doch auf deinen Köter.«

»Was ist mit dem?«

»Weißt du, ein Hund stammt vom Wolf ab, und Wölfe leben im Rudel, sie brauchen einen Führer, sonst gehen sie ein. Allein sind sie zu schwach. Viktor, du bist zu schwach, du bist kein Führer. Deiner haut immer ab. Der hat keinen Respekt vor dir. Du bist kein Leader.«

»Was hast du mit meinem Hund getan?«

»Mit deinem Hund? Wo ist der überhaupt? Scheißt er wieder irgendwo hin?«

»Hast du ihm was angetan?« Viktor holte aus.

Kroko duckte sich. »Ist er weg? Hat ihn am Ende endlich einer überfahren? Armes Wauzi.«

»Das büßt du, das schwöre ich dir.«

»Ich scheiß gleich da hin, wo dein Hund geschissen hätte. Das kann er ja jetzt nicht mehr.«

Fiona ging dazwischen. »Friede, Männer. Ihr prügelt euch nicht um einen Hund, solange eine Frau anwesend ist.«

»Apropos Scheiße«, mischte sich Birne ein. »Ihr habt mein Wohnzimmer verwüstet und meine Wände mit Kot beschmiert. Wer so etwas macht, sollte vorsichtig sein, wenn er andere schlecht macht.«

Kroko lachte auf. »Das klingt heiter. Wir Wölfe können uns zusammenreißen. Wir scheißen nicht in jedes Wohnzimmer. Wenn wir in Wohnzimmer scheißen, suchen wir sie uns gut aus. Deines ist uns gerade gut genug.«

»Wölfe? Seid ihr wieder unterwegs?«, fragte Viktor.

»Ja, in der Tat. Und wir haben dich nicht um Erlaubnis gefragt. Du bist raus. Und Fiona, wird es nicht langsam Zeit, dass du uns erzählst, wer dein neuer Stecher ist?«

»Es ist sicher nicht Birne«, sagte sie bestimmt.

Birne zuckte mit den Schultern. Wenn man ihn fragte, würde er natürlich entgegen seiner ursprünglichen Absichten jederzeit und unverbindlich, aber es fragte ja niemand. Und er fragte auch niemanden mehr. Ursprüngliche Absicht.

»Doch nicht Viktor.«

»Es gibt keinen anderen. Wie oft noch?«

»Dann waren es die Gefühle, dann sind sie nicht mehr so. Ich beginne zu verstehen. Ich glaube dir nur nicht. Ich kenne euch Weiber.«

»Ich frage mich, woher.«

»Also wenn hier nur Unschuldige beieinander sind«, sagte Birne zu Kroko. »Dann frag ich mich, wieso wir überhaupt streiten.«

»Überleg doch. Birne, es gibt genügend Menschen, die einen Riesenhass auf dich haben.«

»Wie kommst du darauf?«

»Du tauchst hier einfach so auf, hast keine Arbeit und behauptest, dass du hier ein neues Leben anfangen willst. Stattdessen lässt du dich ununterbrochen volllaufen, anstatt irgendetwas anzufangen. Doch komisch. Der hat's auf unsere Weiber abgesehen. Ich lache. Wegen den Weibern ist noch keiner zu uns gekommen, niemals. Der will was anderes, der will untertauchen, der versteckt sich. Birne, wir leben hier auf dem Land, aber wir sind nicht blöd, wir können Zeitungen lesen, die Neuigkeiten erreichen auch uns.«

»Neuigkeiten? Birne, bist du berühmt?«, fragte Fiona.

»Ich bin nicht berühmt. Ich kann nichts so gut, dass man darüber schreiben könnte«, leugnete Birne.

»Birne ist ein Gewaltverbrecher«, klärte Kroko auf.

»Das kann man so nicht sagen«, wehrte sich Birne.

»Nein? Du hast einen Bub auf dem Plärrer so verprügelt, dass der ins Krankenhaus musste.«

»Nein, so war's nicht.«

»Der war kleiner und schwächer.«

»Halt den Mund, du verdrehst alles.«

»Und ihr habt gedacht, dass es nicht rauskommt, dass alle still halten.«

»Du Arschloch, du erzählst nur die halbe Wahrheit.«

»Weil du bei der Polizei bist. Ihr deckt euch gegenseitig. Aber ihr wurdet gefilmt. Schade Marmelade. Dumme Handys. Willkommen im 21. Jahrhundert.«

»Sei endlich still, sonst …«

»Schon verstanden. Ich bekomme aufs Maul wie das Kind. Schau her, das beeindruckt unsere Kindergärtnerin gar nicht.«

Nein, das gefiel Fiona nicht. »Ich habe davon gelesen. Birne, du bist dieser Polizist? Ich bin enttäuscht.«

»Fiona, alles war anders, die wollen uns öffentlich schlachten in den Medien. Wir haben keinen Fehler gemacht. Ich erkläre es dir.«

»Das kannst du dir sparen.«

Kroko nahm sein Bier wieder auf. »Tja, kann man nichts machen. Wir sind anständig hier. Wir haben zumindest einen Funken Anständigkeit in uns.«

»Wir wurden provoziert. Begreift das doch.«

Auch Viktor schüttelte nur den Kopf. »Ich habe einen anderen Eindruck von dir gehabt, Birne. Ein Kind. Unglaublich. Manche Eindrücke ergeben allerdings, so betrachtet, einen Sinn.«

»Der kann mit Jugendlichen, gut kann er das«, sagte Kroko.

»Ihr seid doch Provinzdeppen.« Birne fuhr entrüstet hoch und ging weg.

»Danke, jetzt ist es raus.« Kroko entfernte sich ebenfalls, Fiona und Viktor hatten nur Augen für Birne, der trotzig zwischen den Tischen verschwand. Weg war er.

Ein Kuchentisch fiel plötzlich um, Geschrei und Tumult waren da auf einmal. Es wurde gerauft. Männer prügelten aufeinander ein, als ob es um etwas ginge: etwas Ödnis an diesem sonnigen Kaffeenachmittag vertreiben.

Lulu schmiss grundlos, oder weil er blau war, den Tisch mit dem Kuchen um. Die Männer der Frauen, die die Kuchen gebacken und gespendet hatten, sprangen auf Lulu zu, um ihm im Affekt – denn nur dann war es straffrei – totzuprügeln.

»Das darf der nicht, auch wenn er behindert ist.«

Dodo, alter Sicherheitsmann, ging souverän dazwischen. Ihm fehlten dummerweise die anderen Wölfe, um sich die nötige Autorität zu verschaffen.

Man warf ihm vor, sich auf die Seite des Übeltäters zu stellen und drohte ihm nicht nur damit, ein paar aufs Maul zu kriegen, sondern verabreichte sie ihm gleich. Der nächste Friedensstifter war Gigi. Immerhin war der so reich, dass er sich den Frieden theoretisch hätte kaufen können. »Männer, fair bleiben.« Im Getümmel, das wenig Notiz von ihm nahm, kam einer an seinen Anzug. Der riss. Das war nun wirklich das einzige, bei dem Gigi gar keinen Spaß verstand. Er schlug seinem Gegenüber mit Wucht ins Gesicht. Leider erwischte er einen Unschuldigen, der sich ungern ohne Grund ins Gesicht hauen lassen wollte. Deswegen riss er gleich noch ein bisschen mehr an Gigis Anzug, wenn er schon geschlagen wurde, wollte er wenigstens was davon haben.

Nun ist man selten reichster Mann eines Ortes ohne echte oder falsche Freunde, die einem in so einer Situation zur Seite stehen. Auf diese Weise entstand der Tumult. Der Rest war pure Gaudi. Um Kaffee und Kuchen ging es keinem mehr. Birne freute sich aus sicherer Entfernung, weil diesmal alle einstecken mussten außer ihm.

Paul war offiziell unterwegs. Er trug Uniform: Sein Kopf war hochrot. Er beherrschte sich noch. Die Kopffarbe kam hauptsächlich von der Hitze und nicht vom Radler.

»Muss das sein? Braucht's das?« Er hatte offensichtlich keine Lust, sah sich aber doch verpflichtet, mäßigend einzugreifen. Er schupfte von außen ein wenig unmotiviert mit und ermahnte die Männer. Genauso hätte er einen Wolf, der einen erlegten Elch vor sich hatte, bitten können, über die Grausamkeit der Natur nachzudenken, bevor er zubiss. Sie schonten ihn aus Respekt vor der Uniform.

Schließlich tauchte Kroko auf, schlug beherzt zwei, drei nieder, die ihm am nächsten standen, und brachte die Schläger zu Räson.

»Schämt ihr euch nicht? Er ist mein Bruder.«

Lulu stand unbeteiligt im Eck und schaute traurig vom einen zum anderen.

»Er kann sich nicht wehren, er ist schwach. Ihr seid Schweine.«

Keiner reagierte, alle blickten nur betreten zu Boden, wie Besucher einer Zaubershow, die vom Herrn Magier nicht für den Hypnose-Trick ausgewählt werden wollten, um sich nicht als Gockel oder Pavian für den Rest ihres Lebens lächerlich zu machen.

Dodo trat neben Kroko. Sie hatten es geschafft. Die Ruhe war wiederhergestellt. »Ist okay. Wir sind alle nur Menschen, manchmal drehen wir in der Hitze durch. Esst euren Kuchen, trinkt euren Kaffee.« Die Menge rührte sich.

Dennoch war Paul es, der sie zum Innehalten brachte. Mit dem Schrei »Meine Waffe. Scheiße, meine Waffe ist weg.« Alle standen still.

»Soll der Scherzbold, der meine Pistole geklaut hat, sie mir sofort wiedergeben.« Und weil sich keiner zu erkennen gab, fügte Paul hinzu: »Dann passiert auch nichts.«

Damit behielt er recht. Nichts passierte. Er kämpfte sichtlich mit den Tränen. Es lief ziemlich beschissen für ihn: Angetrunken im Dienst die Dienstwaffe verloren beim Versuch, Streit zu schlichten.

Kroko trat zu ihm hin: »Paul, du bist die größte Null im Universum.«

Viktor eilte hinzu, als sich der Trubel wieder legte. Eine kleine Aufregung. Sein Fest funktionierte. Gigi beruhigte ihn. »Alles in Ordnung. Du kennst unsere Leute. Die brauchen zwischenrein ein Geschiebe, sonst fallen sie in Schlaf.«

»Was ist mit der Pistole?«

»Keine Sorge, wahrscheinlich hat er sie irgendwo liegen lassen. Noch ist kein Schuss gefallen. Wir passen auf. Okay?«

Viktor nickte. Er suchte sein Handy. Er hatte es irgendwo liegen lassen. Wer viel macht, macht viel verkehrt. Er wollte das so. Immer etwas über- oder unterfordert.

»Das hast du gut gemacht«, sagte Kroko, als Lulu ihm die Pistole gab. Er hatte sie im T-Shirt eingewickelt. »Ich hätte nicht gedacht, dass es so gut klappt.«

»Hey, verlass dich auf Lulu, Mann.«

Kroko stieg in sein Auto.

»Warte, Kroko.«

»Was denn?«

»Du machst ihm nur ein bisschen Angst.«

»Er wird Respekt lernen. Verlass dich auf mich, so wie ich mich auf dich verlasse, Lulu.«

»Er ist ein feiner Mensch. Er hat ein gutes Herz. Nicht alles, was er getan hat, ist verkehrt.«

»Ich habe es kapiert.« Kroko fuhr davon.

Der große Tag neigte sich dem Ende zu, die Familien mit Kindern marschierten nach Hause.

»Das hat er gut gemacht.« Gigi stand neben Viktor.

»Wer? Du?«

»Nein. Du. Heute Abend Wild Virgin?«

»Ich bin müde.«

»Das kannst du dir nicht entgehen lassen.«

»Ich fürchte schon.« Jetzt, als es geschafft war, kroch eine schwere Leere in Viktor hinein. Er hatte keine Lust mehr auf Idioten, die sich am Abend vollpumpen würden mit Gespritzten auf der Wild Virgin Remember Night. Kotzen, Weiterkippen. Seine Welt nicht mehr, beim besten Willen nicht.

AUFLEGEN

Es war viel los für die Uhrzeit. Halt Wild Virgin Remember Night. Legendär. Alle tranken um die Wette. Die Vereine, die die Bewirtung übernommen hatten, machten gutes Geschäft. Gigi stand mit einer Lederhose und einer Nietenkutte am Rand der Tanzfläche und betrachtete stolz die pogende Masse. Sie feierten sein Lebenswerk. Didi legte »Summer of 69« auf, und die Luftgitarren wurden gezückt, noch einen Bon Jovi hinterher und die Meute war bereit für die erste AC/DC-Runde. Die, die sich da mit Schnaps vollschütteten, waren teilweise halb so alt wie er und standen doch auf dieselbe Musik. Weil es halt Klassiker waren, weil nie mehr was Besseres produziert worden war. Und sie feierten ihn, DJ Didi. Es müsste mit dem Teufel zugehen, sollte er heute Nacht nicht noch ficken. Eine Art Trostbumsen. Die Woche war hart. Die Frau weg. Danke, Birne.

Früher hatten sie nur die Blasmusik in den Bierzelten, und Alt und Jung feierten zusammen. Irgendwann wurde es üblich, einen Abend für die Jugend auf jedem Volksfest zu etablieren. Entweder mit einer Coverrockband oder mit einem DJ. Da trennten sich die Jungen und die Alten, denen der nächste Tag mit Umptata gehörte. Inzwischen waren wieder alle da, die Alten schauten nur und soffen sechs Maß im Schnitt, die Jungen von einst waren nämlich auch schon in ein Alter gekommen, und die ganz Jungen kamen nach. Bedeutete seinerzeit ein »Prosit der Gemütlichkeit« von der Blaskapelle 100 Maß Bier Umsatz, so machte heutzutage ein »The Jack« von AC/DC, aufgelegt von DJ Didi, an der Bar 200 Jack Cola klar. Immerhin das einzige Getränk, das beim Kotzen besser schmeckt als beim Trinken, weshalb es sich unter dieser zu regelmäßigem Kotzen tendierenden Dorfbevölkerung so großer Beliebtheit erfreute; schmeckte zweimal und ist deshalb auch irgendwie billiger.

Flüchtig war es ihm in den Sinn gekommen, ebenfalls abzuhauen. Nicht dass er Fiona recht geben wollte. Aber was wäre, wenn er sich morgen auf die Maschine setzte und davon fuhr? Einfach der Straße nach. Leben von der Hand in den Mund. Sich dort, wo man rauskam und es nett war, einen Job suchen, bis er genug hatte und dann weiterreisen. Vielleicht war er exakt dafür geboren und nicht für seinen Drecksjob an einer Maschine, die Teile ausspuckte für Autos, die andere fuhren. Schicht für Schicht, bis er so fertig war, dass er gar nicht mehr bumsen wollte. Kann sein, dass Fiona auch deswegen fort war. Die würde was erleben, wenn er sie das nächste Mal in die Finger bekäme. Morgen.

Apropos Wichser. Es schien ihn, als schliche da am Eingang dieser Birne rum. Eine Dreistigkeit. Wo blieb der Respekt? Er legte die »AC/DC live«-CD ein, damit konnte er eine Stunde wegbleiben und die Menge blieb trotzdem bei Laune. Super, diese Australier, dafür konnte man sie brauchen. Nur ein kleiner Suffkopf stoppte ihn. »Hast du was von den Onkelz da?«

»Nein, so etwas spiele ich grundsätzlich nicht.« Didi hatte seine Prinzipien, als Mensch und als DJ.

»Spiel mal die Onkelz.«

Hinter dem Onkelz-Fan hatte sich eine kleine Gruppe gefunden, die lautstark »Wir ham noch lange nicht genug« forderte.

»Ich habe keine CD von denen. Nächstes Mal.«

»Darf ich mal?« Der Junge wackelte hinter sein Pult. Didi griff ihn sich von hinten am Ohr und holte ihn wieder raus.

»Aufhören bitte. Au, das tut weh.«

Kroko übernahm und entfernte den Störenfried. Hier herrschte Zucht. Er schmiss den Kleinen in den Dreck vor dem Zelt. »Freund.«

Seine Kumpels hatten ihn begleitet. Sie umringten nun Kroko. »Was gibt es?«, fragte der.

»Entschuldige dich«, forderte einer.

»Was bin ich?«, fragte Kroko, als ob er ihn nicht verstünde.

»Du bist nichts, du sollst dich entschuldigen.«

»Was bin ich?« Kroko ging einen Schritt auf ihn zu, sein Gegner wich zurück.

»Nichts.«

»Ich bin nichts? Ich zeig dir mal, wie sich das anfühlt, wenn dir nichts eine hinbetoniert.«

»Lass gut sein, Mann.«

»Was bin ich?«

»Lass gut sein. Ich will keinen Streit. Wir wollten nur die Onkelz hören.«

»Verpiss dich, schnell.«

Die Jungen gingen, zehn Stück, keiner rührte Kroko an. Gut für sie, dachte er, die Hand in der Jacke am Messer und der Pistole daneben.

»Hi, Didi, gute Stimmung.« Birne stand neben Didi. »Wenn du mal pissen musst, ich bin da.«

Didi traute seinen Augen nicht. »Was machst du da?«

»Wir wollten auflegen.«

»Wir legen gar nichts auf. Ich bring dich um.«

Der Lärm war laut, Birne meinte, sich verhört zu haben. »Warum?«

»Weil du Fiona bumst. Und jeder, der Fiona bumst und nicht ich ist, stirbt.«

»Du spinnst.«

Gut, Didi spann vielleicht, aber in erster Linie würgte er gerade Birne, und zwar nicht im Spaß, Birne ging die Luft aus, er erstickte, Todesangst und so weiter. Er rechnete auch nicht damit, dass Didi gleich ablassen würde von ihm und sagen würde: »Spaß, saufen wir 'nen Jakob Cola«. Nein, Es war ernst. Viele DJs erwürgen viele von ihnen beschallte, unverschämte Gäste jeden Abend weltweit. Deshalb reagierte von den Tanzenden kaum einer. Ein paar schrien nach den Onkelz. Eigentlich schrien sie immer nach den Onkelz und wahrscheinlich würden sie auch noch nach ihnen schreien, wenn man sie ihnen auflegte.

Birne langte in Didis Gesicht, bekam die Nase zu fassen und bog sie weit zurück. Das musste wehtun. Didi sagte: »Au, du Arsch.« Mein Gott, was verzeiht man nicht einem, den man gerade erwürgt? Heftig wurde es dann, als Birne seine Schuhspitze tief in den Hoden Didis versenkte, wo doch dieser ihm erst gestern seine gerettet hatte. Das war der Dank. Didi fiel zurück.

»Wieso denkst du, dass ich Fiona ficke?«

»Weil Kroko mir Bilder gezeigt hat.«

»Wie ich sie ficke?«

Anstatt einer Antwort holte Didi ein Messer heraus. Birne hatte darauf keinen Bock, und auflegen konnte er ein anderes Mal. Er rannte davon.

Didi ließ die CD weiterlaufen und jagte Birne hinterher. Im Freien angelangt stieß Birne auf eine Mauer aus Dodo und Kroko, die bereit waren, ihn abzuschlachten. Birne musste gar nicht der Klügere sein, um jetzt nachzugeben. »Männer, baut keinen Scheiß.«

»Du baust Scheiß. Und wer so viel Scheiß baut, schluckt auch mal einen, sonst wird es zu viel auf der Straße.«

»Ich weiß nicht, wovon ihr redet.«

»Bitte sehr.« Kroko streckte ihm ein Handy entgegen, ein Foto war zu sehen, wieder ein Handy-Foto. Birne langte in Fionas Ausschnitt. Das Eis, zu dem sie ihn eingeladen hatten. So gut. Das Bild war missverständlich und gestochen scharf. Beeindruckend, wozu diese Kameras in der Lage waren. Es sah echt so aus, als wären sie sich sehr nahe, verliebt nahe. »Das ist lächerlich.«

»Nein, eindeutig.« Didi trat Birne von hinten ins Kreuz, dass es ihn nach vorne warf. Sie waren bereit. Birne war fällig. Didi trat nach ihm, seitlich rein. Birne riss es. Er hoffte, schnell ohnmächtig zu werden. Waren erst mal die Sanitäter am Werk, wussten die, was notwendig war. Und was kosteten heutzutage schon neue Zähne? Ein bisschen Geld hatte er ja jetzt.

Paul schritt ein. »Freunde, das geht zu weit.«

»Was bin ich?«, fragte Kroko. Die drei prügelnden Freunde wandten sich Paul zu, der konnte gern auch ein paar haben.

»Ich bin die Polizei.«

»Wo ist die Dienstwaffe?«, fragte Kroko.

»Es langt Bürschchen.«

Birne langte es, er rappelte sich hoch und hechtete zu seinem Auto. Er war mit dem Auto gekommen. Was man fahren kann, soll man nicht gehen.

Die drei Wölfe nahmen die Verfolgung auf. Didi setzte sich ans Steuer.

Kroko rief: »Der hat deine Waffe.«

Das genügte Paul, er nahm ebenfalls mit einem eigenen Wagen an der Verfolgung teil. Polizei-Polonäse.

JAGEN

Birne fuhr die Hauptstraße entlang. Kurz hinter dem Ortsausgang Richtung Apflach bog eine schmale Straße zu einem Waldstück ab. Birne gab Gas, mit 120 raste er aus Ödertshofen raus. Im Rückspiegel sah er den Polizeiwagen: Blaulicht und Lalülala. *Das könnt ihr haben*, dachte er sich und riss sein Lenkrad herum. Er bog auf die enge Straße zum Wald ein. Kein Platz für zwei Autos nebeneinander. Die anderen sah er nicht mehr. Birne gab Gas. Birne war kein begnadeter Autofahrer. Für sein Können fuhr er zu schnell. Die Polizei kam näher, der Weg war nicht mehr geteert, es war nur noch Schotterweg. Der Wagen schlug hinten aus, Birne steuerte dagegen. Es ging, er war noch auf der Bahn. Die Zweige rauschten in die Windschutzscheibe, der Weg hatte einige knappe Kurven, die Räder rutschten über den Boden, stellenweise drehten sie durch im Sand. Birne fluchte, kalter Schweiß tropfte ihm von der Oberlippe.

Jetzt tauchten seine Verfolger hinter ihm auf. Sie waren auf einmal unheimlich nah. Birne trat aufs Gas, musste aber gleich wieder langsamer tun, um die Kurve zu schaffen. Die anderen kamen näher. Das Polizeiauto wurde lauter. Letzte Chance aufzugeben oder zu siegen. Links vom Weg ging es einen Abhang hinunter. Er hätte sich überschlagen können. Der Boden bestand jetzt fast nur noch aus Matsch, Birne kam im zweiten Gang mühsam vorwärts, der Motor heulte, er fuhr auf Hochtouren. Irgendjemand oder -etwas musste gleich aufgeben. Um eine weitere Biegung fuhr er zu hastig, er schleuderte und trat auf die Bremse. Nichts tat sich, er trat ins Leere. Sein Auto streifte an einem Stamm, dabei wurde die Fahrerseite schön aufgerissen, doch Birne fand zurück auf den Weg. Die Bremse funktionierte nicht. Birne fielen seine Marder ein. Die Mutter musste gekommen sein und sich an den Kabeln vergriffen haben, verbissen. Jetzt wurde das Gelände noch unwegsamer und unpassierbar für Autos, reiner Forstweg. Die Bäume standen sehr nah beieinander. Birne zog die Handbremse, er gab nicht auf. Zu Fuß wollte er weiter. Er drehte sich und schlug mit der rechten Vorderseite gegen einen Baum. Es warf ihn zurück, und er stand quer auf dem Weg. Didi kam auf ihn zugeschossen. Er riss die Augen weit auf und das Steuer nach rechts, was ein Fehler war: Er fuhr in einen Baum. Es knallte. Paul versuchte noch zu bremsen, aber auch er karambolierte mit einem Baumstamm. Blechhaufen. Drei Mal Totalschaden, für Toto ein Fest. Das musste man auch erst mal hinbekommen.

Birne blutete wie eine angestochene Sau. Er war benommen und tastete an seine Stirn, wo es sich warm anfühlte: eine Platzwunde. Sein Bein schmerzte. Es rauchte und dampfte irgendwoher. Die Fahrertür klemmte, die Beifahrertür ließ sich öffnen. Birne humpelte auf den Weg und schaute sich das Desaster an. Aus Didis Wagen haute Dodo vom Rücksitz aus gegen die Heckscheibe, er kam hinten nicht raus. Die Türen waren demoliert. Er giftete und schimpfte. Didi lag über dem Lenkrad und bewegte sich langsam, Kroko rieb sich den Kopf auf dem Beifahrersitz. Alle drei lebten. Immerhin. Paul war schon am Aussteigen. Die Scheibe am anderen Auto knackte und barst. Dodo war frei. Schwerfällig wuchtete er seinen dicken Leib aus dem Auto und rannte auf Birne zu. »Ich bringe dich um.« Birne floh. Paul eilte hinterher, musste allerdings nach zehn Metern anhalten und sich übergeben.

Birne hatte Glück gehabt. Es hatte ihn nicht zu schwer erwischt. Er rannte. Er war nicht in Topform. Dafür Dodo. Für seinen Körperumfang setzte er Birne gehörig zu, was wiederum Birnes lange schlafenden Sportsgeist weckte. Von so einem Fettsack wollte er sich nicht einholen lassen.

Er knickte um in einer Mulde, die er in der Dunkelheit nicht hatte kommen sehen. Er humpelte, es schmerzte. Das genügte Dodo. Er warf sich auf Birne. Sie fielen beide hin. Ungeschickt trommelte Dodo seine Faust auf Birnes Kopf und drückte sein Gesicht in den Waldboden. Birne schluckte Dreck beim Versuch, Luft zu bekommen. Er rammte Dodo seinen Ellenbogen in die Seite und schüttelte seinen Gegner ab.

»Was willst du denn, Arsch?«

Diesmal kam er davon. Er rannte und rannte und geriet immer tiefer in den Wald, bis er sich sicher war, dass niemand mehr hinter ihm war. Er hatte seinen Arsch vorerst gerettet. Um welchen Preis? Drei Autos Schrott, zwei mehr oder weniger Verletzte, und schuld war er, mehr oder weniger. Dafür gab es Zeugen. Ein Fall von Fahrerflucht. Kaputte

Bremsen. Klar. Ein Mardermordanschlag. Keine Beweise. Konnte auch ein Mensch gewesen sein, musste kein Marder die Leitungen durchbeißen. Birne und seine Schrullen, hielt sich Marder als Haustiere, wundern brauchte sich da keiner.

Kein Grund, deswegen im Wald zu übernachten. Birne schleppte sich weiter. Ihm war nicht wohl. Er hielt es für eine leichte Gehirnerschütterung, die er sich beim Aufprall zugezogen hatte. Es war dunkel, durch die Zweige der hohen Bäume gelangte nur spärlich Mondlicht. Er hörte von hinten ein Martinshorn, und das Blaulicht leuchtete zwischen den Zweigen. Ein Notarzt war gerufen worden. Die Verwundeten wurden versorgt. Er wusste nicht, ob und wie viele hinter ihm her waren. Er musste weiter. Weg vom Licht, weg von den Leuten, die ihn auf dem Kieker hatten.

Die Nacht war mondlos und schwül. Er hatte sich ordentlich verirrt. Er wollte einfach weitergehen, bis er an die nächste Straße kam oder aufs freie Feld, und dann zurück in die Zivilisation. Die Bäume lichteten sich etwas, der Boden wurde feuchter. Es wurde anstrengend vorwärts zu kommen. Sie suchten wahrscheinlich nach ihm, ihre Erfolgsaussichten waren schlecht, er wusste selbst nicht, wo er war. Wie sollte ihn dann ein anderer finden?

Er wäre beinahe gegen die Wand der Hütte gerannt. Unvermittelt stand sie vor ihm. Wie im Märchen, nur ohne Lebkuchen. Hexe? Mal sehen. Wenn, dann schlief sie. Birne hätte sich lieber mit einer Hexe angelegt. Wenn man verliert, frisst sie einen, wird aber vorher noch mal gemästet, was auf jeden Fall besser war als das, was Didi und seine Kumpels mit ihm anstellen wollten. Lieber Hexe.

Ein Schild hing über dem Eingang: »Wölfe Clubhaus«. Birne konnte es lesen, weil er das Display seines Handys dagegen hielt. Glückwunsch, mitten hinein marschiert in die Höhle des Löwen. Wenn die Räuber jetzt kämen, bräuchte er ihnen nur noch die drei goldenen Haare des Teufels bringen, und alles wäre gut. Im Märchen. Er wäre so gern im Märchen gewesen, dann wäre Fiona seine Prinzessin, und es würde gut ausgehen.

Die Tür war mit einem Vorhängeschloss gesichert. Er wollte den Jungs etwas zerstören für das, was sie ihm angetan hatten. Er war unschuldig, und er steckte seit Tagen ein. Jetzt wollte er ein Stück von seiner Unschuld abstreifen, für die Prügel, die er bezog, auch was bekommen. Birne trat so lange gegen das Schloss, bis es splitternd wegbrach. Er betrat die Hütte. Kein Licht. Der Kühlschrank war nicht an, das Bier aber noch angenehm kühl. Birne bediente sich. Für die Unannehmlichkeiten und um ein bisschen runter zu kommen und weil er es sich verdammt noch eins verdient hatte. Er setzte sich auf eine alte Eckbank, die siffig roch, und schnaufte durch. Zu sich kommen. Alles gleich kurz und klein schlagen. Damit die wissen, mit wem sie sich angelegt haben.

Er sah sich um an den Wänden. Alles war vollgestellt und -gehängt. Es gab einen Dart-Automaten und nicht weniger als vier Pin-up-Kalender: Von Sexy Motorsägen bis Sexy Blasmusik alles dabei, was Stil hat. Eine Deutschland- und eine Bayernflagge. »Scheiß-Nazis.« Diverse übergroße Trinkgefäße in Form von Stiefeln, Fußbällen und Frauenbrüsten. Hier konnte man noch richtig Mann sein. Eine Menge leerer Schnapsflaschen. Und Bilder von früher. Die Jungs auf ihren Maschinen, beim Saufen, beim Kicken als Fußballmannschaft. Dort war auch der junge Viktor. Die Wölfe am Lagerfeuer, und ein Foto, um das Birne ihn fast beneidete: Didi mit Lemmy von Motörhead an einem Spielautomaten. Los Angeles. Immer wieder war Viktor drauf. Das vierte Mitglied der Wölfe. Jetzt war er raus. Es hingen auch Fotos ohne ihn. Er war zum Spießer geworden, zum

Sonderling, während die anderen die Rockerehre hochhielten. Lächerlich. Provinzcowboys. Echte Rocker lebten in der Stadt und hatten Nutten am Laufen und dealten mit Rauschgift. Und diese hier? Tranken Jägermeister, bis sie brachen und legten sich zu ihren Ehefrauen, wenn sie ihnen noch nicht weggelaufen waren.

Kroko war zum Beispiel ein abartiger Poser auf den Fotos. Ständig reckte er seine Faust mit der H-A-T-E-Tätowierung in die Kamera. Die drei Männer konservierten auf diese Weise ihre Jugend. Birne hatte soeben ihr Heiligtum betreten und entehrt. Er rülpste und pinkelte mitten in den Raum, dann nahm er sich noch eine Halbe.

Er umrundete die Hütte und stand plötzlich vor seinem Grill. Birne konnte es nicht fassen. Unverschämtheit. Was bildeten sich diese Halbstarken ein? Den Grill klauen. Wie niedrig war das? Die sollten ihn kennenlernen. Rache ist ein Stück Fleisch. Er fand in einem Verschlag das Stromaggregat. Er riss sich sein Judas-Priest-Painkiller-T-Shirt vom Leib, wickelte es zusammen, öffnete den Tank des Aggregats und steckte das T-Shirt hinein, sodass es sich vollsaugen konnte mit Benzin.

Zur Hütte führte ein Weg, der breit genug und damit befahrbar war. Man konnte gut ins Dorf zurückfinden. Er ging zurück ins Innere und schaute sich nach einem Feuerzeug um. Er fand eines am Fensterbrett neben dem Aschenbecher und steckte es ein.

Ein heftiger Schlag traf Birne von hinten am Kopf, ihm wurde kurz schwarz vor Augen. Er wurde gepackt und auf den Boden geschmissen. Es ging zu schnell. Er hatte keine Chance sich zu wehren. Ein kräftiger Arm riss ihn hoch und drückte ihm Sekundenbruchteile später den Kopf in eine volle Regentonne, die neben der Hütte stand. Birne schlug wild um sich. Er schaffte es nicht, sich zu befreien. Ruckartig wurde er an den Haaren wieder nach oben gezogen, er erkannte Kroko.

Dodo schaute überrascht zu. »Kroko, das ist heftig.«

»Ich weiß, was ich mache. Wir hätten tot sein können.«

Birne wurde wieder unter Wasser getaucht.

»Der bewegt sich nicht mehr. Hör auf, Kroko.«

»Der soll die Todesangst spüren, genauso wie wir. Der hat uns an den Baum gefahren und blutend liegen lassen.«

Dodo wurde unruhig. »Darum soll sich die Polizei kümmern. Die richten den schon.«

»Der gehört zu denen. Die decken sich gegenseitig. Dem passiert gar nichts, wenn wir nichts unternehmen.«

Dodo sah, dass Birne womöglich sterben musste. Er wollte da nicht mit reingezogen werden. Birne bewegte sich nicht mehr. Er war bewusstlos. Jetzt oder nie. »Kroko. Lass ihn.«

»Gleich.«

Dodo kreischte. »Er stirbt. Du bist ein Mörder.«

»Ich bin ein Marder.« Kroko hatte diesen irren Blick. Dodo stürmte auf ihn los. Mit seinem ganzen Gewicht traf er Kroko und rammte ihn um. Auch Birne kippte zur Seite. Er spuckte Wasser aus. Er war bei Bewusstsein. Viel hätte nicht gefehlt.

Kroko rieb sich das Knie. »Alter, wolltest du mich umbringen?« Er richtete sich langsam auf, zog Pauls Waffe aus seiner Jacke und zielte auf Birne. »Du bist so was von dran jetzt.« Und Dodo wies er an: »Ruf Baba an!«

Dodo wählte und wartete, er bekam jemanden an das Telefon. »Er kann reden. Baba ist unterwegs in Richtung Krankenhaus. Er fährt zu Didi. Er wird es überleben, sagt er.«

»Gib ihn mir.« Dodo reichte Kroko das Handy. »Wir erledigen den Birne. Ich mach ihn gleich fertig, er will dich noch mal sprechen.« Kroko reichte Birne das Telefon weiter. Guter Empfang im Wald.

»Warum hast du mir das angetan?«, fragte Baba, Didis Vater.

»Der Unfall? War ein Unfall.«

»Du nimmst meinem Bub die Fiona, du zerstörst sein Auto, du schiebst ihn zum Krüppel zusammen.«

»Unfall ist Unfall. Weißt du, dass mir Kroko eine Wumme an die Stirn hält, während ich mit dir rede? Gleich drückt er ab.«

»Soll ich dich retten kommen? Du hast mich so beschissen wie noch nie ein Mensch zuvor. Ich verachte dich.«

Birne drückte Didis Vater weg und warf das Handy auf den Boden.

»Hast du noch ein letztes Wort?«, fragte Kroko, als Birne aufgelegt hatte.

Er spürte die Mündung einer Pistole an der Schläfe.

»Bumm. Selbstmord. So wird es gewesen sein. Was sagst du jetzt, Birne?«

»Wie sinnlos.«

»Erst eins, dann zwei, dann drei.«

»Du kommst hier nicht raus. Der Dodo ist undicht, der verrät dich, außer du legst ihn auch um, erst eins, dann drei, dann zwei.«

»Guter Versuch, Birne«, mischte Kroko sich ein. »Hilft nur nichts.«

Birne wurde nervös. »Dodo, der erschießt dich auch. Glaub's mir. Unternimm was, sonst sind wir beide tot.«

»Kroko?« Dodo schaute unsicher zum Kumpel hin.

»Quatsch mit Soße. Ich knall ihn ab, wir legen ihm die Pistole in die Hand, und Selbstmord war es. Saubere Sache.«

»Muss er denn unbedingt sterben?«

»Er hat unsere Hütte entweiht. Er hat Didi auf dem Gewissen, Didi wird nie wieder gehen können. Wenn ihn die Polizei bekommt, dann passiert ihm gar nichts. Der kommt nicht mal vor Gericht. Der kriegt nur eine Verwarnung. Die stecken alle unter einer Decke. Ist dir das lieber?«

»Nein, natürlich nicht.« Dodos Handy klingelte. Er hob es auf und ging ran. »Tut mir leid, Schatz … Nein, ich liebe dich doch … Wir sind noch im Wald, aber ich komme gleich, wir haben ihn, versprochen, es dauert nicht lange. Wir sind nicht in Gef …«

Kroko haute ihm das Handy aus der Hand. »Du Granatenidiot. Du darfst doch nicht erzählen, dass wir ihn haben.«

»Verdammt, das war Karo.«

»Scheißegal, wer das war. Du verrätst uns, du Arsch.«

»Weißt du, was jetzt los ist? Weißt du, was ich mir jetzt anhören kann?«

»Du bist ein Weichei. Zieh endlich mal die Hosen an und zeig ihr, wer der Chef ist.«

Dodo protestierte. »Ich bin ein Weichei? Was bist du dann? Ein schwuler Kacker.«

»Wie bitte? Was bin ich?«

»Gib es zu: Du stehst auf Didi. Du bist scharf auf seinen Arsch. Sonst nichts.«

»Du redest einen solchen Mist, das ist unerträglich.«

»Du hast es mir selbst gesagt, im Suff. Du weißt es nur nicht mehr.«

»Einen Scheißdreck, das hast du geträumt. Halt endlich dein Maul.«

»Komm und knall mich ab. Das hast du sowieso vor. Dann mach's lieber gleich. Du bist nicht mehr mein Freund«, sagte Dodo.

»Ich bin nicht schwul.«

Birne nutzte ihre Unaufmerksamkeit, er rappelte sich hoch und hastete in Richtung Dunkelheit davon. Er lief schnell zu dem Stromaggregat neben der Hütte. Sie sollten noch an ihn denken. Jeder, der sich mit Birne anlegt, blutet, auch wenn er am Schluss triumphiert. Birne war mächtig, vor allem wenn es ums Zerstören ging. Er zündete das T-Shirt, das im Deckel des Tanks steckte, an und entfernte sich. Der Stoff brannte gleich lichterloh.

»Birne, bleib stehen«, befahl Kroko, als Birne den Weg erreichte.

Ganz im Gegenteil: Birne rannte, so schnell er konnte in die Dunkelheit. Kroko hinterher. Er drehte sich noch mal um zu Dodo: »Wir müssen ihn packen, sonst sind wir dran. Beeil dich, du Arsch. Willst du mich hängen lassen?« Dann setzte er einen Schuss in Richtung Birne ab. Er verfehlte ihn.

Dodo setzte seinen breiten Arsch in Bewegung. Birne rannte auf der Straße, die zur Hütte führte, er wollte sich ins Dickicht werfen und sich dort verstecken. Auf einen Schlag stand Paul vor ihm.

»Bleib sofort stehen«, sagte er.

»Du kommst wie gerufen.«

»Du hast meine Waffe. Ich habe einen Schuss gehört. Gib sie mir.«

»Ich habe sie nicht.«

»Natürlich hast du sie. Her damit. Sonst werde ich ungemütlich.« Paul ging auf Birne los, er hatte sich nicht mehr unter Kontrolle.

»Paul, hör auf. Du hast den Falschen. Kroko hat die Waffe.«

»Scheißdreck. Ich hau dich kaputt.«

Birne ohrfeigte Paul und nutzte die Schrecksekunde, um vom Weg in den Wald zu rennen. Paul folgte ihm. Birne lief einen Abhang hinab, kam ins Rutschen, fiel auf den Po, sprang wieder auf und hielt sich mit letzter Kraft an einem Baum fest. Unten am Hang standen Kroko und Dodo. Er hatte ihn gesehen. Birne drehte sich um und eilte nach oben, wo ihm Paul entgegen kam. Birne bog nach links in ein Fichtendickicht ab.

»Wir kommen von unten«, brüllte Kroko. »Wir holen ihn uns, Paul.«

»Ja, aber passt auf, er hat eine Pistole.«

»Der trifft uns nicht.«

Birne kam schlecht voran. Man konnte ihn gut hören, wenn er sich vorwärts kämpfte durch das dichte Zweigwerk. Links von ihm nahm er eine Mulde wahr, er ließ sich fallen. Nur wenig später gingen seine Verfolger an ihm vorbei, ohne ihn zu bemerken. Birne duckte sich an den Boden, er roch die Fichtennadeln. Dodo stand über ihm, er leuchtete ihm mit einer Taschenlampe ins Gesicht. Birne war entdeckt. Er legte seinen Zeigefinger an seine Lippen.

Dodo schüttelte den Kopf, holte Luft und setzte an, die anderen herbeizurufen, doch Birne zog ihm die Beine weg, sodass er der Länge nach hinschlug. Dann hob er einen schweren Stein auf und schlug ihn auf Dodos Knie. Oh, das krachte. Dodo heulte auf. Birne erschrak, das hatte böse geklungen. Ob er zu weit gegangen war?

Hinter ihnen machte es gewaltig Bumm. Der Feuerschein der brennenden Hütte erleuchtete sie.

»Diesmal ist er zu weit gegangen«, hörte Birne Kroko sagen, als er bei Dodo angelangt war und Birne schon wieder 20 Meter weiter gekommen war.

»Ich habe euch gleich gesagt, bei dem Wetter brennt euch das Ding sofort ab«, wusste der schlaue Paul.

Kroko haute ihm eine rein. »Auf dein siebengescheites Geschwätz können wir verzichten. Schau lieber mal nach deinem Kumpel Birne: Plötzlich zieht er die Pistole raus und ballert um sich«, sagte er Paul.

»Wir brauchen Verstärkung. Ich hole Verstärkung. Ein Amokläufer in den Westlichen Wäldern. Versteckt euch. Geht ins Dorf, sonst kann ich für nichts garantieren.«

Sie waren hinter Birne her und Kroko spazierte ungeniert mit der Pistole davon. Dodo nickte Krokos Geschichte nur ab. Er war fertig, weil sein Lebenstraum buchstäblich in Flammen aufging.

Lulu hatte das DJ-Pult erobert, als Didi fort und die AC/DC-CD verklungen war. Die Stimmung war bestens, die Leute noch fröhlicher als bei DJ Didi. Lulu liebte Schlager. »Schön ist es auf der Welt zu sein.« Er sang vor und alle grölten mit.

Boffi, der Feuerwehrkommandant stoppte ihn: »Mach die Anlage aus.«

»Wieso?«

»Die Sirene.«

Didi drehte leise. Jetzt konnte man sie hören. Die Feuerwehrsirene. Es brannte im Dorf. Die Mitglieder der Freiwilligen Feuerwehr, also alle Männer von Ödertshofen, eilten torkelnd nach draußen zum Feuerwehrhaus.

Es hieß hinterher, dass einer ins Feuerwehrauto gekotzt habe und einige versucht hätten, die Flammen auszupinkeln.

Zunächst war die Verwirrung groß, keiner wusste, wer den Alarm ausgelöst hatte und wo es brannte. Sie meinten, es sei wieder das Übliche, ein paar betrunkene Jugendliche, die den Papierkorb an der Bushaltestelle in Brand gesteckt hatten.

Gigi brachte Klarheit. »Die Hütte im Wald. Paul hat angerufen. Es ist kein Spaß diesmal. Angeblich rennt dieser Fremde, dieser Birne, durch den Wald und ballert mit Pauls Waffe herum.«

Die Männer wirkten auf einen Schlag nüchtern, sie rissen sich zusammen.

»Wir werden den kriegen, und dann bezahlt er.«

Boffi trat aufs Gas, das Feuerwehrauto setzte sich in Bewegung, wobei er die Ausfahrt des Feuerwehrhauses rammte. Egal.

Die, die im Auto nicht Platz hatten, eilten nach Hause und bewaffneten sich mit Messern und Knüppeln verschiedenster Art. Lulu saß allein im Festzelt und wunderte sich darüber, dass die anderen nicht zurückkamen.

Das Feuer war überraschenderweise schnell unter Kontrolle – der kleinste anzunehmende Schaden, es griff nicht auf die umstehenden Bäume über. Die Hütte war allerdings weg. Dodo heulte, die anderen stürzten sich in die Nacht auf die Jagd nach Birne.

Der taumelte ohne Ziel durch den Wald. Es war eine Menge los. Männer brüllten, Autos fuhren auf für sie ungeeigneten Wegen und blieben stecken, Männer brüllten wieder. Bulldogs wurden geholt und die festgefahrenen Wagen befreit. Taschenlampen blinkten durch die Bäume. Unkoordiniert und planlos. Birne versuchte den größtmöglichen Abstand zu den Deppen zu halten. Paul rannte wie angestochen umher und schrie Befehle. Er fühlte sich als Chef. Wenn er sie schon nicht dazu bringen konnte, zu Hause zu bleiben, dann wollte er sie herumkommandieren. Birnes Glück.

Einmal bellte einer. »Ich habe ihn«, und alle rannten in die Richtung. Birne blieb stehen. Wen auch immer sie hatten, er war es nicht. Ein großes Getümmel aus der Entfernung. Birne freute sich. Wenn es so weiter ging, käme er mit heiler Haut davon.

Er entfernte sich vom Lärm und marschierte, bis er müde wurde. Er setzte sich auf den Boden und wartete, er nickte ein. Ein Geräusch weckte ihn, sie waren wieder in seiner Nähe. Birne stellte sich schlafend.

»Pass auf, der ist gefährlich«, hörte er jemanden flüstern.

»Sollen wir nicht noch jemand holen?«

»Dann ist er wieder weg.«

Birne richtete sich auf. »Verpisst euch, oder ich knalle euch ab.«

Die anderen hauten ab. Danach war Ruhe.

TAG 6 LAZARUS

VERSCHWINDEN

Der kalte Rauch biss umso mehr. Viktor rieb sich die Augen. Er stand auf und ging ins Wohnzimmer. Niemand. Sie hatte ihn verlassen. Der Zettel lag auf dem Tisch, so wie er ihn gefunden hatte. Seitdem verstand er nichts mehr. Sie war heute Nacht nicht mehr nach Hause gekommen. Hund weg, Frau weg. Schöne Scheiße.

Er hörte, wie sich seine Haustür öffnete. Sein Herz hüpfte, dann erschrak er, weil er sah, wie selbstverständlich Dodo und Kroko in sein Wohnzimmer spazierten. Sie grinsten.

Kroko nahm einen Jointstummel aus dem Aschenbecher. »Ist das noch aus den Restbeständen von Dada? Du ruinierst dich mit dem Scheiß.«

»Was sucht ihr hier?«, wollte Viktor von ihnen wissen.

»Wen suchen wir wohl?«

»Ich weiß nicht, wo sie ist.«

»Wir suchen nicht sie. Wir suchen Birne. Du weißt genau, wo er steckt. Und du sagst es uns.«

»Was habt ihr vor?«

Kroko sagte: »Es ist genug. Er ist zu weit gegangen. Ist echt ein Wunder, dass uns nicht mehr passiert ist beim Unfall. Sagt auch Toto. Der hat alle drei Autos abgeschleppt. Er entsorgt sie uns, sagt er. Alter. So ein Scheiß. Der Didi verreckt vielleicht heute noch, und wenn er verreckt, dann verreckt er nicht allein.«

»Ihr spinnt völlig.«

»Du verreckst auch. Exakt.«

»Tut Fiona nichts an. Bitte, sie kann nichts dafür.«

Die beiden lachten.

Viktor bettelte weiter. »Ihr könnt mich aufschlitzen, ihr könnt mich auffressen. Mir ist alles egal. Ihr könnt mich auch überfahren. Ich will eh nicht mehr leben. Ohne Hund.«

Kroko lachte. »Ohne Hund? Dein Hund ist mir scheißegal. Du stehst so auf sie. Du bist rettungslos in sie verknallt. Du bist damals ausgestiegen, weil sie was mit Didi angefangen hat. Du machst dich zum Affen für die Frau. Merkst du das nicht? Du bist eine Witzfigur geworden. Dabei ist sie eine Schlampe, nichts mehr und nichts weniger. Wieso seht ihr das nicht ein? Wir sind alle schon über sie drüber gerutscht, bevor sie mit Didi zusammenkam. Du bist der einzige in ganz Ödertshofen, der nie auf die Matratze durfte. Jetzt wird auch sie die Rechnung an die Wölfe bezahlen, weil sie versucht hat, mit uns zu spielen. Komm mit, dann bekommst du, wovon du all die Jahre geträumt hast. Dann darfst du sie ficken, und ich halte sie für dich fest.«

Viktor sprang auf und packte Kroko. »Ich schwör dir, wenn ihr irgendwas passiert, bringe ich euch alle um.«

Kroko schüttelte Viktor lässig ab. Er schmiss ihn zu Boden und trat nach ihm, Dodo tat es ihm nach, wenn es ihm auch weh tat mit seinem lädierten Knie. Viktor wehrte sich nicht. Er winselte ein wenig. Die Schläger kannten keine Gnade. Sie bauten Frust ab.

Viktor plärrte. »Ich bin auch ein Wolf.«

»Du hast uns verraten.« Dodo spuckte ihn an.

Sie verschwanden, ihr Opfer blieb erst mal liegen.

»Birne? Birne, bist du da? Ich bin es, der Lulu. Geht es dir gut?«

Lulu bekam keine Antwort. Allein stand er vor Birnes Haus. Der Birne war ein feiner Kerl. Hatte der Baba gesagt. Der Baba verstand was von den Menschen, und insgesamt gab es nicht viele echte gute. Das wusste der Lulu, er wusste auch, dass er komisch war, aber blöd war er deswegen nicht. Nur die Blöden behandelten ihn wie einen Blöden, er war langsam im Reden. Der Baba hatte auf den Birne geschimpft, und auch der Kroko war sauer. Lulu verstand nicht, wieso. Wenn einer ein Feiner war, dann würde er dich nicht von einem Moment auf den anderen ein Schlechter.

In Birnes Wohnzimmer stand die Gitarre. Lulu nahm sie in die Hand, er schlug die Saiten. »Birne. Hörst du mich?«

Niemand hörte ihn, aber er hörte etwas. Im Dachboden. Lulu hatte gute Ohren, sagten der Baba und der Kroko. Lulu ging nach oben.

FINDEN

Birne stand vor Viktors Junggesellenhaus, klein, aber schnucklig, wie er fand. Er klingelte, von außen war nichts Verdächtiges zu sehen. Birne ging einmal um das Gebäude herum. Die Terrassentür stand offen. Birne betrat das Haus. Auf einem Sofa lag ein Schlafsack ausgebreitet.

»Viktor? Bist du da?«

Ein leises Stöhnen antwortete ihm. Birne folgte den Lauten und fand Viktor böse zugerichtet auf dem Wohnzimmerboden.

Viktor winkte. »Servus.«

»Waren die das?«

Viktor nickte. »Setz dich, mach dir einen Tee, ich stehe nicht mehr auf. Nie mehr.«

»Soll ich dir einen Arzt holen?«

»Keine Umstände. Das sieht von außen halb so wild aus wie innen. Dorthin kommt dein Arzt nicht.«

Auch Birne erblickte den abgerauchten Joint. »Hast du dich entspannen müssen? Kommt das von Dada?«

»Nicht mehr. Aber sie hat noch ein Lager irgendwo. Ich weiß das. Dada war großzügig.«

»Das suchst du und nichts anderes.«

Viktor schwieg.

»Hey Viktor. Das ist in Ordnung. Ich bin nicht als Polizist unterwegs. Du warst ihr Kunde.«

»Nicht nur. Ich hab es auch unters Volk gebracht.«

»Gutes Team«, lobte Birne. »Ich habe versucht dich anzurufen. Ich habe dich nicht erreicht.«

»Ich finde mein Telefon nicht mehr. Ich habe überall schon geschaut.«

»Wieso hast du mich herbestellt?«, fragte Birne.

»Ich habe dich nicht herbestellt.«

»Ich habe eine SMS von dir bekommen. Es gehe um Leben und Tod. Du hast recht gehabt.«

»Ich finde mein Handy gerade nicht.«

»Hat es dir jemand geklaut? Was wollten sie von dir?«

»Was wohl? Sie suchen dich.«

»Kannst du mir sagen, wo Fiona ist?«

»Sie war bei mir.«

Birne fuhr sich über die Stirn, eine saubere Kruste. »Ich habe mich gewehrt. Die haben mehr abgekriegt.«

»Drauf wäre ich nicht stolz, Birne. Wenn sie Fiona in die Finger kriegen, dann bezahlt sie für alles, was du ihnen angetan hast. Wenn ihr was passiert, bin ich am Ende.«

»Sie hat sich bei dir die ganze Zeit versteckt?«

»Ja. Sie hat sonst niemanden, der zu ihr hält. Die verurteilen sie für das, was sie getan hat. Dabei war es das Richtige. Die spinnen alle. Ich habe es kapiert. Sie wollte unbedingt noch bleiben. Wegen dem Fest. Ich wollte es ihr ausreden. Dann wäre sie einfach weg gewesen. Also hab ich ihr gesagt, dass sie bei mir bleiben kann. Das ist eine Provokation, das kannst du nicht bringen, die leben im Mittelalter, die spießen dich auf, habe ich gesagt. Sie hat gelacht. Sie hat Mut. Mir gefällt das. Von diesen Leuten gibt es zu wenige. Trotzdem, du hast Didi nicht erlebt, wenn er voll aufdreht. Der bringt sie um. Birne, wir müssen etwas unternehmen.«

»Ich habe schon etwas unternommen. Wegen Didi musst du dir keine Sorgen machen. Der liegt im Krankenhaus. Und ich glaube, er ist der Harmloseste.«

»Im Krankenhaus? Dann hast du ordentlich hingelangt.«

»Indirekt. Es gab einen Unfall.«

»Ich hab es gehört. Der Didi kommt wieder. Unkraut vergeht nicht. Kroko und Dodo sind noch auf den Beinen. Ich würde mich in Acht nehmen. Die sind noch gefährlicher, weil sie dumm sind.«

»Kann ich mir vorstellen. Dodo geht noch, Kroko ist tödlich, der hat auch ein gebrochenes Herz.«

»Der Kroko steht auf den Didi? Hab ich's mir gedacht: Ein schöner Männerclub.« Viktor hob den Kopf. »Diese Wölfe. Es ist nicht mehr dasselbe. Es sind nicht mehr Didis Wölfe, der Verein gehört jetzt Kroko. Und Kroko ist unheimlich.«

»Exakt.«

»Kroko und Didi haben Probleme miteinander. Kroko hat Didi seinen Einstieg ins bürgerliche Leben verübelt. Nach mir schon der zweite, der nicht mehr mitspielte. Dafür gibt es auf dem Land keinen Platz. Stell dir vor, Kroko bekäme, was er von Didi will, dann wäre das, was man über Fiona geredet hat, noch harmlos.«

»Sag mal, das zwischen Fiona und dir ist nicht nur christliche Nächstenliebe?« Viktor schwieg. Birne fuhr fort: »Du hättest sie selbst gern zur Frau. Deswegen hast du auch die Wölfe aufgegeben.«

Viktor starrte ins Leere vor sich. Die Fiona, die hätte er geheiratet. Das war die Liebe seines Lebens. Und was der Kroko gesagt hat, das ließ ihm keine Ruhe mehr. Freilich war der Kroko ein Schwätzer vor dem Herrn, aber selbst bei einem Schwätzer gab es die geringe Wahrscheinlichkeit, dass das, was er sagte, stimmte. Dort neben seinem Bett lag ein Zettel. Birne nahm ihn. Viktor protestierte. »Nein. Lass das, das geht dich nichts an.«

Ein Brief von Fiona. Sie war sauer auf Viktor, beschimpfte ihn als die größte Sau von allen: *Ich gehe jetzt. Danke für nichts. Du bist nicht besser als alle anderen hier. Ihr habt mich gesehen.*

»Was hast du ihr angetan?«

»Keine Ahnung, ich weiß es nicht. Kann sein, dass ich im Schlaf geredet habe.« Er konnte wieder lachen. Gequält. »Keine Ahnung. Das weibliche Geschlecht und ich, wir passen einfach nicht zueinander. Ich bleibe Wichser. Das ist unkomplizierter. Ficken ist nie so schön, wie du dir es beim Wichsen vorstellst. Jetzt ist sie weg, am Hund kann es nicht liegen, der ist auch weg. Ich habe gedacht, es ist der Hund.«

»Was ist mit dem Hund?«

»Ist es dir nicht aufgefallen? Wie rot sie überall war. Sie hatte eine Hundeallergie, dass es kracht. Ich habe ihr eine Cortisonsalbe aus der Apotheke geholt, nicht einmal die hat viel geholfen.« Er packte Birne. »Wir müssen sie finden. Sonst killen Kroko und Dodo sie.«

»Geht das überhaupt? Kommst du auf die Füße?«

»Ich muss. Fiona. Ich muss wissen, warum sie mich hasst.«

»Schlaf dich mal aus. Du kannst nicht viel ausrichten in deinem Zustand.«

»Birne, willst du hier bleiben? Sonst schlagen sie dich tot. Der Schlafsack liegt schon auf dem Sofa.«

Plötzlich fuhr es durch Birne hindurch. »Viktor, du rührst dich nicht vom Fleck – ich bin in einer Stunde wieder hier.«

»Birne, warte.«

»Was ist?«

»Ich danke dir, Birne.« Viktor stand auf und fiel noch im selben Moment auf den Boden. Birne hievte ihn zurück ins Bett.

»Geht noch nicht?«

»Nur eine kleine Schwäche.«

»Ich werde dich nicht mitnehmen. Ich lass dich jetzt allein. Kann ich dein Auto nehmen? Meins ist schon wieder hinüber.«

»Der Schlüssel hängt in dem Kästchen neben der Tür.« Viktor drehte sich um.

»Noch etwas«, sagte Birne. »Kannst du mir ein Hemd leihen?«

Viktor deutete auf einen Stuhl, darüber hing ein Hemd. »Ist frisch gewaschen und gebügelt, kannst du haben.«

Birne zog es an. Es war kariert und ihm viel zu groß. »Karo.«

»Genau. Nicht dass ich auf sie stehe, wenn du verstehst, was ich meine.«

»Was hast du eigentlich studiert?«, fragte Birne.

»Maschinenbau, wieso?«

»Klar: Karohemd und Samenstau – der studiert Maschinenbau.«

Beide lachten, Viktor tat es noch weh. »Halt«, rief er. »Wie finde ich dich, falls was ist?«

Birne gab ihm noch mal seine Nummer. Viktor hatte noch Festnetz.

Birne beeilte sich, er trat vor Viktors Haus, und beinahe hätte ihn der Schlag getroffen. Sie waren umzingelt. Die meisten männlichen Ödertshofener und der wildere Teil der weiblichen Bevölkerung hatten sich eingefunden, übernächtigt und fertig von der Hatz in der Nacht. Birne erkannte, wie Didis Vater Baba und Onkel Jojo herübergrinsten, die Zahnlücken waren nicht zu übersehen. Er sah Karos schwer enttäuschte Augen ihn anblicken. Babsi hatte ihr Bedienschürze noch an, sie ballte die Fäuste. Kroko und Dodo hoben den Kopf, sie waren am Ziel, der Fremde würde bluten müssen.

Paul stand vor ihnen. Es war seine Stunde. »Leute, passt auf. Er ist schwer bewaffnet.«

Birne drehte langsam seinen Kopf. Es gab keinen Ausweg, die Reihe war geschlossen. Ende der Reise. Von hinten näherte sich Gigi, er trug eine große Tüte, aus der er Semmeln und Brezen verteilte. Er war bei der Backstube vorbeigegangen und hatte Verpflegung für den müden Mob besorgt. Birnes Feinde kauten, und Gigi fragte triumphierend: »Hättest du auch was gewollt?«

Paul rief ihn zur Ordnung. »Hör auf, ihn zu provozieren. Ich will keine weiteren Verletzten. Birne, gibst du auf? Hebe deine Hände in die Luft und komme langsam zu uns herunter.«

»Am Arsch«, antwortete Birne und drehte sich um. Er kehrte in Viktors Haus zurück, um sich dort in Ruhe weiter belagern zu lassen.

»Keiner rührt sich«, befahl Paul. »Sucht euch eine Deckung. Falls er aus dem Haus auf uns zielt. Er trifft. Er ist Polizist. Und er ist unberechenbar.«

Die Meute gehorchte und suchte Deckung hinter Bäumen, Viktors Auto, Zaunlatten. Es kam zu Rangeleien. Wenn Birne wirklich hätte schießen und treffen wollen –

Waffe vorausgesetzt –, hätte man es ihm nicht leichter machen können.

»Was ist da draußen los? Warum bist du wieder zurück?«, wollte Viktor wissen.

»Sie wollen mir an den Kragen.«

»Warum?«

»Der Unfall. Didi hat es erwischt und außerdem hat eure Hütte gebrannt. Daran bin ich sogar wirklich schuld.«

»Puh. Dann dampft die Kacke ordentlich. Was sollen wir nur tun?«

»Hast du ein Bier?«, fragte Birne.

»Klar, sogar kalt.« Viktor ging schwerfällig zum Kühlschrank und nahm zwei heraus.

Sie stießen an. Birne trank seines in einem Zug leer.

»Du hast ja sauber Durst. Kommt vom Brand. Oder?«, bemerkte Viktor.

»Wer kann, der kann«, antwortete Birne und schlug die leere Flasche an der Tischecke kaputt. »Sorry. Aber jetzt habe ich eine Waffe.«

»Okay. Gegen alle ist das wenig.«

»Ich verwende sie nicht gegen alle. Steh mal auf.«

Viktor gehorchte.

Birne fragte: »Geht es so?«

»Ja, einigermaßen«, antwortetet Viktor und hielt sich an Birne fest.

Der packte ihn von hinten und hielt ihm die abgebrochene Flasche an den Hals.

»Du hättest auch nach einem Messer fragen können.«

»Das sieht wilder aus und außerdem hatte ich Durst.«

»Dann lass uns gehen. Oder halt: Was ist, wenn sie nicht vernünftig sind?«

»Das überlegen wir uns dann«, sagte Birne.

Sie traten vor die Tür, wo das Volk von Ödertshofen sich noch um Verstecke stritt. Birne klang auf einmal nicht mehr so ruhig wie im Haus, eher hysterisch: »Schaut her, ihr Pisser. Ich habe einen von euch als Geisel. Und wenn einer eine falsche Bewegung macht, dann schneid' ich ihm die Kehle durch, und das Blut spritzt euch alle voll, und ihr seid schuld.«

Betroffene Ruhe kehrte ein. Paul sah sich als einziger genötigt, das Wort zu ergreifen: »Birne, du kriegst noch größere Schwierigkeiten. Sei vernünftig.«

»Nein«, brüllte Birne. »Sei du vernünftig. Wir gehen jetzt gemeinsam zu Viktors Auto und fahren weg, und keiner von euch rührt sich, sonst stech ich zu. Und den nächsten, der kommt auch noch.«

Langsam gingen sie zu Viktors Peugeot. Keiner hinderte sie. Birne kannte die Situation, er hatte sie schon einmal aus Sicht der Gegenseite erlebt, vor Jahren. Damals standen ihnen bewaffnete Bullen gegenüber. Diesmal hatte einer eine Waffe, aber er durfte sie nicht ziehen, weil er sich sonst verraten hätte. Birne wunderte sich, dass er ruhig blieb, er hatte keine Angst. Er war sich sicher, dass es klappen würde. Er hatte auch eine gute Geisel. Viktor spielte mit, er wollte auch, dass die Guten gewinnen.

Das Einsteigen gestaltete umständlich. Birne durfte die Bierflasche nicht von Viktor Hals nehmen. Sie stiegen fast gleichzeitig ein. Birne hielt sein Opfer fest und stieg über den Fahrersitz auf den Beifahrersitz. Viktor saß am Steuer.

»Und jetzt?«

»Fahr los«, befahl Birne.

»Du hast den Schlüssel noch.«

»Entschuldigung.« Birne kramte in seiner Tasche und reichte ihn Viktor.

Der drückte aufs Gas. Er wollte selbst fort. Paul musste zur Seite springen, um nicht über den Haufen gefahren zu werden. Birne nahm die Flasche von Viktors Hals. Beide lachten sie erleichtert auf.

»Birne, du bist cool.«

Birne dreht die Scheibe herunter und warf die Flasche raus.

Die Leute versammelten sich um Paul. Sie wollten seinen Plan erfahren. Paul war überfordert.

»Komm, wir jagen ihn.«

»Wartet, er könnte überall hin sein.«

»Wir müssen die Polizei einschalten.«

»Ich bin die Polizei«, protestierte Paul.

»Die gescheite Polizei. Komm, gib eine Fahndung raus.«

»Das ist doch ein Scheiß, da kommt doch nichts raus bei einer Fahndung. Wir jagen ihn.«

Kroko hatte die entscheidende Idee: »Kommt, wir gehen zu seinem Haus. Dort wird er früher oder später auftauchen.«

»Was machen wir in der Zwischenzeit?«

»Wir fackeln ihm die Bude ab. Er hat unsere Hütte angezündet, also fackeln wir ihm seine ab. Auge um Auge, Hütte um Hütte.«

Einige zögerten noch, also legte Kroko nach. »Ihr habt nicht gesehen, was ich gesehen habe. Der Didi lag in seinem eigenen Blut im Wald. Warum? Weil Birne ihn gegen einen Baum geschoben hat. Sie waren Freunde. Und Birne lässt ihn liegen. Wären wir nicht dabei gewesen, Didi wäre jetzt tot. Ist das in Ordnung? Macht man das?«

Paul tauchte an seiner Seite auf: »Birne ist ein Fremder – wir haben nichts gegen Fremde. Aber wir haben auch Regeln und jeder, der sich weigert, sich zu fügen, muss raus. Ganz einfach. Ich war bei ihm, er ist bei uns eingebrochen. Es war ihm wurscht. Er reagiert nicht. Er lebt nach seinen eigenen Gesetzen. Wer verbietet uns, seine Gesetze zu brechen, wenn er unsere ignoriert?«

Die Leute jubelten. »Weg mit dem.«

Kroko wusste noch was: »Ich habe recherchiert – er hat ein Kind zusammengeschlagen, deswegen ist er hergekommen. Um hier weiterzumachen.«

»So einen brauchen wir hier nicht.«

»Und dem Didi hat er zuerst die Frau ausgespannt und anschließend hat er ihn ins Krankenhaus gebracht.« Paul kam in Fahrt. »Ich frage euch: Wann gibt es den ersten Toten? Ha?«

»Lasst uns sein Haus anzünden, nehmt ihm das Fundament hier, dann muss er abhauen.«

»Und was machen wir, wenn er sich rächt?«

»Dann schlagen wir ihn tot.«

Applaus. Dodo war ganz aus dem Häuschen vor Begeisterung, er rannte los, und alle folgten ihm, als letzter Paul, der enttäuscht war, dass er nicht mehr der Boss von der Hetzjagd mimen konnte. Kroko drehte sich um, nahm ihn mit und versprach, dass er das erste Streichholz anzünden dürfe. Damit gab er sich schon zufrieden.

Während die Feinde sich schnell einig geworden waren, brach bei den Freunden ein Zwist vom Zaun. Viktor wollte nicht ins Krankenhaus.

»Lass mich raus. Ich gehe da nicht hin. Ich kann ihm nicht ins Gesicht schauen.« Er hielt an.

»Wo willst du hin?«

»Ich gehe heim, ich sage, dass du mich hast laufen lassen. Oder wir hauen ganz ab.«

»Nein, ich will Didi sehen.«

»Der kriegt eh nichts mit, so wie du mir den Unfall geschildert hast.«

»Scheißegal. Baba sagt, er kann reden. Was auch immer passiert, wenn sie mich verhaften, dann will ich ihn noch mal gesehen haben.«

Sie waren noch in Ödertshofen. Birne ließ Viktor aussteigen und übernahm selbst das Steuer. Viktor winkte Birne nach, dann trabte er traurig zurück zu seinem Häuschen.

Birne wollte nicht wegen Didi ins Krankenhaus.

Lulu streichelte den letzten Marder – Abrissbirne – und küsste ihn. »Du musst keine Angst haben, Kleiner. Ich beschütze dich. Die Leute beruhigen sich wieder, sie gehen, und ich bin bei dir. Keine Angst.«

Das kleine Tier zitterte in seiner Hand, es kroch ihm unter die Achseln. Lulu musste lachen, obwohl ihm zum Heulen war. Was da unten vor sich ging, war ihm nicht geheuer. Es wurde gebrüllt und fies gelacht. Die Menschen waren böse, und wenn sie ihn erwischten, hauten sie ihn. Der Baba war auch brutal. Wenn er mitkriegte, dass er bei Birne war, würde er wütend auf ihn werden. Er würde ihn schlagen und Kroko wäre auch sauer. Wenn Kroko sauer war, dann prügelte er auch. Alle würden ihn schlagen. Nein. Lulu wollte still hier oben warten, bis sie weg waren. Dann käme er, wenn es dunkel ist, runter und liefe heim, so schnell es ging.

Der Marder war unter seinem T-Shirt, er krabbelte ihm über den Rücken, das kitzelte so. Lulu hielt die Luft an, um nicht loszuprusten.

Viktor kam heim. Alle weg. Wie ein Spuk, den der Morgen vertrieben hatte. Roh und erleichtert, mit niemandem reden und sich keine Geschichten einfallen lassen zu müssen, ging er auf sein Haus zu.

»Viktor.«

Er wollte gerade zur Tür rein. Babsi lief auf ihn zu. »Ich bin so froh, dass du wieder da bist. Hat er dir nichts getan?«

»Nein, er hat mich gleich laufen lassen. Birne ist schon okay.«

»Finde ich auch. Die gehen zu weit. Wer weiß, was sie ihm angetan hätten, wenn er ihnen in die Hände gefallen wäre?«

»Hat er Glück gehabt.«

»Kannst du laut sagen, jetzt fehlt nur das Haus, aber wenigstens ihm ist nichts passiert.«

»Was ist mit dem Haus?«

»Sie zünden es ihm gerade an.«

»Das dürfen die nicht.«

»Die machen das einfach.«

»Dann müssen wir sie aufhalten.« Viktor rannte los. Diese Hitze, es brannte in seinem Hals. Im Kühlschrank wäre noch Bier gewesen.

FACKELN

Viktor näherte sich von hinten dem Haus, durch den Kräutergarten, niemand bemerkte ihn. Die Masse stand vorn. Er schlich sich zum Hintereingang und lugte durchs Fenster. Er konnte nicht erkennen, ob jemand im Haus war.

Plötzlich stand Dodo hinter ihm. Er hatte eben gepisst, ohne von Viktor gesehen zu werden. »Wen haben wir denn da?«

»Dodo? Lass mich da rein. Ihr könnt das nicht tun. Ihr seid verrückt. Ihr habt gar keine Ahnung, was ihr kaputt macht.«

»Apropos: Er hat mehr kaputt gemacht, ganz egal, was hier gleich in Flammen aufgeht.«

»Dodo, tut es nicht. Ich bitte dich.«

Dodo schüttelte den Kopf. »Es ging um unsere Freundschaft. Kroko hat es nicht gepackt, dass der Birne so gut mit Didi kann. Der Birne, der Birne. Eifersüchtig, wenn du mich fragst. Er wollte es ihm heimzahlen. Mir ist nicht wohl dabei. Ich habe immer gewollt, dass du dabei bist, Viktor. Damit du siehst, wie es einem geht, der nicht spurt.«

»Es ist nicht zu spät. Brems den Kroko. Ihr verbrennt ein Vermögen.«

»Kroko ist im Haus. Er hat das Benzin. Gleich ist es so weit.«

»Nein, Dodo. Wenn ihr das macht, verbrennt ihr eine Menge Geld. Ihr vernichtet Werte. Lass uns das zuerst rausholen. Ich teile mit dir. Ich schwöre es.«

Dodo stand ratlos da. »Geld?«

»Nicht direkt Bargeld, aber wertvolle Dinge. Die will ich holen, verstehst du mich?«

»Ja, klar. Und du teilst mit mir?«

»Selbstverständlich.«

»Ich gehe mit rein, ich will sehen, was du machst.« Er wollte Viktor packen, doch der war schneller und rannte zur Tür. Dodo blieb stehen. »Ich weiß nicht. Ich trau keinem von euch.«

Viktor betrat das Haus durch den hinteren Eingang. Durch die Speisekammer und die Küche ging er ins Wohnzimmer. Er hörte, dass im oberen Stockwerk jemand werkelte. Er wollte die Treppe hochgehen, da nahm er vom Wohnzimmer das Piepen eines Handys wahr. So piepte sein Handy, wenn es anzeigte, dass der Akku zur Neige ging. Viktor drehte um und sah auf dem Wohnzimmertisch Krokos Jacke liegen. Er langte in die Jackentasche und zog sein Handy heraus. Jetzt war es klar: Kroko hatte ihm sein Handy geklaut. Er hatte Birne eine Nachricht geschrieben und ihn zu sich in die Falle gelockt. Viktor klickte sich durch sein Nachrichten-Menu und wurde immer wütender. »Er hat noch mehr SMS geschrieben in meinem Namen. »Ach du Scheiße.« An Fiona. *Ich finde dich gail. – Lass dich bumssen. – Die aderen durften auch alle. Schlammpe*. Deswegen wollte sie nichts mehr mit ihm zu tun haben, deswegen hatte sie ihn verlassen. »Der ist so ein Arschloch. Was hat er denn davon, dass sie mich nicht will?«

Birne stellte sein Auto auf dem Parkplatz des Krankenhauses ab und ging zum Eingang. Er war noch ein gutes Stück entfernt, er konnte noch niemanden erkennen. Da spurtete einer, der eben am Eingang stand, plötzlich los, als er Birne sah. Er konnte auch jemand anderen gesehen haben, doch Birne bezog seit Tagen alles auf sich und nahm die Verfolgung auf. Birne war erschöpft, sein Atem ging schwer, doch der vor ihm war noch schlechter beieinander. Birne kam ihm näher und erkannte ihn. Vor ihm rannte Toto, den hatte er vor Viktors Haus nicht gesehen. Birne hatte nach ihm gesucht im Mob und sich noch gedacht, dass gerade Toto hervorragend dazu passen würde, wenn es mal galt, seinen versteckten Hass auszuleben.

»Toto, bleib stehen.«

Toto gehorchte. Er schnaufte wie ein kaputter Bulldog, er hätte eh gleich aufgeben müssen. Birne stützte ihn, als er ihn erreichte. »Ist alles in Ordnung?«

»Mit mir schon.«

»Komm, wir setzen uns.« Er brachte ihn zu einer in der

Nähe stehenden Bank. Toto kämpfte um seinen Atem und entschuldigte sich mit: »Asthma.«

»Kein Problem«, fand Birne. »Du musst nicht vor mir abhauen, die anderen sind hinter mir her.«

»So? Geht es dir an den Kragen?«

»So kann man es ausdrücken.«

»Dann bin ich wenigstens nicht mehr schuld.«

»Hauptsache, ich bin hin.«

»Birne, ich habe Scheiße gebaut, ich rühre keinen mehr an.«

»Das kommt spät, aber es kommt. Wie geht es ihm?«

»Ich bin nicht hochgegangen. Ich habe es nicht gepackt. Er ist auf einer normalen Station, er überlebt es.«

»Es war nicht der Marder, es war der Mörder.«

»Zeigst du mich an?«, fragte Toto.

»Was würde das bringen?«

»Mir wäre endlich das Handwerk gelegt.«

»Es ist schon saudoof gelaufen, du hattest richtig Pech. Wenn ich allein unterwegs gewesen wäre, hätte es mich um einen Baum gewickelt, und kein Mensch hätte sich gewundert. Ich halte Marder daheim. Einer beißt das Bremskabel durch, und Ende Birne. Guter Plan. Um mich wäre es nicht schade. Ich glaube, euch sind die Maßstäbe verrückt in eurem Dorf.«

»Das sagst du so leicht. Ich habe auch Gefühle, das sieht keiner«, jammerte Toto.

»Hat Didi dir den Auftrag gegeben?«

»Nein. Didi ist unschuldig. Birne, du musst mir das glauben, bitte. Er hat mir das Auto gebracht, weil er dir helfen wollte. Das war seine Absicht, ohne Witz. Er hat viel von dir gehalten, obwohl du ihm das angetan hast.«

»Ich habe ihm gar nichts angetan. Wieso verstehst du das nicht?«

»Irgendwas muss dran sein. Umsonst reden die Leute nicht.«

»Und wieso hast du ihm das kaputte Auto gegeben? Es hätte ihn doch erwischen können.«

»Ein paar Kilometer waren drin. Mir war klar, dass er dir dein Auto geben würde gegen seine Fiona, und du würdest gegen einen Baum donnern … Nun gut, es ist dir ja nichts passiert.«

»Warum machst du das? Ich hätte draufgehen können.«

»Der Didi ist ein armer Hund, der hat es nicht verdient, dass diese Sau ihn sitzen lässt, und du hast es auch nicht verdient.«

»Es ist seine Sache und die von Fiona, und ein bisschen auch meine. Der Didi könnte mich persönlich umnieten, das wäre einfacher, falls es darum geht«, sagte Birne.

»Das haben sie auch gesagt, als es mir so ging. Ich war nah dran, alles hinzuschmeißen. Ich habe es nicht gemacht, ich bin froh, aber der Schmerz ist da.«

»Du wurdest auch verlassen?«

»Auch ich.«

»Von wem?«

»Die kennst du nicht, die wohnt nicht mehr bei uns, sonst hätte ich sie erschlagen, das schwöre ich dir. Es ist die Schwester vom Paul, dem scheinheiligen Dreckshund, dem scheinheiligen. Bin ich in der Wirtschaft gesessen und habe mir einschenken lassen, dass ich es ertrage, setze mich in mein Auto, und der Arsch zieht mich raus. Frau weg, Führerschein weg. Das passt ja, habe ich mir gedacht. Der war anders drauf früher. Der hat jeden erwischt. Erst als er den Gigi dran genommen hat, ist er an den Falschen geraten. Der hat es ihm sauber gezeigt, wer der Chef vom Dorf ist. Danach war er als Polizist erledigt, der hätte sich noch mal was trauen sollen, der hat sich zur Babsi reingesetzt und angefangen zu saufen. Recht geschieht es ihm. Der Gigi hat bis jetzt noch keinen Führerschein, aber er fährt einfach.«

Irgendwann erwischt es einen Unschuldigen. Viktors Hund zum Beispiel. Der war unschuldig, und den hatte Birne zusammengefahren. Birne hielt nun sein Maul. Keiner war unschuldig, jeder in Ödertshofen sammelte Dreck an seinem Stecken, alle hielten besser ihr Maul. Der Hund hatte Fionas Allergie ausgelöst, gut, mehr eine äußerliche Angelegenheit.

»Ich gehe jetzt mal auf Station«, sagte Birne.

»Gut. Sag ihm gute Besserung.«

»Wir werden uns wiedersehen, Toto.«

Viktor trat vor Kroko hin. Der stellte den Benzinkanister ab. »Ja?«

»Warum hast du das getan?«

»Hey, jetzt beruhig dich, das war Spaß. Was willst du von der Schlampe?«

»Ich liebe sie vielleicht.«

Kroko lachte höhnisch auf. »Du suchst nach einem Vorwand, dich zum Deppen zu machen. Das ist alles.«

Viktor schrie auf, packte einen von Birnes Schuhen und hieb wahllos auf Kroko ein.

»Hör auf«, rief Kroko und begann zu bluten im Gesicht.

Viktor gehorchte nicht. Er hieb noch heftiger drein.

Kroko hatte Pauls Waffe in der Hose stecken. Er holte sie heraus und zielte auf Viktor.

Viktor ließ den Schuh fallen und taumelte rückwärts. »Scheiße, was hast du vor?«

»Halt dein blödes Maul. Sonst bist du weg.« Kroko kam auf ihn zu.

Viktor erschrak. Er war auf dem Treppenabsatz angekommen und kämpfte um sein Gleichgewicht. Kroko trat zu ihm hin. »Was die Alte konnte, ist für mich ein Kinderspiel.« Er drückte Viktor nach unten, der fiel die Treppe hinab und blieb unten regungslos liegen. »Bist du fertig?« Ohne auf eine Antwort zu warten, zückte er sein Feuerzeug.

Fiona war dort. Birne hatte mit ihr gerechnet. Er wollte nicht zu Didi, er hatte gehofft, sie zu treffen, und er hatte recht gehabt. Sie war noch nicht bei ihm drin gewesen. Sie wirkte verstört. Als sie Birne kommen sah, umarmte sie ihn erleichtert, nicht allein sein zu müssen. Und er genoss es auch, in jemandes Armen sein dürfen.

»Birne, ich bin so froh, dich zu sehen. Was ist passiert?«

»Ein Unfall. Meine Bremsen haben nicht funktioniert, mein Auto war kaputt.«

»Wieso funktionieren deine Bremsen nicht?«

»Marder«, log Birne. Er sah keinen Sinn darin, noch jemanden hineinzuziehen.

»Glückwunsch, Tierfreund. Ich kann da nicht allein rein. Das drückt so. Mir ist komisch. Das ist alles so kaputt. Ich habe alles falsch gemacht. Ich habe sie alle unglücklich gemacht. Was kann ich jetzt tun?«

»Nichts.«

»Danke.«

»Entscheide nicht mit einem schlechten Gewissen. Das vergeht, und mit der Entscheidung musst du leben. Du wolltest fort. Jetzt bleib erst mal da«, riet ihr Birne.

»Birne, ich wünsche mir im Moment, es einmal einen Tag nur so einfach zu haben wie du. Kommst du mit rein?«

»Bitte, nach dir.«

Die Leute applaudierten, als der Rauch in schweren Schwaden aufstieg. Man konnte sehen, wie im ersten Stock, die Flammen hinter den Fenstern loderten. Kroko drehte sich stolz um. Gigi hob anerkennend beide Daumen in die Höhe. Dodo trat neben ihn, Kroko konnte es nicht lassen, ihn anzuherrschen: »Das mit der Schwuchtel gebe ich dir noch zurück.«

»Kroko, das war nicht so gemeint. Du weißt, wie Karo ist. Wo ist Viktor? Der ist vorhin rein zu dir.«

Kroko lachte. »Der hat Angst bekommen, er ist abgehauen.«

Die Flammen erreichten den Dachboden. Man hörte ein animalisches Quieken. Ein Tier im Todeskampf. Die Masse schaute sich ratlos ins Gesicht.

»Es sind seine Marder. Er hält Marder im Dachboden, dieser kranke Mensch«, kommentierte Kroko.

Alle lachten, sie tobten, sie kriegten sich gar nicht mehr ein, sie wussten sich schier nicht mehr zu helfen vor guter Laune. Die Luft roch auf einmal süßlich.

»Hanf!«, rief Gigi. »Die Alte hat Hanf in ihrem Dachboden gebunkert. Deswegen war Viktor so dagegen, dass wir die Hütte abreißen. Der Schlingel. Die ganze Isolierung des Dachs besteht aus bestem Gras.«

»Atmet tief ein, Leute. So billig wird es nie mehr.«

Sie ließen es sich nicht zwei Mal sagen.

Der Feuerwehrmann steckt in den Feuerwehrmännern, den treibt man nicht so einfach aus ihnen heraus. Je höher die Flammen schlugen, desto größer wurde die Lust zu löschen. Sie rückten los, bevor alles zerstört war, was einen Wert hatte, vor allem der Hanf. Die Freiwillige Feuerwehr gab alles, zum zweiten Mal innerhalb von 24 Stunden, und sie waren gut, sie wurden immer besser in dem, was sie taten. Die Männer hasteten zum Feuerwehrhaus und warfen sich in ihre Anzüge.

Es kam erneut Unruhe auf. »Da ist ein Mensch drin«, schrie jemand. »Unternehmt was.«

Einige rannten auf das brennende Haus zu. Im Inneren war der Umriss eines Mannes zu erkennen, der schwankte. Das Kreischen wurde noch schriller.

Eine Schwester hielt Didi eine Schüssel mit Suppe an den Mund, weil er mit seinem gebrochenen Armen nicht löffeln konnte. Grüne Broccolipampe lief sein Kinn hinab auf einen Papierlatz. Ein Bein war hochgelagert, der Kopf eingebunden und das Gesicht voller Flecken. Er zuckte unter Schmerzen zusammen, als Birne eintrat und Fiona ihn umarmte. Die Schwester zog sich zurück. »Sie müssen ihn schonen, er ist noch schwach, und im Kopf ist er auch noch wirr. Er kann ab heute an diesem Tag einen zweiten Geburtstag feiern. So viel Glück haben wenige. Er hätte tot sein können. Dabei hat er nur ein Bein gebrochen und ein paar Prellungen und ... Aber das soll er selber sagen.« Im Nachbarbett schlief ein alter Mann friedlich vor sich hin. Fiona sagte, es tue ihr leid. Didi hörte sich das ungerührt an.

»Didi, ich will alles wieder gut machen«, sagte sie.

Didis Augen fielen ihm zu, er kämpfte gegen den Schlaf und gegen die Erschöpfung. »Didi?« Fiona pausierte.

»Das war viel auf einmal«, sagte Birne.

Didi hob seinen Kopf. »Was ist mit Kroko und Dodo?«

»Denen geht es gut«, beeilte sich Fiona zu sagen. »Die sind auf den Beinen.«

Birne wollte sich auch einbringen: »Sie wollten mich umlegen. Sie hätten mich umgebracht, zuerst ersäuft, dann erschossen und am Ende angezündet. Nichts hat geklappt – eine Katze hat neun Leben.«

Didi wendete sich Birne zu. »Wenn ich hier wieder rauskomme, kehre ich nicht in dasselbe Ödertshofen heim.«

»Die Welt dreht sich weiter.« Birne war vielleicht der Schlaueste von allen Menschen.

»Ohne dich wäre die Welt besser, Birne. Wenn ich es mir raussuchen könnte, wäre es mir lieber, Kroko hätte dich kalt gemacht.« So viel Hass arbeitete in Didi, unglaublich. Sollte er froh sein, dass er lebte, der undankbare Mensch.

»Das können wir noch aushandeln.«

»Wieso bist du hier? Das ist eine Sache zwischen Fiona und mir. Lass sie in Ruhe, sie kommt zu mir zurück, und du bist Gottes überflüssigster Mann auf Erden.«

»Fiona wollte, dass ich mitkomme, und ich sage dir, ich bin gerne mitgekommen.«

Fiona räusperte sich.

»Sollen wir gehen?«, fragte Birne.

»Ich glaube nicht, dass sie mit dir gehen will. Sie bleibt bei mir. Dieses Rennen hast du verloren.«

»Fiona?«

Sie setzte sich, schaute von einem zum anderen. Fiona am Scheideweg. Auf der einen Seite das leichte Leben mit dem gemachte Bett und der sicheren Zukunft, die geordneten Verhältnisse, die Kinder, das Altwerden mit doppeltem Boden; auf der anderen Seite die Tugend, der steinige Weg, wo der Horizont im Nebel lag und mit goldenen Früchten lockte oder mit dem Verlust von allem, vom Ruf bis zu den materiellen Gütern.

»Ich bin bereit, dir alles zu verzeihen, du kommst, und wir werden glücklich. Wir haben unser Haus. Alles wird gut«, sagte das leichte Leben, vertreten durch den bandagierten Didi.

»Didi, sie will raus, sie will auch mal was anderes sehen. Der Himmel über Ödertshofen fällt ihr auf den Kopf. Du musst ihr was bieten.« Birne legte sich ins Zeug.

»Es geht nicht darum, ob du mir verzeihst«, sagte Fiona.

»Um was denn dann?«

»Das ist Viktor«, sagte Paul. »Wo kommt der her? War der im Haus?«

»Wenn er rauskommt, dann muss er drin gewesen sein«, antwortete Kroko, innerlich verfluchend, dass dieser Idiot überlebt hatte und bei Bewusstsein war. Der würde ihn so was von dranhängen, für den musste er sich dringend und schleunigst was einfallen lassen. Er ging zu ihm hin und sagte: »Ich kümmere mich um ihn, ich hole einen Notarzt.«

Viktor wehrte sich, als er von Kroko weggezogen wurde. Aber er konnte kaum Widerstand leisten. Das Tier kreischte immer noch im Haus, es war unheimlich.

Didi kam in Fahrt: »Du hast alles zerstört, was mir wichtig war. Meine Kumpels riskieren ihr Leben für mich, sie kommen unter Umständen ins Gefängnis, ich bin ein Krüppel ein Leben lang.«

»Was bekommen sie denn nicht mehr hin?«, wollte Birne wissen.

»Das ist jetzt nicht so wichtig.«

»Doch. Ist es unten rum was?«

Didi explodierte fast: »Halt das Maul.« Verdächtig laut. Die Kinder hatte er nicht erwähnt, als er von seiner und Fionas Zukunft sprach. Birne war einiges klar. Er freute sich heimlich gegen seinen Willen, die Grube, die man anderen gräbt. Hihi.

»Der Kroko war dir immer zu viel«, fiel Fiona ein. »Der ging dir auf die Nerven. Ich habe mir stundenlang deine Schimpfereien angehört. Und als ich dich gefragt habe, wieso du immer noch zu denen gehst, anstatt mit mir was zu unternehmen, hast du gesagt: Der Mensch ist ein Rudeltier, in der Einsamkeit geht er ein. Und ich? Was ist mit meiner Einsamkeit?«

»Das ist ganz was anderes«, sagte Didi und Birne dachte sich: Stimmt. Die Einsamkeit der Frauen ist etwas ganz anderes oder wie es Peter Alexander, der große Philosoph, einst so treffend im Schlager formuliert hat: *Ich lass dir den Kochtopf, lass du mir mein Bier*. Birne schwieg, weil es besser war, gute Gedanken ausschließlich zu denken. Und Didi legte von allein nach: »Ich muss die ganze Woche arbeiten, dass ein Geld da ist, ich reiß mir die Beine aus« – das eingegipste Bein wackelten und Birne musste aufpassen, dass er nicht laut loslachte – »und du kannst zufrieden daheim sitzen. Wer hat es so gut außer dir? Fang nur nicht wieder damit an.« Wer schafft, der braucht Kraft und ein Eisbein von dir. Birne summte nicht, hätte aber gern.

Der alte Mann im Nebenbett wachte auf von den lauten Stimmen. Er schaltete den Fernseher an und setzte sich die Kopfhörer nicht auf. In der Wirklichkeit gab es das schönere Spektakel, das Unglück der anderen.

»Muss das jetzt sein?«, herrschte Didi ihn an.

Der Alte grinste: »Meine Lieblingssendung – Bauer sucht Frau.«

»Ich schlag dich zusammen, wenn ich wieder gehen kann«, drohte Didi.

»Ich bin entweder schneller wieder raus als du oder tot am Schluss. Du kannst mich mal.«

Birne wusste nicht, zu wem er gehörte. Je länger er dabei stand, desto mehr kam es ihm wie ein Schauspiel vor. Er wurde zum Beobachter. Diese Menschen gingen ihn nichts an. Sie warfen sich ihre Fehler vor, sie verstanden nicht mehr, was sie einst aneinander gefunden hatten und wurden nicht müde, sich das mitzuteilen. Die einfachste Lösung wäre gewesen, sich in Ruhe zu lassen und schleunigst getrennte Wege zu gehen.

»Dann geh doch. Ich lieb dich überhaupt nicht mehr«, schrie Didi.

Der Alte fragte Birne: »Sind Sie der Anwalt?«

Birne schüttelte den Kopf: »Der Hausfreund.«

»Junge Leute. Ein schönes Durcheinander.

Fiona zog Birne an der Hand. »Ich habe meine besten Jahre an dich verschwendet.«

»Das Einzige, was mich ärgert, ist, dass es dir bei mir nicht noch viel beschissener gegangen ist.« Gut, dass Didi sich nicht bewegen konnte. Wozu ein Unfall gut sein konnte.

»Bring mich weit fort von hier«, bat Fiona.

»Ich wünsche ein gelingendes Leben«, rief der Alte ihnen unter den Verwünschungen Didis hinterher.

»Du bist mit Viktors Auto hier«.

»Meines gibt es nicht mehr.«

»Nimmst du mich mit?«

»Wohin?«

»Weit weg.«

Der heißeste Sommer findet irgendwann sein Ende. Der Durst, der alle quälte, sie saufen ließ wie Löcher und im Rausch Dinge anstellen ließ, auf die sie nüchtern nicht gekommen wären, der war weg mit dem ersten Tropfen Regen, der vom Himmel fiel. Es prasselte, und die Feuerwehr bekam mit der Hilfe des Himmels den Brand schleunig in den Griff. Der Hanfrauch verzog sich. Der Rausch war vorbei. Es pisste. Der Kater begann.

Vom ersten Stock und dem Dachboden standen noch die Grundmauern. Das Erdgeschoss war einigermaßen erhalten geblieben, das Haus dennoch eine Ruine. Wer auch immer sich daran zu schaffen machte, würde bei beinahe Null anfangen. Boffi, der Kommandant, inspizierte mit einigen anderen fachmännisch den Schaden.

»Scheiße.«

»Was ist?«

»Da liegt noch einer.«

Sie waren auf dem Dachboden. Da lag eine verkohlte Leiche.

»Wer ist das?«

Sie beugten sich über ihn. Einer erbrach sich sofort. Nicht mehr viel zu erkennen.

Sie ließen nach Kroko suchen, keiner hatte gesehen, wo er hin war. Sie fanden ihn schnell. Sein Auto stand hinter Birnes Hühnerstall, wo keiner hinschaute, solange das Haus brannte. Er schnallte Viktor auf dem Beifahrersitz fest. Er würde gleich den Notarzt kommen lassen, sie hatten ihn weggehen sehen. Vorher wollte er noch ein paar Abgase vom Auspuff ins Innere leiten, um Viktor den Rest zu geben. Das müsste hinhauen. Einer aus einem brennenden Haus hatte genug Kohlenstoffmonoxid abbekommen, keiner würde fragen, und Viktor würde das Maul halten, da tot. Einen Schlauch hatte er sich aus dem Feuerwehrauto besorgt, keiner achtete auf ihn. Es war ein kurzer, der zu einer Kübelspritze gehörte. Ein großer Stein lag auf dem Boden, den musste er aufs Gaspedal legen, dann die Fahrertür zu und die Sache wäre in einer Minute im Wesentlichen erledigt.

Viktor lallte »Bitte nicht«. Er war zu schwach, um Widerstand zu leisten.

»Kroko!«

Kroko zuckte zusammen. Sie hatten ihn erwischt. Doch es war nur Dodo. »Kein Wort, okay?«, befahl er ihm. »Das muss sein.«

»Du musst mitkommen. Es geht um Lulu.«

»Das muss erledigt sein.«

Dodo packte Kroko. »Nein, in dem Fall geht Lulu vor.«

Jetzt verstand Kroko. Er ließ den Stein zu Boden fallen und rannte. »Lulu.«

Keine Chance. Ein verkohlter Leichnam. Die Schaumenge ging zu Seite. Kroko stürzte zu Boden. Der tote Lulu lag vor ihm. Sie schauten weg. Kroko holte seine Pistole hervor und richtet sie auf sich.

»Hey«, schrie Paul. »Der hat meine Pistole.« Er warf sich auf Kroko und versuchte, die Waffe in seine Gewalt zu bringen.

Die beiden Männer rauften auf dem Boden miteinander und die Dorfbewohner schauten im Regen zu. Sie verkeilten sich ineinander. Paul biss Kroko ins Ohr, Kroko schrie auf, und ein Schuss löste sich. Sie hielten inne.

»Ja, du Dreckloch, du verschissenes«, brüllte ein Stimme von hinten. Sie gehörte Gigi. Der näherte sich den Raufbolden und zog Paul am Kragen heraus. »Schau dir an, was du angestellt hast.« Er schleifte ihn zu seinem SUV, an dessen Seite ein Einschussloch prangte. »Du bist die größte Null auf dieser Welt.«

»Gigi, sei vorsichtig. Wenn ich will, bist du heute noch dran«, worauf Gigi Paul zwei saubere Schläge ins Gesicht betonierte.

Dodo warf sich dazwischen und trennte die beiden mit vollem Körpereinsatz. »Herrschaft, Männer.«

Schwer schnaufend standen sie sich gegenüber.

»Der zahlt für das. der hat mir den Karren kaputt geschossen.« Gigi lehnte sich an sein Auto mit Einschussloch. Er war am Ende seiner Kräfte.

Paul wischte sich mit einem Stofftaschentuch das Blut aus dem Gesicht. »Die Zeiten sind vorbei, Freunde. Ihr meint immer noch, ihr könnt machen, was ihr wollt. Ihr seid alle dran.« Neben ihm lag die Leiche von Lulu.

»Du aber auch«, drohte Gigi.

»Wir müssen zusammenhalten«, sagte Dodo. »Jeder hat einen Scheiß gebaut. Den Haufen müssen wir gemeinsam verräumen. Wenn wir nicht zusammenhalten, dann sind wir verloren, dann existiert Ödertshofen nicht mehr. Ein Mensch ist tot. Ist denn ein Auto mittlerweile mehr wert als wie ein Menschenleben?«

Wie zusammengeschimpfte Schulbuben starrten alle aneinander vorbei oder auf den Boden. Dodo wusste nicht weiter, er ging einen Schritt in die eine und dann einen in die andere Richtung.

»Er hat recht«, sagte Gigi.

»Wir räumen auf«, befahl Paul.

Es kam Bewegung auf. Die, die nicht brechen mussten, packten mit an.

Kroko nutzte die Gelegenheit, sich mit der herumliegenden Waffe den Kopf wegzupusten.

BLEIBEN

Sie wollte, dass er sie zu ihrem und Didis Haus brachte. Sachen holen.

»So ein blöder Arsch. Unglaublich.« Sie konnte sich nicht mehr beruhigen. Sie schimpfte auf Didi, sie schimpfte auf sich, weil sie auf den Idioten reingefallen war, und weil sie nie fortgekommen war, auch auf Ödertshofen.

Birne hörte nicht zu, er ließ sie; in ihm arbeitete was anderes. Er wollte kein Oblomow mehr sein, und er hatte keine Ahnung, wie er das anstellen sollte. Mit dieser Fiona neben sich fühlte er sich wie vor einer Mauer ohne Tür.

Er fuhr rechts ran.

»Warum hältst du?«, fragte sie.

Birne schnaufte nur.

»Ist alles in Ordnung mit dir?«, fragte Fiona, ihre Tirade unterbrechend.

Es sei alles in Ordnung, betonte Birne. »Fiona?«

»Ja?«

Birne beugte sich übers Lenkrad und ließ die Arme hängen.

»Du hast gesoffen, nicht wahr? Du kannst gar nicht mehr fahren. Lass mich ran.«

»Nein. Ich kann noch fahren. Lass lieber mich ran.« Er schaute sie an und sie blickte zurück.

Sie brach in Lachen aus. »Nein. Vergiss es. Nur weil wieder zwei übrig sind in Ödertshofen. Ich bin weg.«

Birne griff ungelenk zu ihr hinüber.

»Du hast eine Fahne«, sagte sie und noch einmal: »Vergiss es.«

Er ließ nicht locker. »Bitte.« Einmal im Leben kein Oblomow sein. Hinlangen, die Chance packen.

»Lass es, fahr weiter.« Und schließlich: »Ich hau ab, ich gehe zu Fuß.«

Aber sie meinte es nicht so, sie lief nicht davon. Vielleicht meinte sie, Birne etwas zu schulden, vielleicht wollte sie Didi wehtun, vielleicht wollte sie einfach nicht zu Fuß weiter. In Ödertshofen braucht man ein Auto, und Birne fuhr sie.

Sie standen im Schlafzimmer, durch das große Fenster konnten sie der Sonne beim Untergehen zuschauen.

Von all den anderen Ereignissen des Tages hatten sie nichts mitbekommen. Ödertshofen war in einen Dornröschenschlaf versunken. Alle waren nach Hause gegangen und trauten sich nicht mehr vor die Tür. Das Unglück zog seine Runden im Dorf und jeden, den es erwischte, schlug es vernichtend.

»Es ist schon wahnsinnig schön hier«, sagte Fiona beim Anblick der Sonne.

»Der Mensch ist ein Rudeltier. Was für ein Blödsinn«, sagte Birne.

TAG 7 RUHE

AUFWACHEN

Die ganze Nacht spürte er Fiona neben sich. Gemeinsam würden sie durchkommen, weil sie es nun gewohnt waren, durch alles durchzukommen.

Am Morgen langte er ins Leere. Sie war weg. Die Frau, die immer verschwand. Birne fand einen Zettel. *Danke für alles. Dein Platz ist hier, und meiner nicht mehr. Du packst das. Fiona*

Was konnten sie voneinander erwarten? Sie würden sich immer für eine Nacht ganz gehabt haben.

Gegenüber im Elternhaus war noch Ruhe. Birne schlich zu Viktors Auto. Er wollte es ihm schnell zurückbringen. Als er an seinem Grundstück vorbeifuhr, sah er die Ruine. Er bremste und ging verzweifelt auf und ab. Alles kaputt. Wie durch ein Wunder hatte im Wohnzimmer, das insgesamt wenig abbekommen hatte, ein Kasten Bier überlebt. Für einen Neustart nicht das Geringste.

Gigis SUV fuhr auf den Hof. Der Mann stieg aus und baute sich vor ihm auf.

»Tja. So sieht es aus. Ich mische mich nicht ein. Wir müssen über den Preis reden. Ganz so viel zahle ich nicht mehr, jetzt, wo du unter Zugzwang bist.«

»Allerdings. Es gibt gar keinen Preis.«

»Wie bitte?«

»Ich verkaufe nicht.«

»Du musst.«

»Warum?«

»Weil du hier keinen Fuß mehr auf den Boden bekommst, alle sind gegen dich. Deutlicher kann man es nicht ausdrücken.«

»Sie könnten mich noch aufschlitzen. Die sind nicht alle gegen mich. Ich weiß, was du getan hast. Ich weiß, dass kein Marder meine Bremsleitungen durchbissen hat. Ich weiß, wer mein Wohnzimmer verwüstet hat. Ich weiß, wer Pauls Pistole geklaut hat. Und ich ahne, wer das hier veranstaltet hat. Das sind nicht viele.«

»Lächerlich. Kroko ist tot. Deinetwegen. Und Lulu.«

»Meinetwegen? Zeig mal deinen Führerschein.«

»Ich habe ihn nicht da.«

»Du hast keinen, weil Paul dich aufgehalten hat und ihn dir gezwickt hat.«

»Und wie kann ich dann Auto fahren?«

»Weil du Paul unter Druck setzt, damit er dich durchkommen lässt. Er lässt dich, er hat dich aber auch in der Hand. Ein Geben und Nehmen. Wie bei allen hier.«

»Der Bulle kennt sich aus.«

»Die haben dir das Wild Virgin damals dicht gemacht. Schnapsausschank an Minderjährige. So was kommt teuer. Und du hast gedacht, der Paul könnte das regeln, wenn er schon bei der Polizei ist. Damals hat er sich geweigert. Keine krummen Touren. Dann hast du ihm die Wölfe auf den Hals gehetzt wie mir. Sie haben ihn hochgenommen, und er war still. Was soll das für ein Polizist sein, der die Leute vom Dorf anzeigt? Der Bulle war zahm, er hat Lehrgeld bezahlt und du deine Strafe. Kein Wort mehr darüber, und gut wäre es gewesen. Nur dass der Gigi ein großes Maul hat, dass er rumprahlen muss, kaum hat er zwei Halbe gesoffen, wie er den Bullen geschmiert hat, wie alle hier im Dorf nach seiner Pfeife tanzen. Dann hat er dich kassiert. Nachts auf dem Heimweg. Der Lappen war weg, aber erfahren musste es keiner. Du musstest dich mit Paul arrangieren. Bis jetzt ging alles gut. Jetzt muss nur noch ich das Maul halten. Merkst du, wie Paul aufblüht, seit er einen Kollegen hier hat?«

»Hat dir das der Paul erzählt, die Drecksau?«

»Ein bisschen was der Paul, ein bisschen was die anderen.«

»Guter Bulle, Birne. Respekt. Nur war das mit dem Schnapsausschank lediglich die halbe Wahrheit. An der anderen hatte deine feine Dada erheblichen Anteil.«

»Auch Drogen? Sauber.«

»Der depperte Viktor konnte sich nicht zusammenreißen. Der hat in meinem Wild Virgin rumgedealt. Für die Dada. Ich habe die Wölfe auch noch engagiert. Ich habe sie mir selbst ins Haus geholt. Wobei die anderen ja anständig waren. Nur der Herr Student konnte nicht zufrieden sein mit Schnaps.«

»Dafür haben sie ihn auch rausgeschmissen aus dem Club, weil du so etwas nicht duldest.«

»Genau.«

»Du bist einer von denen, von denen man denkt: Der hat genug. Warum braucht der noch mehr?«

»Leute wie ich treiben die Welt um.«

»Und doch dreht sie sich auch ohne dich. Irgendwann sitzen wir wieder hier und denken uns: Was hat sich verändert durch mich? War das den Dreck und die Arbeit wert?«

»Ich mag den Dreck und die Arbeit, du wirst lachen.«

»Magst auch ein Bier?«

Gigi lehnte nicht ab und wie sie da saßen und hinabblickten, musste er zugeben: »Schön ist es schon hier.«

»Eben.«

»Du könntest ein Café aufmachen, das könnte gehen.«

»Ich kann es auch sein lassen.«

So kam Birne endlich an.

ENDE

DANKSAGUNG

Vielen Dank an Elisa Spatz, Philipp Aumann, Thomas Hendel und René Stein für die Hilfe am Manuskript.

WILLIBALD SPATZ
Alpenburger

978-3-8392-1443-5 (Paperback)
978-3-8392-4199-8 (pdf)
978-3-8392-4198-1 (epub)

»Ein Leckerli aus dem Allgäu!«
Tiroler Tageszeitung

Birne verschlägt es wieder ins Allgäu. Bei einem Klassentreffen am idyllischen Schwaltenweiher trifft er alte Freunde. Es wird gelacht, gelästert, getrunken, gefeiert und geknutscht. Und am nächsten Tag liegt einer tot im Wasser. Ein dummer Unfall, wie es scheint. Doch Birne bleibt vor Ort und wühlt längst vergessen geglaubte Geschichten auf. Was er zutage fördert, wird schließlich zur schrecklichen Gefahr für ihn und seine Lieben.

GMEINER SPANNUNG

WWW.GMEINER-VERLAG.DE
Wir machen's spannend

Das Neueste aus der Gmeiner-Bibliothek

Unsere Lesermagazine

Bestellen Sie das kostenlose KrimiJournal in Ihrer Buchhandlung oder unter www.gmeiner-verlag.de

Informieren Sie sich ...

www ... auf unserer Homepage: www.gmeiner-verlag.de

@ ... über unseren Newsletter: Melden Sie sich für unseren Newsletter an unter www.gmeiner-verlag.de/newsletter

f ... werden Sie Fan auf Facebook: www.facebook.com/gmeiner.verlag

Mitmachen und gewinnen!

Schicken Sie uns Ihre Meinung zu unseren Büchern per Mail an gewinnspiel@gmeiner-verlag.de und nehmen Sie automatisch an unserem Jahresgewinnspiel mit »mörderisch guten« Preisen teil!